在りし、在らまほしかりし三島由紀夫

Mutsuo Takahashi
高橋睦郎

平凡社

在りし、在らまほしかりし三島由紀夫＊目次

在りし、在らまほしかりし三島由紀夫

I

活動写眞誉切腹《かつどうしやしんほまれのはらきり》

帰《き》命頂礼《めうてうらい》おほぞらの
散華《さんぐゑ》の露《つゆ》やいまいづこ
世《よ》はおしなべて頽落《たいらく》の
痺楽《えれき》猿舞英蛮歌《もんきいびいとるず》

一《ひと》突《つ》き突《つ》いては君《きみ》の為《ため》
二《ふた》突《つ》き突《つ》いては國《くに》の為《ため》
三《み》突《つ》き突《つ》いては敷島《しきしま》の
大和心《やまとごころ》とせきあぐる

憂國至誠《ゆうこくしせい》と腹切《はらき》れど

黒白《こくびやく》 写眞《しやしん》の悲《かな》しさや
赤《あか》き誠《まこと》は出《で》もやらず
ものくろーむに奔《ほとばし》る
第《だい》三番札所《ばんふだしよ》　断腸《だんちやう》 山三《ざんみ》島寺《しまでら》
ちちははのめぐみもふかきはらわたをたちてさらすはよひとさめよと

（一九六六年七月）

三島由紀夫氏と『三原色』

　私たちは、しばしば考える。三島由紀夫氏とは、いったい何者なのか、と。小説家にして戯曲家。美について、人間についての明晰な批評家でもある。ボディ・ビル歴十年の上、剣道は三段（名誉三段ではあるまい！）。自分が主演する映画をつくるかと思えば、自作のシャンソンを歌ってのける。自衛隊入隊。そして、ベトナムについてのタカ派発言……。

　真正の芸術家にして、冷徹な自己演出家。端正な古典主義者と同居した、軽薄めかした現代人。こう見てくるとどうやら三島氏は、複数の手や足や頭脳を持った、あの想像上の怪物に肖《に》てくる。この怪物を前にして、私たちは困惑する。

　けれども、この困惑が、三島由紀夫氏という全体を、全体のまま囚えようとするところに由来する困惑であることも事実である。スケールの大小はともあれ、他者というものはすべて、同時にいくつかの貌を持っているものだ。そのすべてを一からげに囚えることは私たちには最初から不可能だ。こう観念してしまえば、いっそ気楽というものである。私たちは、私たちの流儀で、つまり私たちの趣味の範囲内で三島氏を囚えればよい。偉大なサルバドール・ダリ氏が悲劇的にも、この卑小な時代の影響を受けて、小さなラファエルロたらざるを得ないと同じ意味で、三島氏がもう一人のピコ・デルラ・ミランドラではないかと心配する必要もない。

私の流儀で言えば、三島由紀夫氏の功績とは、一口に言って「光の神秘主義」ということに尽きる。ふつう、神秘という観念は闇と、夜と、内部と結びつきやすいものだが、三島氏は、光と、白昼と、表面と神秘を結びつけた。この一点こそが、俗流精神主義の作家どもを超えた三島氏の独自性である。が、この創見がセリエ博士一派の「内部は外部である」というテーゼに親近性を持つことを見るとき、私たちは、三島氏もまた「時代の子」であることを知るのである。

この「光の神秘主義」は、直接的には氏のギリシア体験から生まれている。ギリシアの比類ない明るさの中に立ったとき、若い三島氏がどんなに大きな感動を以て外側に目覚めたか、氏は後年、きわめて熱っぽく語る。このことは、氏の夥しい小説および戯曲の中での最も卓れた作品であると思われる、『獅子』と『朱雀家の滅亡』が、いずれもギリシア悲劇を換骨奪胎してつくられていることからも明らかだが、『三原色』もまた、氏の「光の神秘主義」から生まれた典型的な作品と言えよう。

ここでテーマになっているのは、言葉の真の意味での三角関係である。世にいわゆる三角関係とは、一人の女を二人の男が愛するか、一人の男を二人の女が愛するかの、どちらかである。いずれにしても、二人の男、または二人の女が愛しあうことはないから、この愛情関係は正確には三角形を構成しない。三島氏は、このいわゆる三角関係に同性愛を加えることによって、三角形を完全にした。

この常識的にはきわめてやりきれないものであるはずの三角関係は、光のただ中へあっけらかんと投げ出される。

「ぼくは美しいものなら何でも好きだ」

という計一の言葉が、すべてを説明する。

けれども、白日のもとに結ばれた正三角形には、光にさらされているがゆえの、あらたな、一層深い神秘がある。

計一に喩えられた海の青。亮子になぞらえられた別荘の赤い屋根。俊二自身である黄色い麦藁帽子……。

見えるものにもまして神秘的なものがあるだろうか。


（一九六七年九月）

さめた狂気——『朱雀家の滅亡』

或る日、三島氏は私に教えて言われたことがある。「小説は足を地面につけた大建築物だ。けれども、戯曲（および短篇小説）は空中に浮かんだ楼閣です。小説とちがって、戯曲は全体が見えなければならない」。また、言われたことがある。「戯曲的時間は前進して、一歩も退いてはなりません」。

その意味で『朱雀家の滅亡』は、氏の他の最上の戯曲同様、「全体が見え」「前進して」止まない戯曲であると言っていいだろう。

ところで、「全体が見え」るとは、円環であることを意味する。氏の戯曲のほとんどは主人公が吐く、一見サワリ的な言葉で終わる（『サド侯爵夫人』の末尾におけるルネ夫人の言辞を思いおこされよ）。さながら最後の一句を言わせんがために、作者は一つの戯曲を書き上げたかの如くである。けれども、この一句こそは、じつに「前進して」止まない戯曲的時間を矯《た》め、「全体が見える」、完全な円環とするための、氏の発明なのである。

この、戯曲的時間を円環たらしめる鍵は、同時にまた、氏の個個の戯曲のテーマを解く鍵でもある。『朱雀家の滅亡』の場合、この黄金の鍵にあたる言葉は「どうして私が滅びることができる。夙《と》うのむかしに滅んでゐる私が」である。

氏は、あとがきの中でこれを「承詔必謹」と言い、「狂気としての孤忠」と呼び、「滅びとしての忠節」と説明するが、私たちはこれを鵜呑みにすることなく、この言葉を中心に、この戯曲全体をもう少したんねんに検討してみたいと思う。けだし、そのことは読者であり、観客である私たちに許された愉しみのひとつであると思うから。

*

同じあとがきの中で、三島氏は、この『朱雀家の滅亡』が「エウリピデスの『ヘラクレス』を典拠にしてゐる」と断り書きしている。ところで、或る作品がそれに先行する作品を典拠にしているということは、どのような意味においても、その作品を解く鍵にはならない。たいせつなのは、その作品が先行作品をどうすりかえたかという一点である。『朱雀家の滅亡』と『ヘラクレス』の場合は、どうだろうか。

『ヘラクレス』の概略を、三島氏の言葉でくりかえすと「遠征中のヘラクレスの留守を守る、その父と妻と子との三人が、テーバイの僭主リュコスにいぢめられて、生命さへ危うくなつてゐるところから劇ははじまる。ここへヘラクレスが帰つて、忽ち僭主を征伐し、家族を救ふが、一家が喜びによみがへるのもつかのま、女神ヘラの呪ひによってヘラクレスは狂気に陥り、うつつなく我子と妻を殺してしまふ。狂気からさめたヘラクレスは絶望の淵に沈むが、親友テセウスの友情によって、運命に耐へる決意をするのである」。

これに対して、『ヘラクレス』を踏まえた『朱雀家の滅亡』は「第一幕が僭主征伐に当り、第二幕は子殺し、第三幕は妻殺し、第四幕は一種の運命愛《アモール・ファティ》に該当する」……。

第一幕の田淵首相の失脚が僭主殺し、第二幕の経広の出征が子殺し、第三幕のおれいの爆死が妻殺しに当たるのは、それぞれ問題がない。さて、問題なのは第四幕の「一種の運命愛《アモール・ファティ》」である。

ヘラクレスの場合、狂気は一時的のものであり、狂気のさめたところに苦悩が生じ、苦悩のあとに「一種の運命愛」が、比類のない優しさで鳴りひびく。しかし、朱雀経隆の狂気は一時的なものでもなければ、さめることもない。いや、むしろ、この狂気は最初から「さめた狂気」であると言ったほうが正しいだろう。子殺しも、妻殺しも、すべて「さめた狂気」から出た予定の行為なのであって、そこから苦悩など生まれようもない。したがってまた、デウス・エクス・マキナ的な意味での突然の「一種の運命愛」の訪れもない。

こう見てくると、朱雀経隆の「承詔必謹」が、いかに自己本位の、傲慢きわまりないものかということがわかる。経隆は、その「孤忠」のため、子を、妻を犠牲にしてはばからなかった。けれども、その「孤忠」の暴力はそこにとどまらない。もし、言うことが許されるならば、この「孤忠」は、その信仰の貫徹のためには当の信仰の対象である「お上」さえ犠牲にしてはばからぬであろう。

朱雀経隆は三島氏の創造にかかる、「承詔必謹」の肉化としての、「忠節」の怪物であって、すでにエウリピデスのヘラクレスとは何の関係もない。氏は完璧な手さばきで、見事にヘラクレスをすりかえたのである。

*

三島由紀夫氏は、その質・量ともに瞠目に価する業績の上に、いま、また一つ、「さめた狂気」の肉化の成功を加えた。『朱雀家の滅亡』は、卓れた作家である以上に卓れた戯曲家である氏の最上の作品のうちでも、最も高い作品と言っていいだろう。

けれども、ここにもうひとつ、読者である私たちには、三島氏自身の「さめた狂気」に興味がある。

小説『憂国』の発表および映画化、小説『英霊の声』の発表、評論『二・二六事件と私』の発表、自衛隊入隊、ベトナム戦争タカ派発言などを踏まえて、巷に「三島由紀夫狂気説」あり、いままた『朱雀家の滅亡』の発表はその説の流布を助長するだろうが、氏の「さめた狂気」はその狂気の対象である「至上なるもの」さえ犠牲にせずには惜かないにちがいない。

では、氏にとってたいせつなのは自己自身か。自己自身など、朱雀経隆同様「夙《と》うのむかしに滅んで」しまっているはずだ（それが芸術家というものだろう）。そして、あらゆるものを滅してやまない、氏の「さめた狂気」が、女神ヘラならぬ、ポイボス・アポロンから来た「芸術の狂気」であることを知る時、私たちは、これを喜んでいいのか、悲しむべきかの分別を知らない。

（一九六七年十月）

三島由紀夫氏への答辞

近く上梓予定の詩集『眠りと犯しと落下と』のために、三島由紀夫氏に跋文を書いていただくことになった。前に出版したぼくの詩集『薔薇の木　にせの恋人たち』を読んでくださった氏からお電話を頂戴して、その夜に夕食のご招待を受けた。その時、たまたま次の詩集の原稿を持っていたことから、そんな流れになった。後日送付された、わが詩集への七枚に及ぶ跋文の中で、氏はジョン・レチーの小説『夜の都会』を索《ひ》いて、つぎのように書いておられる。

〔……〕教授はその生涯に姿をあらはした男たちを、三種の天使に分類し、地縛天使《アース・バウンド・エンジエル》と、海住天使《シー・フエアリング・エンジエル》と、瀰気天使《イシーリアル・エンジエル》の三つに分けてゐる。いづれもたちまち姿をあらはして、たちまち飛翔し去る特質を荷つてゐるが、地縛天使の代表は、トラック運転手と陸戦隊員であり、海住天使の代表はいふまでもなく水兵であり、瀰気天使の代表は詩人と舞踊手であつて、高橋氏は明白にこの第三類に属してゐた。悲しいかな、われわれ小説家は、いかなる意味でも、い

かなる天使にも屬してゐない〔……〕

とすれば、三島由紀夫氏と高橋睦郎氏との会見は、人間と天使の会見であったとも言えよう。しかし、この出会いにおいては、ヘブライ風に人間の下界に天使がおり立ったのではなく、かえって、人間の天界から天使の下界へ、光背目を射る比類ない一人の人間が最も低位の天使のもとへ、天くだったのである。したがって、この小文は、回教風、ムハンマド風、コーラン風の宇宙観に裏打ちされた、天使の人間に対する烈烈たる讃仰の文章なのだ。ムハンマドは歌う。「天使らはアダムの前に跪拝した」。

かつて平岡公威少年であった三島氏は「詩を書く少年」であった。平岡少年は、やがて自分を詩人であると思わしめていたものが、じつは、詩の欺瞞に過ぎなかったことに気づく。ここでたいせつなのは、気づいたという点である。氏は詩に裏切られたのではなく、かれの陰謀に気づき、かえって、その裏をかいたのだ。プラトン風に言えば、氏は、おのが国家から、詩を追放したのである。

詩という悪霊は、若苗である少年が青年という勁い幹に変成しようとする、きわめて微妙な一時期、人間という樹木をおそう悪夢の夜のごときものだ。この嵐の一夜をとおったことをさえ忘れてしまう大多数の健康な青年たちは、元来、この夜から免れている。もともと夜のものであるがゆえに、夜に対して免疫性をもつ天成の詩人たちも、また、この夜によって傷つくことがない。しかし、本来健康でもなく、さりとてワクチンをもつほど不健康でもない人びとは、「詩を書く青年」という、きわめてへんてこりんの、新種の動物になりおわるのである。

悪霊の手くだは、いつも知れている。天国という夢魔を見せて、地獄へ突き落すのである。平岡少年であった氏は、この夢魔の蓮池の水底に覗く地獄を見落とさなかった。氏は深淵へ落とされるかわりに、その罠を追放した。その追放の激しさは、奈落を覗き込んだ時の氏の怖れの激しさだ。のちに、あるところで氏は言っている。わたしがもし文芸雑誌の編集長になった時には、可能な限り詩を虐待する――と。氏は怖れを封じるために、詩に対してヘリオガバルス的暴君性をよそおったのである。しかし、夢魔のつくる幻影は、あくまでも幻影である。氏はかつて見た幻影の美しさを忘れることができない。幻影の天国はあくまでも天国であり、その水槽を泳ぐ魚たちは天使なのである。天国がかくしもつ地獄を垣間見たために、氏は天国を去った。ところが、この天国は氏の前に、依然として天国であった。氏は、依然として不安である。

安心立命の場をつくるために、氏は一つの方程式を発明する。その二次式では、「天使」という函数のかわりには「人間」が、「天上界」という函数にかわっては「下界」が用意される。なかんずく、「霊感を享けて」にかわる係数は「人工的に」という作業であって、氏のつくる「下界」は、詩人どもから成る天の軍勢に決して犯されることのない、堂々たる地上天国である。あたかも御堂関白頼通が営んだ宇治平等院の内陣と同じく、この地上天国は、贅美を尽くさなければならない。氏の文体の華麗さは、世におこなわれている解釈とは逆に、よろいなのである。

氏の文体の見事な人工性の重さ（あるいは軽さ）は、文学的宇宙の引力の法則を混乱させ、あたかも天は地へ降り、地は天へのぼった。人間の天上界とも言うべき場にのぼりつめた氏は、天使の地上におりることはきわめて稀、いや、ほとんど絶無であったと言ってよい。だから、高橋睦郎氏という、羽抜け落ちた天使のもとに、三島由紀夫氏を招きおろした偶然は、きわめて人間の天上界につうじた巫祝者であったと言ってよい。そういうわけで、この低位の天使は、僥倖にも、光彩陸離たる最も高貴な人間を、まぢかに見、感じることができたのである。

卑しい天使は、貴《あて》なる人間を瀆《みつ》めた。この人間の目は、じつに澄明だった。これは、本質的に人間の目だろうか？　たとえば、別に谷崎潤一郎という、これまた、きわめて見事な一人がある。かれの目は、決して、同じ意味において澄明ではない（試みに、『痴人の愛』と『禁色』と、この二冊の感情教育の書を較べてみるがいい）。

卑しい天使は、すこぶる卑しい想像にふける。この卓越した人間は、じつは人間ではないのではないか。氏がかつて、詩人の列を離れて間もないころ、天使の仲間である強盗諸君について語った、いきいきした言葉は、まだ忘れられていまい。氏は本質的には天使なのではないか。ただ、この天使は、稀有の透視力を持っていたがゆえに、天国の昼に地獄を見た。天を讃えることを止め、奈落への罠を避けて、地上におりた。しかし、地上には、もうひとつの悪霊がいたのだ。氏の目ざしている仕事は、散文という地上に詩という天上を成就しようとする空前の作業であって、そのため、氏は、同時に二つの悪霊とたたかいつづけなければならない。二十年に及ぶ、その格闘の持続は、心肝を寒からしめる。

三島由紀夫氏は、いまひとつの転機にある、と人は言う。氏の逆説が社会的に正説になったということを人は理由にするが、それは人間の理由に過ぎない。人間であることを選んだ天使、あるいは天使であることを拒んだ人間と、二つの悪霊との闘いが、いよいよ白熱の段階にはいったのだ。

（一九六五年七月）

『詩を書く少年』その後

三島由紀夫氏には、処女短篇『花ざかりの森』以前に、『十五歳詩集』と題する十六篇の作品群がある。いずれも文字どおり、氏が十五歳であった一九四〇年の一月から十一月のあいだに書かれたものである。正確に十六篇……そして、その後に私たちは氏の詩作品と呼ばれるものを見ないのである。

「人は誰しも少年の頃、ひとたびは詩人になる」とは、デンマークの作家、ヤコブセンの言葉である。それなら、詩は十五歳の氏を襲って忽ち去った麻疹《はしか》のようなものだったのだろうか。詩の熱風が吹き去ったあと、氏に残っていたのは散文の冷たい泥ばかりだったのだろうか。

この推測の拠りどころとなる三島氏じしんの証言がある。一九五四年に発表された短篇『詩を書く少年』は、全体が氏の「詩《うた》の別れ」の事情調書のかたちをとっている。

「詩はまつたく楽に、次から次へ、すらすらと出来た。学習院の校名入りの三十頁の雑記帳はすぐ尽きた。どうして詩がこんなに日に二つも三つもできるのだらうと少年は訝つた」と始まった短篇は、「「僕もいつか詩を書かないやうになるかもしれない」と少年は生れてはじめて思つた。しかし自分が詩人ではなかつたことに彼が気が付くまでにはまだ距離があつた」と終わっている。

ここで、詩とは何であり、詩人とは何であるか。『十五歳詩集』から、最初の一篇を引いてみよう。

わたくしは夕な夕な
窓に立ち椿事を待つた、
凶変のだう悪な砂塵が
夜の虹のやうに町並の
むかうからおしよせてくるのを。

枯木かれ木の
海綿めいた
乾きの間には
薔薇輝石色に
夕空がうかんできた……

濃沃度丁幾を混ぜたる、

夕焼の凶《まが》ごとの色みれば
わが胸は支那繻子の扉を閉ざし
空には悲惨きはまる
黒奴たちあらはれきて
夜もすがら争《いさか》ひ合ひ
星の血を滴《した》らしつゝ
夜の犇《ひしめ》きで閨《ねや》にひゞいた。

わたしは凶ごとを待つてゐる
吉報は凶報だつた
けふも轢死人の額《ぬか》は黒く
わが血はどす赤く凍結した……。

「凶ごと」と題された作品の全体である。これは詩と呼びうるものだろうか。仮に詩的作品としておこう。この詩的作品の語彙の豊かさは、十五歳という作者の年齢を考えれば驚嘆すべきものがある。しかし、これを一箇の作品として見る時、語彙の豊かさはむしろマイナスの要素として働く。あまりに頻繁な詩的措辞が互いに相殺しあって、明確な像を結ぶことを妨げるのである。『詩を書く少年』の中には、十五歳の三島氏の言葉への過信が、いささか自嘲的に語られている。

なるほど、言葉さえ信じていれば、語彙の多少は別として、この程度の「詩」なら「まつたく楽に、次から次へ、すらすらと出来」ようし、その結果として「いつか詩を書かないやうになる」ことは、じゅうぶん考えられる。ついでに「自分が詩人ではなかつたことに彼が気が付く」のも時間の問題だと言おうか。まあ、結論を急ぐまい。

三島氏が自分を詩人でないと言う時、その語調には「詩」へのあからさまな軽侮が籠められている。一度などは、もし自分が文芸雑誌を編集したらと仮定して、俳句、短歌はもちろん、詩もできる限り虐待するとさえ言い放っている氏のことである。氏は、自分が不倖せなことに「詩人」でなかったと言っているのではない。幸いにも「詩人」でなかったと言っているのだ。

ここには、氏の日本の「詩」および「詩人」に対する認識がある。日本の、ことに現代「詩」および現代「詩人」におけるほど、括弧を抜きにした時、詩および詩人の存立があやふやになる場合も珍しかろう。古来、日本には「歌のこころ」はあっても、それは西欧で言う「詩精神」にはほど遠かった。さりとて、それに代わる強固な「詩形式」があるわけでもなかった。ことに「現代詩」に至っては、あの脆弱な五・七律あるいは七・五律さえすでになく、それに代わって何とも間の抜けた、手前勝手の行分け形式があるにすぎない。「詩人」と呼ばれる人種が書いている作品が詩だという保証はなく、「詩」と呼ばれる作品を書いている人種が詩人だという証拠もないのである。こんな「詩」なら、「書かなくなる」ことはむしろ望むところであろう。こんな「詩人」なら、自分が詩人ではなかつたことに気が付くのは幸いなことであろう。

では、氏は本来、詩とは縁もゆかりもない人だったのだろうか。もし、氏が完全に散文の側の人だったら、どうして「詩」や「詩人」に目くじらを立てることがあろう。むしろ、本来、詩の側の人であったればこそ、氏は括弧つきの「詩」および「詩人」にかくも激しい呪詛を投げかけるのではあるまいか。氏は詩に捨てられたのではない。却って、詩のために「詩」に見切りをつけたというのが、ほんとうであろうと思われる。

すると、『十五歳詩集』の詩的作品の「詩的」特質は、日本の「詩」の「詩的」特質の誇張されたなぞりであることにおいて、痛烈な皮肉となりえているとも言える。すなわち、日本の現代「詩」などは、「まったく楽に、次から次へ、すらすらとでき」ようし、したがってまた、「詩を書かなくなる」こともきわめて容易であろう。現代「詩人」はヤコブセンのいわゆる「誰しもひとたびはなる」「詩人」にすぎず、麻疹が延々と数年から数十年もつづいているにすぎない。麻疹なら、須臾の間に過ぎ去ったほうが、いっそましではないか。

ヤコブセンの箴言の対極にあるのが、T・S・エリオットの「二十五歳をすぎて詩を書きつづけることは、まことの詩人の証左のひとつだ」という詩人の定義であろう。むろん、ここで「書きつづける」とは麻疹の惰性のことではない。ヤコブセンの言う「詩人」とエリオットの言う「詩人」のあいだには、詩的な人と詩の人ほどの違いがある。そして、詩的なものと詩は肖て非なるものであるばかりか、まったく相反するものなのだ。詩的な人が詩の人になるためには、詩的な非在を捨てて詩の実在を取らなければならない。

三島氏をして詩的な非在を捨てしめた詩の実在は、どういうかたちで認識されたか。さきに引用した十五歳の詩的作品の中にも、おぼろげながら、そのかたちはある。それは「わたくし」によって夕な夕な待たれている「椿事」であり「凶ごと」である。

さて、その「凶ごと」の現われかたである。「凶ごと」のかたちは「吉報は凶報」というテーゼと合わせ鏡したところに結ばれる。すなわち「凶報は吉報」という意味での「凶ごと」である。ここに詩的なものと詩の対比がある。詩的なものは平穏無事＝吉報だが、真の詩人にとっては凶報である。一方、詩は怖ろしきもの＝凶報だが、真の詩人にとっては吉報である。「凶ごと」を吉報としなければならない詩人とは、何という呪われた存在だろうか。しかし、また世の中には「凶ごと」から遠い、平穏無事な、詩的な「詩人」ばかりが、何と多いことだろう。

「凶ごと」は具体的には『詩を書く少年』の中で「滑稽な夾雑物」として描かれる。「〔……〕そのとき少年は何かに目ざめたのである。恋愛とか人生とかの認識のうちに必ず入つて来る滑稽な夾雑物、それなしには人生や恋のさなかを生きられないやうな滑稽な夾雑物を見たのである」。三島氏は、この「滑稽な夾雑物」は散文精神で、この訪れを受けたことこそ、自分がア・プリオリに散文家である証拠だと言いたげである。そうだろうか？「滑稽」という言葉に惑わされてはならない。訪れるものはすべてかの詩神《ムーサイ》の一柱から訪れるのであり、詩的なものの中で詩はいつも「夾雑物」なのである。

『詩を書く少年』を書いた三島氏は二十九歳、エリオットの「二十五歳」を過ぎること、すでに四歳だった。この作品を小説のかたちを借りた詩論として読むとき、氏が詩的なものから詩へ対《むか》ったことは明らかである。氏は詩とは縁もゆかりもない詩的な「詩」から、散文のかたちを借りた詩に対った。散文という形式は、詩的形式よりはるかに緊張に富み、そのゆえに、氏の詩を容れるのにはるかにふさわしかったのだ。

さて、「詩を書く少年」は「小説を書く青年」に、あるいはさらに「散文を書く壮年」に変身した。その成果たる夥しい小説群については、多くの人により多くのことが言われている。私はただ、「自伝的評論」という奇妙な名で呼ばれる『太陽と鉄』（一九六八）についてのみ、いささか思うところを言おう。

『太陽と鉄』は十四年前に書かれた『詩を書く少年』につづく三島氏の詩論であり、「詩を書く壮年」の成果としての詩作品である。つまり、『太陽と鉄』は、かの詩的作品「凶ごと」の延長にあると同時に、また対極にあると言える。氏じしん、同書の冒頭で「どうしても小説といふ客観的芸術ジャンルでは表現しにくいもののもろもろの堆積を、自分のうちに感じてきはじめた」ことを告白している。そこで氏は「このやうな表白に適したジャンルを模索し、告白と批評との中間形態、いはば「秘められた批評」とでもいふべき、微妙なあいまいな領域を発見」する。氏は「もはや二十歳の抒情詩人ではなく、第一」「かつて詩人であつたことがなかつた」と言うが、氏の「発見した」と言う「秘められた批評」なる「領域」こそ、氏の詩を容れるに最もふさわしい器ではなかったか。

この器に囚えられたのは「私」であり、「私」の内容はじつに「私の占める肉体」であった。それなら、氏の詩とは氏じしんであり、氏の肉体だったのか。何という素晴らしきナルシシズム……しかし、速断してはいけない。氏は自分の「肉体」を耕し、その耕作の成果と過程を熱っぽく語るが、いかに丹精に耕そうと、肉体は須臾のものであることに変わりはない。むしろ、精巧に耕されれば耕されるほど、肉体の可滅性はあからさまであろう。

私たちは氏の「秘められた批評」の器としての二重構造を知らなければならない。その器は「肉体」なる「私」のための器だが、「肉体」なる「私」は忽ちもう一つの器になって、精神なる他者を囚えるのである。この場合、精神なる他者が「太陽と鉄」というかたちをとっていることは言うまでもない。

この詩論＝詩作品の末尾に、「太陽と鉄」に挑んで自ら滅んだ古典的な人格「イカロス」が登場するのは暗示的である。

私はそもそも天に属するのか?
さうでなければ何故天は
かくも絶えざる青の注視を私へ投げ
私をいざなひ心もそらに
もつと高くもつと高く
人間的なものよりもはるかな高みへ
たえず私をおびき寄せる?
均衡は厳密に考究され
飛翔は合理的に計算され

何一つ狂ほしいものはない筈なのに
何故かくも昇天の欲望は
それ自体が狂気に似てゐるのか？
私を満ち足らはせるものは何一つなく
地上のいかなる新も忽ち倦かれ
より高くより高くより不安定に
より太陽の光輝に近くおびき寄せられ
何故その理性の光源は私を灼き
何故その理性の光源は私を滅ぼす？
眼下はるか村落や川の迂回は
近くにあるよりもずつと耐へやすく
かくも遠くからならば
人間的なものを愛することもできようと
何故それは弁疏し是認し誘惑したのか？
その愛が目的であつた筈もないのに？
もしさうならば私が
そもそも天に属する筈もない道理なのに？
鳥の自由はかつてねがはず

自然の安逸はかつて思はず
ただ上昇と接近への
不可解な胸苦しさにのみ駆られて来て
空の青のなかに身をひたすのが
有機的な喜びにかくも反し
優越のたのしみからもかくも遠いのに
もつと高くもつと高く
翼の蠟の眩暈と灼熱におもねつたのか？

されば
そもそも私は地に属するのか？
さうでなければ何故地は
かくも急速に私の下降を促し
思考も感情もその暇を与へられず
何故かくもあの柔らかなものうい地は
鉄板の一打で私に応へたのか？
私の柔らかさを思ひ知らせるためにのみ
柔らかな大地は鉄と化したのか？

墜落は飛翔よりもはるかに自然で
あの不可解な情熱よりもはるかに自然だと
自然が私に思ひ知らせるために？
空の青は一つの仮想であり
すべてははじめから翼の蠟の
つかのまの灼熱の陶酔のために
私の属する地が仕組み
かつは天がひそかにその企図を助け
私に懲罰を下したのか？
私が私といふものを信ぜず
あるひは私が私といふものを信じすぎ
自分が何に属するかを性急に知りたがり
あるひはすべてを知つたと傲り
未知へ
あるひは既知へ
いづれも一点の青い表象へ
私が飛び翔たうとした罪の懲罰に？

これは「凶ごと」の「少年詩人」がついに到りついた高みだろうか。このいささか「弁論術」的な詩的断片は、むしろ墜落に見える。生の、肉体の、詩的な墜落を描くことで、氏は、死の、精神の、詩の上昇を示そうとしたのではなかろうか。肉体なる「私」から無限に遠い精神なる他者の上昇を。この他者をしも、私たちはPoésieの名で呼ぶのである。

（一九七〇年五月）

II

RHETORICA

見　わたせ　ば
花　も　紅葉　も　なかった
と　いって　空間　に　花　と　紅葉　を
かえって　あざやかに　現出　させる　幻術
なかった　と　否定　する　こと　で　かえって
たしかに　固定　させる　詐術　なの　ですね
花　の　ように　青ざめた　紅葉　の　ように　腥い
あの　生首　は　最初　から　なかった　の　か　も　しれない
と　思わせて　空間　を　確実に　占めて　しまった
あれ　は　あなた　の　血みどろ　の　呪詛　の　修辞学
私たち　は　鼻　だけ　嗅ぐ　機能　だけ　に　なって

永遠に　あなた　の　血　の　匂い　実在　より　も
確実な　その　記憶　を　嗅ぎ　つづける
こと　を　強制　される
オエ！

NOTE

いま、三島由紀夫の文学について何かを語る気にはなれない。

ただ、気になっていることが一つだけあって、それは『豊饒の海』完結後、余力があれば次の仕事は『藤原定家』だ、といっていたことだ。人間のなま身のまま神になろうとした男の物語というのが、唯一の注釈だったが、ほんとうに書くつもりがあったのだろうか、とこのごろ疑わしく思う。

あのとき、すでに自死の儀式のスケデュールは綿密に出来上がっていて、自分の生きかたは定家の対極にあるというのが、あの発言の真意ではなかったか、と思う。余力があればというのは、余力なんか残さないぞ、生き延びたりはしないぞ、ということだったのではないか。

反定家とは反文学ということになろう。しかし、こういう場合の反はしばしば形容詞になる傾きをもっていて、反定家主義は反という名の定家主義、反文学主義は反という名の文学主義になりかねない。いまにして思えば、三島由紀夫の死は文学的以外の何ものでもあるまい。

そこに、あの死の栄光もあれば、悲惨もあろう。

（一九八六年五月）

死の絵

1

　その浮世絵風極彩色の絵には、いまを盛りの桜が左上から斜めに枝を伸べ、その下に神風特攻隊と覚しい少年が、下半身褌一貫の左膝をつき、右手に持った抜き身の日本刀で、目に染むばかりに白い褌の膨らみを刺しとおし、引き抜いたところである。彼等、死の太陽を目指して飛ぶ隼族の一特徴である首を幾廻りか廻ってなお余る白いマフラーは、あるとも見えぬ風（その証拠には、彼をとりまく風景のどの部分も静止している）に靡き、少年の大きく見ひらいた双つの目からは涙があふれ、鼻孔と唇は苦痛のためとも快美のゆえとも分かず、微かにひらいている。少年のいまいるところは砂浜であるらしく、黄色い地面に少年の股間と刀身から粘く重い血が滴っていて、その滴りの音さえ聞えて来そうである。砂波の向こうはしらしらしらと波の寄せる真青な海で、海を距てて紫に輝く富士が見える。富士の背後の、例の浮世絵独特の次第にぼかされて他の色に吸われてしまう紅《くれない》が、夕焼けのそれではなくて朝焼けの紅らしい証拠は、空の天辺が墨を流したようにまだ暗いことである。

横尾忠則氏の手になる『神風恍惚切根之図』[1]と名づけられたこのillustrationは、澁澤龍彦氏編集にかかる「エロティシズムと残酷の綜合研究誌」『血と薔薇』創刊号(昭和四十三年十一月一日発行)の特集「オナニー機械」のひとつとして、掲載されている。三島由紀夫氏についての文章の冒頭に、氏と直接かかわりのない一枚の絵の説明を持って来た理由は、氏がこの絵にいたく感心し、横尾氏の洞察力の鋭さをくりかえし賞揚していたことが、私の記憶にあたらしいからである。横尾氏が与えられた主題のもとにこの絵を描いた意図は臆測の域を出ないが、三島氏の賞揚の理由は瞭《あき》らかである。氏は愛国(もし必要なら、氏の著名な一篇の題名に準《なら》って、憂国と言い換えてもよい)の極限を自死として捉え、死の極限をエロティシズムとして捉えて来た。氏はこの絵に、イラストレイターの意図とは別に、じしんの根本思想の絵解きを見たのではなかったろうか。ここで根本思想とは、生死《しょうじ》を賭けた思想というほどの謂《いい》である。

氏はすべての思想を絵として、見えるかたちで捉える、いわゆる視覚型[2]の顕著な芸術家であった。ところで、視覚的とは、その人の世界とのかかわりかたが空間的であること、時間についてさえもこれを空間的に捉える傾向が強いということであろう。空間的に捉えられる時、時間はその瞬間で停止してしまわなければならぬ。つまり、捉えられたその瞬間において、時間が死ぬのである。ここから、視覚型が時間についての屍体嗜好症と同義であることが、おのずから瞭らかとなる。これが自己愛[3]と重なれば、必然的に自己の死の瞬間を予視する自己愛的千里眼となるはずだが、それはまだ、のちの問題である。

とにかく、三島氏には、死を絵のかたちで捉える顕著な傾向がある。この傾向は、おもてむき自己を語ることの寡《すく》なかった氏の、いくつかの留保つきででではあるが自己を語った数少ない作品の中でも、最も重要であると思われる二つの作品のクライマックス[4]において、瞭らかであろう。ここで二つの作品とは、『仮面の告白』および『太陽と鉄』である。前者におけるクライマックスとは、「十三歳」の「私」が自瀆を覚えるくだりである。「私」が自瀆を覚えるきっかけは、「父の外国土産の画集」の中の「ルネサンス末流の耽美的な折衷派画家がゐがいた」「セバスチャン殉教図」であった。そこに「私」が見たのは「苦痛ではなくて、何か音楽のやうな物憂い逸楽のたゆたひ」だった。そして、後者におけるそれは、末尾の「私」のF104機による急降下のくだりである。四万五千フィート急上昇から急降下するエピローグは「イカロス」なる詩のかたちがこれに当てられている。イカロスが意味するものは、人力を超えた上昇の結果としての墜落であり、さらに言えば墜落死である。ここでもうひとつ見のがせないのは、この詩体の基になっている心情がその論理的な見かけにもかかわらず、逸楽的なことである。「均衡は厳密に考究され／飛翔は合理的に計算され／何一つ狂ほしいものはない筈なのに」、否、見かけの狂おしいものがなければないほど、いっそう「昇天の欲望は／それ自体が狂気に似てゐる」のだ。ここで、ジクムント・フロイト氏の『夢判断』において上昇と墜落が典型的な性的オルガスムスの象徴であったことを思い出しておこう。『仮面の告白』のクライマックスの十三歳から『太陽と鉄』のクライマックスの四十二歳まで三十年近い時間があり、二者のあいだで仮想的に共通な「私」は、絵を見る（「見る」ことは視覚型の「私」にとって行為中の行為を意味した）ことによってejaculatioに至る「私」から、自分じしんが絵と一体になって見るものと見られるものが一致する「私」へと成長する。見られるものが死の絵である以上、これと見るものの一致は、「私」の死を意味する。この第一の死の絵を見る「私」から第二の死の絵とひとつになる「私」にいたる道程を氏の生涯と一応、言うことができよう。ここで、次のことが言えるであろう。すなわち、三島氏にとっての至上なるものは、言葉の正確な意味でのエロティックな逸楽であった。この逸楽には死のイメージが不可欠であり、死は逸楽の絵そのものであった。死と逸楽の窮極的な一致は、氏のみずからする死を意味した。したがって、氏の自死による、逸楽と死の絶対矛盾の自己同一の前に、逸楽と死以外のあらゆるものが捧げられなければならなかった。以上である。

　一九七〇年十一月二十五日の氏の自死事件は、氏の終生の主題であった逸楽と死の結婚に、いわゆる日本なるものが重なった事件と見るのが、妥当なところであろう。では、氏の主題と日本なるものの結びつく、その結びつきかたは、どのようなものであったか。この点についての解答を氏の作品中に捜すとならば、それは『英霊の声』にも、ましていわんや『文化防衛論』にもなく、いみじくも氏の忌日の名、憂国忌の根拠となった前述『憂国』の中にあろう。『憂国』は、「昭和十一年二月二十八日、（すなわち二・二六事件突発第三日目）、近衛輜重兵大隊勤務武山信二中尉」が「軍刀を以て割腹自殺を遂げ、麗子夫人も亦夫君に殉じて自刃を遂げた」顚末が筋《プロット》となっている。武山夫妻の自刃の理由はおもて向きには「親友が叛乱軍に加入せることに対」する「懊悩」と「皇軍相撃の事態必至となりたる情勢に」対する「痛憤」、つまり「憂国」の至誠だが、その「憂国」の、至誠の内容が夫妻のエロティシズムの完全燃焼にほかならないことは、二人の憂国の自死の顚末がそのまま情死の顚末となっていることからもわかる。この作品じたいに即して言えば、二人のあいだのエロティシズムの完全燃焼としての自死であり、この自死の完璧性を外側から助ける強制力となっているのが、政治的状況としての世界である、ということになる。

その限りでは、『憂国』における情死者たちと世界の関係は近松の心中物における情死者たちと世間の関係と同断であって、三島氏がこの一篇を「憂国」と呼んだとき、その呼びかたには一種の意地悪な皮肉がこめられていたと思われる。この一篇が発表されたのは、時あたかも六〇年安保の年の年末に当たり、氏はこの短篇によってあらゆる立場の思想者たちに対して、人はエロティシズム以外の契機によって衝き動かされることはかつてなく、政治的状況すらもエロティシズムの完全燃焼に奉仕するにすぎないと言いたかったのではないだろうか。しかし、この重要な短篇の意味[5]は以後十年の氏の軌跡の中で次第に変容して来る。氏は『林房雄論』『喜びの琴』を経て『英霊の声』を書き、自衛隊に体験入隊し、この体験をもとに楯の会を結成する。そして、ついに『文化防衛論』の発表となる。こうして、『文化防衛論』を通過したのちの『憂国』は発表時の『憂国』とは別の意味を含んで来るのである。

『文化防衛論』とは、いったい何であるか。三島氏は論の冒頭、社会党の文化政策に代表される戦後の文化概念にふれて、その福祉価値と文化との短絡を衝く。その衝きかたはみごとというほかないが、このみごとさはそののちの氏じしんの文化概念の出しかたの強引さときわだった対照をなしている。氏は戦後の文化主義が逆文化主義の楯の片面にすぎぬことを看破するのであるが、その看破の結果、氏が出して来る「菊と刀」の文明、「文化概念としての天皇の復活」は、もうひとつの短絡にほかなるまい。氏のいう「文化共同体としての天皇制」はそれなりに価値あるひとつの立場ではあろうが、そこになりたつ文化主義（といって悪ければ、文化）もまた、逆文化主義（といって悪ければ、逆文化）の楯の片面であるはずである。この事情の見落としは氏ほどの明晰な頭脳においては故意のものと受けとるほかはなく、その故意はおそらくこの論が氏の頭脳よりは心情に、さらに言えば心情的意志に発していることに根拠を持つものであろう。天皇制のさような規定のし(6)かたを含めて、氏はみずから日本文化、さらには日本、より正確に包括的に言えば日本なるものた(7)らんとしたのである。したがって、文化防衛論とは、じつは氏の自己防衛論以外の何ものでもなかった。

氏のじしん日本なるものたらんとした意志は、サルバドール・ダリ氏やT・S・エリオット氏の場合を想起させる。周知のとおり、ダリ氏は正統ローマン・カトリック教会に復帰することを、エリオット氏はイギリス国教会に帰依することを以て、それぞれスペイン人であること、イギリス人であることとの根拠とした。頭脳明敏なる両氏においても、その回心はローマ教会やアングロ教会のドグマティズムを必ずしも全面的に認めての回心であったとは思えない。しかし、信ずるとはドグマティズムにもかかわらず信ずる、あるいは信ずる立場をとることであり、そのようなにもかかわらずの信仰は本質的にエロティックなものである。両氏の場合も回心の原因となったものはその当事者の裡なる深い欠落感覚であり、ダリ氏の場合はその生得の心身の虚弱に発し、エリオット氏の場合は彼がアメリカ生まれであることに発する、ともに正統性からの疎外感であろう。日本人である三島氏が意志的に正統であろうとすれば、氏は日本なるものたらざるをえず、日本なるものたらんとすれば日本教、すなわち皇室尊崇に帰依するほかはない。問題は何がさほどまで氏を正統性に駆り立てなければならなかったかという点であるが、この点については後述する。

かくして、氏はみずから日本なるものと一体たらんとした。そこで『憂国』に戻れば、『文化防衛論』発表ののちにおける『憂国』の構造はいっそう錯綜したものとなった。そこでは、情死が殉死と一体化し、情死者同士のエロティシズムが同時に情死者と国体とのエロティシズムにまで幅を拡げたのである。『憂国』における情死者たちの複数の相互的自死が単数化すれば、それはそのまま三島氏の感性が捉えた横尾氏の『神風恍惚切根之図』のナルシシズムとなる。三島氏の感じかたによれば、横尾氏のこの卓抜した illustration においては、自死者のナルシスティックな自死が日本なるもののナルシスティックな自死となり、この自死を通してしか日本なるものは日本なるものの正統性を獲得できないのであった。したがって、この絵の神風少年は自分の股間を刺しつらぬくことで日本なるものの股間を刺しつらぬいているのであり、この逸楽と死のエロティックな結婚の儀式によって、日本なるものははじめて自己を充実させることができるのであった。横尾氏の illustration の紅が日没つまり生のはての死ではなく、夜明け、つまり死をとおしての再生の紅であると、三島氏の解釈はそこまで捉えていたのであろう。

横尾氏のこの卓越した illustration に対する三島氏の感動が、氏じしんの『奔馬』末尾の飯沼勲の死の場面への自己反射的感動と相俟って、二年後のみずからの死の絵づくりにひとつの影響を及ぼしたと推測しても、氏の不名誉にはならぬであろう。けだしアンドレ・ジッド氏が言うように、影響とは他からのそっくりそのままの付与ではなく、自己の裡にもともとあったものが他の触発によってかたちを現わすにすぎないからであり、さらに言えば影響を受ける自己の裡なる感受性の豊かさの証明にほかならないからである。氏によって思い描かれた場が当初から市ヶ谷自衛隊東部方面総監室であったかどうかはいざ知らず、氏の裡にはかなり以前から自分じしんの死の情景が描かれていた。切腹という日本独自の伝統的儀式はその第一段階であり、これについての研究(8)には二十年以上の時間が費され、その一応の予行演習的成果は前述の短篇『憂国』の描写に、さらに直接的には同名の映画中の氏じしんの演技(9)に集約されたと言えよう。そして、それだけでは不充分に思われたものの、まだ明確にはかたちをとっていなかった第二段階が、横尾氏のイメージを含め、数種のイメージに触発されて、というよりむしろ三島氏じしんの稀有な感受性に触発されて、刎頸《ふんけい》というかたちをとったのではないか。横尾氏のイメージにおける切根が三島氏において刎頸となった根底には、三島氏のエロティックな宇宙観においての頭部と男根の同一視(10)があり、ここにこそ氏の自死のジョルジュ・バタイユ的な鍵があろう。その意味では、一九七一年初夏の北陸の一都市での日本名刀展のさい、会場においてみずからの男根を刎ねて自死した三島ファンの青年は、三島氏の自死の意味をじしんの暗い部分においてよく把握していたと言えよう。

いずれにしても、氏は自分の死を故意にひとつの騙し絵(11)として私たちの前に置いたのである。この騙し絵のおもてむきの風景の底にかくされた氏の自死のほんとうの顔を解くことは、私たちの義務でなければなるまい。

2

三島氏の中にほとんどア・プリオリにさえあったと思われる自死の願望、その中に国体を含む日本なるものをさえ巻き込まずにはおかなかったほどに強烈な自死の願望は、そもそも氏のどのような生得の資質によっているのだろうか。氏は本来、小説家（つまりは散文家）の放肆《ほうし》よりは戯曲家（つまりは韻文家）の抑制[12]に心を惹かれる型の作家であると思われるが（氏の小説作品の構成はいくつかの例外をのぞき、きわめて戯曲的である）、氏に資質的な戯曲作品中でもすぐれて資質的であると思われる二つの作品について、見ることにしよう。二つの作品とは『近代能楽集』のうち最も早く発表された『邯鄲』（初演・一九五〇年十二月）および多幕物『薔薇と海賊』（初演・一九五八年七月）である。

氏の戯曲としては若書きの部類に属する『邯鄲』は、例の伝世阿弥脚色にかかる『枕中記』の粟飯一炊の夢の故事のパロディである。『枕中記』の主人公、したがってまた世阿弥の『邯鄲』の主人公[13]でもある盧生が大志を抱いて都に出る途中の青年であるのに対して、三島氏の『邯鄲』の次郎は、十八歳で「僕の人生は終つた」と感じて田舎の乳母のもとを訪れた少年である。盧生は呂翁の枕をしてこの世のはかなさを悟るのだが、次郎は枕によってこの世のはかなさを確かめるにすぎない。十八歳という弱年ですでに「僕はみんな知つちやつたんだよ、だから僕の人生は終つたのさ」という次郎の白《せりふ》は、いささか弱年のマルセル・プルースト氏めくが、重要であろう。末尾の、夢の前には枯れはてていた庭が夢の後に、「百合も、薔薇も、桜草も、すみれも、菊も」「一度きに花盛りになる設定は象徴的である。盧生は夢の終わりに「四季折々は目の前にて万木千草も一日に花咲け」る光景とその光景が「かくて時過ぎ」「皆消え消えと失せ果て」るのを見た結果、悟るのに対して、次郎の場合は自分の人生が終わったことを確めた結果、庭の花盛りを見るのである。盧生の悟りが「出離を求むる」悟りであるのに対して、次郎のそれが「それでも僕は生きたいんだ！」という悟りであるのも、当然だろう。この叫びは、若き三島氏の叫びでもあったと、私には思われる。氏の意識においては、弱年にして人生はあらかじめ終わっており、その終わりの意識のまさにその時点から氏の文学的人生がはじまったのではなかったか。

弱年にしてあらかじめ終わった、つまりは喪われた人生とは、何であったか。その解答は『邯鄲』の八年後に書かれた『薔薇と海賊』の中にあろう。『邯鄲』の主人公、次郎が十八歳で人生をすべて知りつくしているのに対して、『薔薇と海賊』の主人公、帝一は「三十にもなる男」なのに童話の世界だけに生きていて、実人生については何ひとつ知らない。この童話の世界とは、いったい何なのか。帝一の後見人、額間《がくま》の「三十にもなる男が」という言葉は、ひとつの鍵であろう。この「いい大人が」という非難は、その逆の幼年時代、何ひとつ世間的な意識が入らず、すべてが許されてある完全無欠の黄金時代を浮かびあがらせる。帝一がその大人しき年齢にもかかわらず奇蹟的に生きつづけている幼年時代こそ、じつは「みんな知つちやつた」ので「終つたの」だと言っている次郎の実人生なのである。次郎と帝一、まるで逆の性格に見えながら、二人格は一枚の写真のネガティヴとポジティヴのように背中あわせで、二人にとっての人生とは幼年時代にほかならないのだ。ジクムント・フロイト博士によって幼年期退行または固着と名づけられたこの心理的傾向は、しかしながら、芸術家にとってはほとんど必須の魂の傾きだということを思いおこすべきであろう。ライナー・マリア・リルケ氏の詩作品が喪われた幼年時代の王国の恢復の志向に出ているのは人も知るとおりだが、トーマス・マン氏の例の芸術家と市民との分裂の問題も、根本的には幼年期固着の内的生活と対世間的な外的生活の分裂として捉えることができよう。

三島氏について言えば、氏の幼児的傾向《アンファンテリスム》(14)は生涯、変わることがなかったと思われる。三島氏のトーマス・マン氏への渝《かわ》らぬ尊敬は、トーマス・マン氏の追いつづけた芸術家と市民との分裂、さらに言えば幼児的内面と世間的外面との分裂への共感的興味に出ていると思われるが、三島氏じしんにおいてはこの分裂はまず、幼児的内面内での分裂として現われる。つまり幼年期喪失をあまりに早く知りすぎて少年らしからぬ少年となり世間とのあいだに亀裂の入った次郎的ありようと、幼年期喪失を認め(ようとし)ないことによって世間とのあいだに隙間風の吹いている帝一的ありようの分裂である。三島氏においてはこの分裂こそが第一義的で、次郎＝帝一的ありようと世間の分裂は第二義的にすぎない。だから、マン氏において幼児的内面と世間的外面の分裂が芸術家と市民の葛藤に発展するのに反して、三島氏においては分裂は分裂のまま終わっている。一方に幼児的内面の作品系列があり、他方に世間的外面の作品系列があって、二つはついに相交わることがない。そして、二つの系列のうち、成功しているのは瞭らかに前者である。但し、成功している前者、幼児的内面の作品系列においても、幼児期恢復の願望がリルケ氏のそれのように率直に出ることはなく、いつもある種の皮肉が伴う。芸術心理学的に言えば、氏の作品行為は喪われた幼年期に対する補塡行為ということになろうが、氏における幼年期喪失の傷のあまりの深さはその率直な発露を妨げた。率直な発露なら、むしろ作品行為以外の氏の行動にありそうである。ボディ・ビルディングにはじまって楯の会に終わる氏の外面的行為にどうしても伴う或る種の異様さは、しかし、まったく率直なものとも言いきれない。本来、内面的作品行為に現われるべきであったものが外面的行動に現われた結果の、当然のひずみというべきであろう。

　王国喪失の喪失感じたいの率直な表現なら、しかし、氏の少年期の短文『酸模《すかんぼう》』[15]にある。学習院『輔仁会雑誌』第百六十一号に平岡公威の名で掲載されたこの愛すべき小品に、氏の生涯に亘る全作品の根本主題ばかりか、生涯それじたいの根本主題のすべてが含まれていることは、この小品が書かれた氏の十三歳という年齢を思う時、やはり驚くべき事実であろう。『酸模』はその副題「秋彦の幼き思ひ出」が示しているとおり、作者が少年であるにもかかわらず、すでに「思ひ出」のかたちをとっている。「思ひ出」の中の主人公、秋彦は六歳の少年である。少年の家の前には酸模の薄紅色に彩られた樹木繁る丘があり、丘の中央に「有ってはならない一つのもの」「灰色の家」が「どっしりと頑固に坐って居た」。ある日、秋彦は灰色の家のある丘で遊ぶことを禁じられた。それは灰色の家から「囚人」が逃げ出したためであった。しかし、秋彦の「童心をしっかりと摑んで了つた「自然への執着」」は禁忌を破らせ、秋彦はたったひとりで森を抜け午さがりの丘に登った。自然の中で秋彦の心臓は歓喜し、秋彦のまわりで森羅万象は音楽を奏した。やがて日没、秋彦は帰ろうとして森の中で迷子になった。迷子の秋彦は「灰色の家」を脱獄した「囚人」に会った。秋彦と「囚人」のあいだにやりとりがあり、「囚人」は秋彦を町に出る道まで運び、「囚人」は「灰色の家」に帰った。一年後、刑期を終えて出て来た「囚人」は、秋彦を含むこどもたちに迎えられた。「囚人」はこどもたちに酸模の花を採《つ》んで一本ずつ握らせた。そこに、母親たちが来てこどもたちを引きはなし、その手から酸模の花を捨てさせた。それから長い年月が経ち、大人になった秋彦は故郷に帰って来る。酸模の咲く丘に「灰色の家」は昔のままだが、灰色の塀の陰にはあの「囚人」の墓標が立っている。「秋彦はもう忘れてゐるに違いない」。以上の筋《プロト》を整理すれば、次のような図式が得られるであろう。

一、秋彦の至福、歓喜は幼年期の「自然への執着」の中にある。

二、帯紅色の酸模に象徴される自然の願わしさは、その中に灰色の家に象徴される怖ろしきものを含んでいて、それが大人の世界の定めた禁忌の理由になっている。

三、幼年期の王国の主人公であるこどもたちは、酸模と刑務所とを難なく同時に受け入れるが、大人の世界はこの二つを区別せしめることで、こどもたちを大人の世界へ拉し去ろうとする。

四、大人の世界に拉し去られたものには、もはや至福も、歓喜も存在しない。

大人の世界とこどもの世界の対立は、何も平岡公威少年の発明というわけではなく、思春期に入りかけたどの少年にも一般の図式であろう。しかし、こどもの世界の基盤である自然が罪人との交歓というかたちで捉えられていること、こどもと罪人の交歓を指弾するうとましい世間が女たちというかたちで描かれていること、こどもの世界がついに喪われたという結末になっていること……以上の三点は、平岡少年の独創、というよりそのもとになる独自性として注意しておく必要があろう。三点のうち、最後の点からはじめよう。平岡少年はたった十三歳で、自分の幼年時代を「何十年も前の」王国と感じた。これは、王国がかつて一度も存在しなかったということではないのか。思うに、後年『仮面の告白』において「自分が生れたときの光景を見た」と書くほど早くから意識の呪縛に囚えられていた氏にあっては、幼年時代の王国は未生以前のイデア界の出来事で、この世に生まれたその瞬間に楽園喪失ははじまっていたと言うべきではあるまいか。

三島氏に資質的な楽園原《ウル》喪失は、体感の欠如として現われる。『仮面の告白』の記述を借りれば「六五〇匁の小さい赤ん坊」として生まれた氏は、「何度となく」見舞う危機の中で、「それが死と近しい病気であるか、それとも死と疎遠な病気であるか」を聴きわけるような幼年期を過ごす。そんな幼年期の氏が或る時、道で汚穢屋の若者を見た時、「ひりつくやうな或る種の欲望」の訪問をはじめて受ける。それは「「私が彼になりたい」といふ欲求、「私が彼でありたい」といふ欲求」であった。この欲求の拠って来るところは、彼の職業に対して感じた「きはめて感覚的な意味での「悲劇的なもの」」「或る「身を挺してゐる」と謂つた感じ、或る投げやりな感じ、或る危険に対する親近の感じ、虚無と活力とのめざましい混合と謂つた感じ」であった。そして、氏はじしんの感じた「悲劇的なもの」について、「私の感じだした「悲劇的なもの」とは、私がそこから拒まれてゐるといふことの逸早い予感がもたらした悲哀の、投影にすぎなかつたのかもしれない」と結んでいる。

もとより、『仮面の告白』は小説であり、その中に書かれてあることが、そのまま氏の幼年期におこったことのように考えるのは、早合点というものであろう。しかし、ここに出て来る汚穢屋と『酸模』の囚人との親近性は、やはり重要である。『仮面の告白』の「私」が汚穢屋を見たのが五歳の時とされ、『酸模』の秋彦が囚人と出会ったのが六歳と、ほぼ同年齢の出来事となっている点、『酸模』の書かれた作者の十三歳という年齢が、同時に『仮面の告白』の「私」が「最初のejaculatio」を覚えた年齢でもあることも、符号が合う。三島氏があらかじめそこから追放されていた楽園、三島氏に本来的に欠如していた体感は、何か汚れたもの、何か罪の匂いのするものによって恢復されなければならなかった。汚穢屋の体感は「肥桶を前後に荷ひ、汚れた手拭で鉢巻をし、血色のよい美しい頬と輝やく目をもち」「紺の股引は彼の下半身を明瞭に輪郭づけ」「しなやかに動き、私に向つて歩いてくるやうに思はれた」と、瞭らかである。これに対して、囚人は「よれ〳〵の背広服を着、体は非常に大きかつた。併し顔は割合に小さく、中央に少し上向き加減の大きな鼻が納つて、鼻の下と云はずあごと云はず、頬といはず針のやうな先の方で指でもついたら、痛さうな鬚がすきまなく生えてゐた。其の癖、人相は非常に柔和で、前歯が欠けてゐるのも御愛嬌であつた。只、不可ないのは、其の眼であつた。波布《はぶ》のそれのやうに、黒い水魔の棲む湖水の水のやうだつた。鼠色ににごり、くすんで、併し其の中に一点の光があつた」と、あまり要領を得ない。これは、作者が戦時色濃い時代の学習院中等部の生徒であることを考えれば当然で、作者はほんとうは汚穢屋の汚穢に匹敵する犯罪者の罪の匂いを、脱獄囚の体感として描きたかったのではないだろうか。

つまり、『酸模』の秋彦と脱獄囚のあいだにあるものは、じつは同性愛的交歓で、この交歓を指弾する立場に女たちがいることは、側面の証明となっていよう。『酸模』に見られる同性愛的傾向[16]は氏の初期作品に顕著なものだが、『禁色』までで一応、終わり、氏は同性愛卒業を宣言する。この時期から遠からず、氏は肉体の鍛錬をはじめる。「私が彼になりたい」「私が彼でありたい」プラトン的エロスの欲求は、作品の中に彼を描く間接法から、氏じしんの肉体を「彼」に変える直接法に移った如くである。「私が彼になりたい」「私が彼でありたい」欲求が真摯であればあるほど、間接法は直接法への傾斜を辿るであろうが、この当事者が芸術家である時、これは大きなディレンマを伴う。芸術家とは言葉の真の意味で芸術を唯一の目的とする人の謂であり、もし彼が自己ないし自己の肉体を目的とした時には、芸術は必然的に装飾的存在[17]たらざるをえまい。さらにもうひとつ、芸術家が自己を完全に客体化することは、作品行為以外では自死という方法しかありえないはずである。自死という自己じしんによる自己じしんの切断を断行した時、はじめて芸術家なる自己と客体としての自己が別個のものとなるからである。『仮面の告白』の「私」が「私が彼になりたい」「私が彼でありたい」根拠を「悲劇的なもの」に見ているのは、その間の事情の逸早い予言的洞察というべきであろう。氏はあらかじめ自己から奪われてある体感を、自己がそこから追放されてある実在の王国を恢復すべく、はじめ作品行為に、さらに肉体にむかい、その果てに死を、悲劇的な死を冀《ねが》ったのである。『邯鄲』の結末に咲く花花[18]は、少なくともそれが書かれた時点では世俗における仮死にはじまる芸術における百花繚乱を意味していたはずだが、同時に自死による生の証明という別の血みどろの花盛りの意味をも含んでいたのである。

3

三島氏はじしんを生きていないと感じた。それればかりでなく、かつて一度も生きたことがないと感じた。氏は生きなければならなかった。しかし、氏には生きかたの型《パターン》としてなぞるべき幼年時代の王国はかつて実在しなかったし、生きる主体としての体感も欠落していた。氏に可能なただひとつの生きかたは、逆説的な生、これだけだった。すなわち、死ぬという生きかたである。氏が死ぬとしよう、死ぬ者は生きていたから死ぬのであり、死ぬというそのことによって氏が生きていたことが証明されよう。これは通俗的な論理であって、さらに正確に言えば、時間の中の死ぬというまさにその行為点において氏は生きるのだ。この死ぬことがそのまま生きることになる行為点の恍惚について、『仮面の告白』の「私」はすでに六歳（またしても六歳！）にしてこれを明瞭に知っていた。六歳の「私」が従妹の家で女二人を対手に「不器用な戦争ごっこ」をおこなっている。「ここらで結論をつけねばならぬと私は思つた。そして家の中に逃げて入つて、タンタンタンと連呼しながら追ひかけてくる女兵を見ると、胸のあたりを押へて座敷のまんなかにぐつたりと倒れた。「どうしたの、公ちゃん」——女兵たちが真顔で寄つて来た。目をひらかず手も動かさずに私は答へた。「僕戦死してるんだつてば」私はねじれた恰好をして倒れてゐる自分の姿を想像することに喜びをおぼえた。自分が撃たれて死んでゆくといふ状態にえもいはれぬ快さがあつた。たとへ本当に弾丸が中《あた》つても、私なら痛くはあるまいと思はれた」……。

これはもう、ほんの少しの修辞を加えるだけで、後年の三島氏に特徴的なセバスチァン・コンプレックスとなる。氏の聖セバスチァンへの関心が少年時にはじまったのは前述のとおりだが、この関心は氏の生涯に亘って持ちつづけられた。セバスチァンを主題とする有名無名の絵画の複製が蒐められ、セバスチァンを論じた文献が集せられ、その結集としてガブリエレ・ダヌンツィオの霊験劇に名画集を加えた美本『聖セバスチァンの殉教』が出る。そして、ついに雑誌『血と薔薇』の特集「男の死」において、氏はじしん瀕死の殉教者を演じてみせる。篠山紀信氏撮影にかかるその写真の中で、森深く両手を縛められて吊され、左の腋窩と左右の脇腹を箆深《のぶか》く射られたセバスチァンの表情は苦しげだが、その開いた口からは、ふと悪戯っぽい白《せりふ》が洩れそうである。「僕戦死してるんだつてば」と。

氏のセバスチァン・コンプレックスは二つの過程を含んでいる。第一……セバスチァンに恋いこがれる。第二……じしんセバスチァンになる。第一の過程がすでに第二の過程を含んでいることは、第1節に引用した『仮面の告白』の「私」が「最初の ejaculatio」を覚えるくだりに瞭らかであろう。「私」はオナニスムのナルシスティックな球体の幻想の中でエロティックな憧憬の対象たるセバスチァンと一体化するのである。第一の過程が第二の過程を含んでいることは、反対から言えば第二の過程が第一の過程を含んでいることでもある。ejaculatio は「私」とセバスチァンの一体化の瞬間だが、同時に「私」がセバスチァンから分離する瞬間でもある。第一の過程が第二の過程を含むのみで、第二の過程が第一の過程を含むことのない、つまり憧憬する者と憧憬の対象との永遠の合一という奇蹟は不可能だろうか。ダヌンツィオの霊験劇には、その「第四の景・傷つける月桂樹」のセバスチァンの死の場面に、この劇のぜんたいを収斂する白《せりふ》、そして三島氏を最も強く惹きつけた白が出て来る。セバスチァンへの愛と怖れに度を喪い、これを縛めから救けようとする射手たちに、セバスチァンが吐く白「より深く俺を傷つける者こそ／より深く俺を愛する者なのだ」が、それである。これを三島氏に当てはめれば、どうなるか。先に述べた第一の過程で三島氏はまず「俺を愛する者」で、第二の過程で「俺」じたいになる。そして、「俺を愛する者」と「俺」のつかのまの合一が永遠になるためには、「俺を愛する者」による「俺」の殺害、つまり自死しかありえないであろう。

氏に特有のセバスチァン・コンプレックスの含む問題は、さらにいまひとつある。そのエロティックな死が、公的な死、べつの言葉で言えば衆目の中の死[19]である、ということである。ダヌンツィオの霊験劇では、セバスチァンの死に立ちあう者は、すなわち彼を殺す射手たちであるが、おおむねの伝説では、異教の神神を蔑《な》みした罰に殺されるセバスチァンは、群衆に見まもられている。ダヌンツィオは間違っているのだろうか。そうではなくて、ダヌンツィオの烱眼はセバスチァンを殺したのがじつは群衆ひとりひとりの眼の矢であることを見破って、群衆のすべてを一にぎりの射手に変えたのである。これを逆に言えば、群衆ひとりひとりの眼の矢がセバスチァンを生かしめるのである。三島氏がセバスチァン・コンプレックスに囚われた時、氏は公的な死を、衆目の中の死を運命づけられた。「僕戦死してるんだつてば」に先立って、「どうしたの、公ちやん」が発せられなければならなかったのだ。氏が生得、目の人であることを思えば、氏の死は衆目の中にあり、その衆目がさらに氏の目の中にあるという二重構造が成立することになる。

氏の死をとりかこむ公《おおやけ》＝衆目は、氏の死のかたちを規定する。氏の死はあらゆる意味で完璧な死でなければならない。その死のために、肉体は培われなければならない。知恵は磨かれなければならない。名声さえも高められなければならない。ところで、ふつう、知恵や名声は肉体の衰弱と逆比例して磨かれ、高められる。両者のあいだには妥協がなされなければなるまい。氏の三十代の初期にはじめられた鍛錬による肉体の充実は、四十代には瞭らかに頂点をすぎていた。精神の仕事——作品の量と質および社会的名声は、しかし、三十代にはまだ充分でないと、氏には思われた。精神の仕事と名声は、四十代をすぎても或いはさらに高まるかもしれない。けれども、その時、肉体の衰えはあまりにもあからさまだろう。両者のぎりぎりの妥協点が、氏の四十五歳という年齢だったのであろう。氏はいつのころよりか、このぎりぎりの時点での死に、言い換えれば生に、激しく惹かれつづけたにちがいない。あともう少し、あともう少しと、氏の痛ましい魂はじしんに言いきかせつづけながら、筋肉を、仕事を、名声を蓄積しつづけたことであろう。

肉体と精神と名声と、つまり自己じしんの内そとにおいて完全であれば、それで氏の死は完璧であったろうか。そうではなかった。これら意識の裡での完璧は、氏の死をあまりに自己中心の卑小な死にしてしまうであろう。その死が完全であるためには、何か無償の、奉献された、殉死というかたちをとらなければならない。聖セバスチァンの異教的な死は、キリスト教信仰に奉献された殉死であるがゆえに、セバスチァンの自己じしんにおいても完璧な死でありえたのだ。さて、三島氏の場合、聖セバスチァンのキリスト教に匹敵するどんな奉献の対象がありえたろうか。第1節で述べた日本なるものと三島氏の結びつきは、ここに起因しているはずである。氏の考える日本なるものが、当初からいわゆる右翼的なかたちをとっていたかという点には、大いに疑問がある。三島氏の捉えていた日本なるものは大雑把に、外の世界のことどもをどんらんに咀嚼し、これらをすべて日本化する大いなる無性格というほどのものだったようである。やがて、日本なるものが短絡的に天皇制に、そして、神道を意味するようになってからも、天皇制を、神道を、日本の中心たる大いなる無、そこから日本なるものの変型《ヴァリエーション》が無限に産み出される大いなる空と捉えるというかたちで、当初の観点は残っていたようである。

短絡という点に関して言えば、短絡の雑駁さこそが、無償性の証となりえた。根拠を極めてする自己の奉献は、結局のところ、自己に対する自己の奉献でしかない。根拠が不分明であるにもかかわらず、或いは不分明であるかどうかにこだわることなくする奉献こそ、殉死の名に価する奉献であった。氏の左翼ぎらいの理由は、おそらくここに起因する革命のあからさまな功利性にあったのである。

三島氏の裡なる死が外なる死に、観念の死が肉体の死になるためには、その死がいわゆる「政治」的な死という最も卑しいかたちをとることが、必要であった。しかし、このように論理づけられた「政治」的な肉化は、そのことじたい功利的性格を、殉死の不純さを意味しないだろうか。とはいえ、三島氏のありようが意識の網からのがれることは、ついに不可能である。氏の死を完璧化するためには、もうひとつの無辜なる魂、意識の呪縛から自由な魂が必須となってくる。かくして、三島氏と森田必勝氏の出会いがおこる。三島氏の森田観は、氏の最後の大作となった『豊饒の海』第二巻『奔馬』の主人公、飯沼勲像にほぼこれを見ることができよう。『奔馬』が書かれたのは一九六七年から翌六八年にかけてであり、三島氏と森田氏の出会いは六八年である。これは、どちらがどちらの原因となり結果となったということではなく、二つの時期の偶然的な、至福の一致と言うべく、実在の森田必勝像と作品の中の飯沼勲像は相互的に影響しあったと言うべきであろう。まことに森田氏は、三島氏にとって、完璧なる殉教者たるべきことを運命づけられた、比類ない純粋な魂であった。この奇蹟的な無辜の魂と自己の魂を一致させることによってのみ、自己の死を完璧なる男の死と化することが可能であった。二つの魂の一致の根拠を、氏は「葉隠」的な意味での「忍ぶ恋」的主従関係、または同志関係に置いたようである。直接的には『奔馬』に詳しいいわゆる熊本の「神風連」および西南役の西郷一派の主従関係[23]または同志関係が模範となったようである。

森田氏は高校時代、むしろ、どちらかと言えば左翼思想に惹かれる少年であり、その右翼回心は大学入学以後であるとは、氏じしんの手記にも、令兄治氏の談話にも瞭らかだが、この左から右への転回は、氏の私の証ではなくて、かえって氏の無私の証であると、私には思われる。氏はその全き無私によって、左から右にためらうことなく移ることができたのである。加えて、この潔い転回は、かの讃むべきルース・ベネディクト夫人がその驚嘆すべき日本論の終章「終戦後の日本人」の項で述べている意味で典型的に日本人的であると言えよう。それを見る目の好悪はべつにして、森田氏はまさに原始的にして伝統的な日本なるものの珠のような申し子だったのである。十一月二十五日の事件のさい、自らの腹に立てて横一文字に引いた刃の深さを、三島氏のそれは深く、森田氏のそれは浅かったとの噂が巷間に流布し、これを以て三島氏の覚悟の深さ、森田氏の不決断を言う人があるが、ことは左様に浅薄に理解すべきではあるまい。ことを正確に捉えるなら三島氏はその刃の深さほどにも深く自己を愛していたのであり、森田氏はその刃の浅さと同じく自己に囚われること浅かったと言うべきであろう。べつの言いかたをすれば、三島氏にとって日本は自分じしんであったのに対して、森田氏にとっては氏の愛誦していた蘇峰の歌「俺の恋人誰かと思ふ、神の造りた日本国」が示しているとおり、日本とは母として恋人としての対象だったのである。

かくして、三島氏の死は、その死を完璧なものにしようとすればするほど、無私ではなくなる。完璧なものとはおのずからそうなるものであって、意図してそうなるという種類のものではない。否、そればかりか、意図はかえってその死を、無私の遠心方向から私の求心方向へ向かわしめるであろう。けれども、ア・プリオリな意識の縛めは氏の死を最後まで囚えて放さず、氏の死はけっして無私の死となることはない。ひょっとしたら、ひとつだけ方法があるかもしれない、無私を装った私を罰せしめることである。罰という公的な確かさを持った烙印は、その公的な性格によって私をいくぶんとも無私に近づけるかもしれない。市ヶ谷自衛隊東部方面総監室における氏の死は自死であるけれども、それをとりあげた新聞や電波の報道まで含んで見る時、公的な意味での罪人としての死のかたちを外部から強いられたと見ることができよう。予視的才能にめぐまれた氏の目が、ここまでを捉えた上で自死を決行したであろうことは、じゅうぶんに考えられる。私には、氏が一方にセバスチァン的無私の死つまり自死を置き、他方にこれと対応するジル・ド・レ的[24]私の罰つまり刑死を置き、二つを統一するものとしてヘリオガバルス的死を考えていたのではないかと思う。ヘリオガバルスの死とは汚辱の死がそのまま栄光の死となる最も贅沢な死、確固として公的な、確固として衆人監視の、誰が否定しようもない実在の死であり、したがってまた実在の生であった。

けれども、ここまですべてが予視され、すべてが計算されつくしていたとすれば、罰もまた自分じしんから自分じしんに向かったことになり、氏の無私の死はまたもや不可能になる。結局のところ、氏の死は天皇のための死でも、神道のための死でも、日本のための死でもなく、自己のための死であったということになる。私は氏の死の価値を認めず、これを非難しようとしているのだろうか。そうではない。氏は思想のために死んだのでも、政治のために死んだのでも、国体のために死んだのでもないが、それらを含んでもっと大きなもの、氏の最後の大作『豊饒の海』をもじって言えば人間存在がそこに浮きぬ沈みぬしている生死《しょうじ》の海のために死んだのだと言えよう。この存在の大海に比べれば、どのような思想、どのような政治、どのような国体も、小さな入江かせいぜい内海にすぎない。氏はア・プリオリな意識の縛めによってあらゆる限定的な無私に拒まれたのだが、同時にそのことによって最も大きな無私、非限定的な無私に抱かれたのである。この聖母悲傷図《ピエタ》にも似た非限定悲傷図は氏の栄光であって、三島氏は殉死中の殉死、存在と無の海のための殉死をわがものとしたのである。かくして、三島氏のあらかじめ喪われた王国は、確固として恢復されたはずである。

4

以上、私たちは三島氏の死のかたちとそれが内包する意味を見てきた。そのさい、私たちは三島氏を根源的なひとりの人間として捉え、氏の文学作品どもさえ人間としての三島氏を理解するための材料としたのだが、ここにさらに論ずべきは文学者三島由紀夫の死についてである。三島氏は人間であるとともに文学者であり、氏の死は人間の死であるとともに文学者の死であるからである。

　氏の生涯が死を、生の証である死を、さらに言えば生そのものにほかならない死を求めつづけ、冀いつづけた生涯であったことは先に述べた。いささか図式的になるが、氏が文学者である以上、この人間三島由紀夫の生涯のかたちが同時に文学者三島由紀夫の生きかたと、言い換えれば、文学作品個個およびそれらの連関のかたちとなっていなければなるまい。氏の初期から中期にかけての文学作品、ことに小説どもの結末は、主人公がこの世で生きていないことの強烈な再確認を以てあらたな生の逆説的な出発点としようと決意するという点で、ほぼ一致している。そして、その最終的頂点にあるのが、『金閣寺』の主人公「私」の「生きようと私は思つた」であろう。この決意の一行は、どもりで、醜く、出自も卑しく、心も険しくひねこびている、つまりはこの世の生に拒否されている「私」が、この世の生の象徴、否、この世を超越した永遠不滅の生の象徴でさえある金閣に火をつけ、これが炎上するのを眺めたのち、ポケットの中の「小刀と手巾《ハンカチ》に包んだカルモチンの瓶」を「谷底めがけて投げ捨て」「煙草を喫」む描写のあとに出て来る。この結末は第2節に引用した『邯鄲』末尾の庭の花盛りと、根本的には同じである。『邯鄲』（或いは『仮面の告白』でもよいが）から『金閣寺』までの道程で発展したものは、先に述べたこの世で生きていないことの再確認、言い換えれば不在証明の再確認の精密化であって、再確認ののちの「生きようと私は思つた」というそのあらたな生は、つねに作品の外に持ち越されてきた。

　もちろん、この不在証明の繰り返しは氏のきわめて尖鋭な資質に出ており、不在証明の描写の強烈さによって氏の文学はじゅうぶんに独自なのだが、真に氏の独自性が問われるのは不在証明の再確認ののちの「生きようと私は思つた」その生の文学的展開であろう。氏はおそらく、『鏡子の家』において、それをおこなおうとしたのではないだろうか。しかし、結果は氏の身についた不在証明の再確認の繰り返し、それも壮烈な失敗作としての繰り返しとなる。『美徳のよろめき』『獣の戯れ』『美しい星』『午後の曳航』などは成功作であろうが、不在証明の再確認の型《パターン》の変型にとどまるという意味では、『金閣寺』を出るものではあるまい。それなら、『宴のあと』『絹と明察』という対極をとるか。修辞的問題をべつとして、これらが三島氏によって書かれなければならなかった作品であるかどうかには、大いに疑問がある。

「生きようと私は思つた」そのあらたな生は、むしろ文学以外の生活に、ボディ・ビルディングによる肉体の鍛錬に、剣道に、ボクシングに、空手道に、そして「政治」的行動に展開されたのではないか。かくて、修辞のいよいよの流麗化と結構のいよいよの壮大化にもかかわらず、氏の文学は次第に装飾化していくのではないか。結局、この時期の氏の文学作品中、とるべきものは、『憂国』『剣』などの、ジョルジュ・バタイユ氏的意味での性と死を止揚させた作品であろう。

とにかく、氏が肉体を所有しはじめるとともに、氏において肉体と文学は次第に乖離をはじめる。その可能性は氏の幼年時代にすでに予視されていて、氏は後年『太陽と鉄』の中でその間の事情を「我身の上に起つた劇」「二つの相反する傾向」と呼び、その二つを「一つは、言葉の腐蝕作用を忠実に押し進めて、それを自分の仕事としようとする決心であり、一つは、何とか言葉の全く関与しない領域で現実に出会はうといふ欲求であつた」と言っている。このような氏のありように対置して、氏は「この二つの傾向」が、「相反することなくお互ひに協調して、言葉の練磨が現実のあらたかな再発見を生むといふ」「健康な過程」について述べているが、はたしてそうであろうか。言葉の腐蝕作用の中にしか現実がないと感じ、その中にしか生きられない不健康な人間のみが、文学者の名に価するのではないだろうか。この辺がじしん理解されていればこそ、氏はあの畢生の存在論的大作『豊饒の海』に対ったのであろう。

『豊饒の海』は『解深密経』をはじめとする唯識仏教の経典・論書にいわゆる阿頼耶識の援用によるロマンティックな転生譚というかたちをとっているが、じつは三島氏じしんの資質の転生譚でもあろう。第一巻『春の雪』の主人公、松枝清顕は幼少年時代の（さらに言いうべくんば喪われた王国の）氏であり、第二巻『奔馬』の飯沼勲はボディ・ビルディング開始以後の氏であり、第三巻『暁の寺』のジン・ジャンは氏の手弱女的魂であろう。これに対して『天人五衰』は氏の死後の物語であり、前記第一巻から第三巻までの陰の主人公でここで一転して陽の主人公となる本多繁邦は氏じしんの蓋然性としての老化像[25]ととれなくもない。氏はこの四部作において死後までを含めてのじしんの魂の履歴をしたためることで、氏における「相反する」「二つの傾向」の分裂を止揚しようとしたのであろう。

しかし、結局のところ、氏が最も力を入れたのは、『奔馬』の飯沼勲の人物像の創造であった。これは執筆当時の氏のありようが飯沼勲的生の延長線上にあったことを考えれば、当然であろう。いきおい『暁の寺』以後、ことに『天人五衰』においては、『金閣寺』の「私」の「生きようと」「思つた」あらたな生は語られずに、死後の、陰画がおもてに出て陽画となってしまったような世界が語られることになる。氏の生涯の懸案であった「生きようと私は思つた」そのあらたな生は、『豊饒の海』完結後に、『藤原定家』といぅかたちで書かれるといぅのが、おそらく氏の計画[26]だったはずである。『藤原定家』の内容がどのようなものであったかは、この計画が幻の構築に終わったいまとなっては想像を出ないが、『新古今和歌集』『近代秀歌』『詠歌大概』『毎月抄』『明月記』などから浮かびあがる詩人の像をもとに、自ら神になろうとした詩人の物語をつくりあげることが、氏の企図であったと思われる。

けれども、氏は『豊饒の海』執筆中の或る時期から、この企図を放擲した。これも臆測の域を出ないが、おそらくは『奔馬』脱稿の頃からではあるまいか。『奔馬』の脱稿によって、氏は結局のところ自分には「生きようと」「思つた」あらたな生は文学的主題ではありえないと、見きわめをつけたのではないだろうか。そして、可能な限りの力を集めて『豊饒の海』を書きあげる一方、「言葉の全く関与しない領域で現実に出会はう」とする生へ、自分をのめりこませていったのではないだろうか。かくして氏の裡なる「相反する」「二つの傾向」の終局的止揚は、一九七〇年十一月二十五日の市ヶ谷自衛隊東部方面総監室における割腹自決といぅ肉体の死と『豊饒の海』完。昭和四十五年十一月二十五日」といぅ文学の死との儀式的つじつま合わせによってなされることとなる。

私は三島氏の死にざまを非難しているのだろうか。そうではなくて、私は氏の死を悼んでいるのである。私は肉体の死と文学の死とのつじつま合わせと言ったが、或いは文学も肉体も些事にすぎぬかもしれない。それら瑣末な概念どもを通り越して、氏の死はこの非男性的時代における最も男性的な死であったと、この没感動的時代における最も感動的な事件であったと、私は言おう。世間ぜんたいがいかに意地ぎたなく生きのびるかに狂奔している時、氏はいかに潔く死ぬかを示したのであった。いかに生きるべきかはいかに死ぬべきかというかたちをしかとりえぬとの思想は、単に右翼思想でも、日本的思考でもなく、古代人の原始的死生観であった。サン・ジョン＝ペルス氏は、遊牧民の老者が自分の死期を知ると神聖なる包《パオ》を出て倒れるところまで沙漠を歩き倒れたところで息絶えるという、その雄雄しい死生観に打たれて、“ANABASE”[27]つまり「高きへ」を書いたが、三島氏は自ら文学の外へ[28]出てこの死生観を生き、死んだのである。氏がもともと“ANABASE”の民のように雄雄しい魂の持主でなく、むしろその対極たる手弱女的な魂の持主であったとしたら、そのゆえにこそ雄雄しい死と生はいっそう尖鋭に冀求されたのであり、手弱女的魂が益荒男的魂へ向かったればこそ、氏の死と生とは他のどんな雄雄しい死と生にもまして雄雄しい死と生とになったのである。

以上、私は三島由紀夫氏の死をめぐって独断的な論述に終始した。しかし、死者という客観的存在に対して、生者という主観的非存在が対する時、独断以外のどんな対しかたがあろうか。独断は独断のまま、私はこの貧しい論述を氏の死という厳粛な事実の前に献げることにしよう。

附録　聖伝的ないくつかの註

ここで「聖伝」とはローマン・カトリック教会で謂うところにほぼ等しい。抗議派《プロテスタント》側で「聖書」唯一主義をとるのに対して、普遍派《カトリック》側では「聖書」と同じ比重で教会に伝承する「聖伝」を重視する。三島由紀夫氏についてこれを当てはめれば、その文学作品は仮に「聖書」的存在と言えるであろう。私は本文においては、ほぼこれに拠った。これに補足する意味で、晩年の六年間、比較的氏の近くにいて記憶にとどめた氏の言行を以下に記そうと思う。「聖伝」的註と呼ぶゆえんである。記憶じたいが一種の濾過作用である以上、以下に記すところもしばしば私の独断を免れまい。そのことによって生ずる一切の責任は筆者に帰すべきことを、銘記しておく。

（1）三島氏の「横尾忠則氏の洞察力」への感心は、これに加えてもうひとつ横尾氏の『憂国』と名づけられた「郷愛不動産株式会社」の「日本国」売立ての偽広告を加えて、完全になる。この作品、およびこの作品に対する三島氏の感心を不謹慎ととるのは当たらなくて、かの熱烈なカトリック信者であったレオン・ブロワが「救い主を銀三十枚で売ることができるほどにこの世は素晴しい」と言った逆説的愛に充ちた言葉をこそ、思いおこすべきであろう。

（2）氏はしばしば聴覚的、ことに音楽的不得手を自認された。

（3）ここで自己愛が心理的に自己嫌悪のもうひとつの顔であることを、思い出しておこう。氏はこの二つの顔のあいだをしばしば往復され、その間のバランスがあの独特の高笑いによってとられたのだと、私は理解している。

（4）これに『豊饒の海』冒頭の日露戦争の死の写真の場面を加えても、よい。

（5）『憂国』には下敷きになった氏じしんのべつの作品があるとの説がある。一九六〇年発行の『APOLLO』第V号なる小冊子に所収された『愛の処刑』がそれである。「榊山保」という筆者名によるこの短篇の内容は、「今林俊男」なる中学生が体操教師の「大友隆吉」を訪ねて、「田所」なる同級生を雨中に立たせて死に至らしめた責任を追及し、切腹することを迫る。俊男を愛している隆吉が俊男の言うとおりに切腹すると、俊男は隆吉への愛を告白し、自らも青酸加里を服んで折り重なって死ぬという筋である。これが氏の作品であるかどうかを氏に確かめたことはないが、この作品が氏の作品であっても、いっこうに氏の不名誉にはならなくて、却て栄光であろう。もし氏の作品であることが確かめられれば、氏の『憂国』の意味についてのみならず、氏の死についての照明《イルミネーション》を、私たちはさらにひとつ加えることになる。

(6) 三島氏はしばしば、右翼は窮極的には人間への愛だが、左翼は思想への愛だと、また左翼はいまだかつて人間を愛したことがない、だから自分は右翼へ向かうのだと、言われた。

(7) 日本というものの本質はね、何もないんだよ、何にもないからっぽなんだ、と氏は言われたことがある。皇室についても、これを神聖なる無力者であることによりあらゆるものの真空なる中心となりうる存在と理解していられたようだ。

(8) 三島氏は二十代半ばからいくつかの切腹同好会と接触を持たれたはずである。

(9) 映画『憂国』の音楽にワグナーの『トリスタンとイゾルデ』を使ったことが、三島氏はかなりお得意のようだった。トリスタンが出自的にピクト族の供犠的王であることを考える時、氏はじしんを日本なるものの供犠王に擬していられたのではあるまいか。そういえば、セバスチァンも、ヘリオガバルスも、ジル・ド・レも一種の供犠王的存在である。

(10) 稲垣足穂氏のこよない理解者であった三島氏だったが、稲垣文学のA感覚に対して、あれにP感覚が加わらなければ、と始終、言われていた。稲垣氏の彼方が厳然とそこにある彼方(A的彼方)であるのに対して、三島氏のそれは目指すべき彼方(P的彼方)だったと言えるかもしれない。

(11) たとえば、死の直前、写真家の篠山紀信氏が撮影した三島氏じしんの発案による夥しい「男の死」の写真群は、この騙し絵を解く大きな鍵であろう。同写真群の発表が待たれる。

(12) 三島氏はかつて私に手紙をくださって、小説とは地上に建てられた大建築だが、詩や戯曲(そして短篇も）は宙空に浮かんでその全体が見える空中楼閣だと教えられた。末尾には「土建屋小頭　三島由紀夫」とあったが、おそらく本質的には自らは空中楼閣の建築者と思っていられたようである。

（13）正しくは伝世阿弥の『邯鄲』では、盧生は仏道修行を志したことになっている。

（14）氏はしばしば、芸術家の本質は幼児性であることを強調された。

（15）この短篇を読むことの必要性を、私は『午後の曳航』の讃むべき名訳者、ジョン・ネイスン氏に教えられた。

（16）氏がのちに公的に否定された同性愛的傾向については、この否定の意義に私は必ずしも肯定的ではない。第一に、汎性愛的であることは芸術家の必須条件であること、第二に、反生殖的関係である同性愛は文学の本質である虚構の問題と深く関わっていること、以上の二点から、氏はこの否定をおこなわないほうが、芸術家として、文学者として、筋が通っていたと、私は思う。

（17）なお、肉体についても、いったん意識を通ったのちは肉体が目的とされても、その肉体じたいが装飾的となる。

（18）花が植物の生殖器であることを思い出しておこう。

（19）一九七〇年十一月二十五日の某新聞夕刊の、いささか悪意ある三島氏と森田氏の生首の写真は、したがって、三島氏を最も悦ばせた写真であろうとの、逆説が成立する。

（20）氏の政治的発言や行動は、バランスシート的思考から出ていることが多かったように思う。氏は自分のマニフェストを右翼の雑誌よりも左翼の雑誌に発表していくと公言されていたし、しばしば左翼の作家や思想家に興味を示された。

（21）氏および森田氏の天皇尊崇について質問したさい、今上陛下や特定の天皇ではなく、天皇制そのものの重要性という解答を得た。では機関説かという質問に対しては、きっぱり否定された。

(22) 一九七〇年五月か六月、楯の会制服姿の森田氏に会ったあと、飯沼勲氏の incarnation ですねと言うと、三島氏は頷いてお前もそう思うかと言われた。

(23) 氏は「神風連」をはっきりと葉隠的同性愛の一団として、捉えていられた。西郷については、死の数カ月前から勝海舟の西郷を悼む薩摩琵琶歌の切り抜きを持ち歩き、特に西郷が「唯身一つを打捨てて、若殿原《わかとのばら》に報ひなん」とする箇所に感じていられた。また、西郷と大久保の愛憎関係にも深い関心を示された。

(24) ジョルジュ・バタイユのあれほど熱烈な讃仰者であった氏が、同じ著者の『ジル・ド・レ論』にまるで否定的であったのには、理由がありそうに思える。客観的に見て同論が卓れたものであることを思えば、なおさらである。これは、逆に氏のジル・ド・レ像への深い関心を示していはしないか。

(25) 氏の老人嫌忌は、ことに死の直前、凄じかった。死の一週間前、中央公論社の谷崎潤一郎賞・吉野作造賞発表パーティーののち、壇上から見ていると出席者の七十パーセントが白頭か禿頭で、こんな老人どもに日本が動かされていると思うと吐気がすると、吐き捨てるように言われたのが、記憶にあたらしい。この老人嫌忌の文学にかたちをとったものが、すなわち『天人五衰』の本多繁邦像であろう。

(26) この計画について聞いたのは一九六七年一月二日鎌倉澁澤龍彦邸においてであるから、私のほかに澁澤氏をはじめ、数人が聞いていていたはずである。

(27) これら ANABASE の解釈については、その多くを畏敬すべき鷲巣繁男氏に負うている。

(28) 男性は彼方へ向から存在だ、それを女陰的論理から一歩も出られない日本の作家どもは此方しか理解しようとしない……これも死の年、しばしば言われた言葉であった。

（一九七二年十一月）

貴種と異類——三島由紀夫自選短編集『獅子・孔雀』解説

　これは三島由紀夫自選短編集の一冊である。当然、巻末には三島氏じしんの自注が付されるはずであった。氏に自注執筆が不可能になったため、代わって私が解説に当たることになった。

　同じ自選短編集の他の一冊の巻末で、三島氏は自らの作品に自ら注する意味を「自作自註《ちゅう》というのは可成《かな》り退屈な作業だが、こういうことを自分にさせる唯一の情熱は、ありていに言って、読者のためよりも、自分のためである。即《すなわ》ち、第三者の手にかかって、とんでもない臆測《おくそく》をされるよりも、古い自作を自分の手で面倒を見てやりたい、というだけのことだ」と説明している。とすれば、私のなすべきことは、「とんでもない臆測」をできる限り慎み、あたかも氏じしんが「古い自作を自分の手で面倒を見」るように、注意ぶかく紹介することであろう。けれども、私はむろん、氏じしんではなく、臆測を慎めるほど怜悧ではない。思えば、たいへんな仕事を引き受けたものである。

　さいわい、ここにこの自選集のための、三島氏じしんの簡単なノートがある。氏の代表的な短篇の題名とそのページ数が一枚の紙に横書き二列に並び、そのうち九つの題名の頭に丸印が付けられている。九つの題名はすなわち、この自選集に収める九篇の題名である。丸印の付いた題名の後にはそれぞれ短い脚注がついていて、それを紹介すれば次の如くである。

軽王子《かるのみこ》と衣通姫《そとおりひめ》……貴種《きしゅ》流離《りゅうり》
殉教……詩人の殉教
獅子《しし》……神的な女
毒薬の社会的効用について……詩人の俗化
急停車……反時代的孤独
スタア……現代的貴種流離
三《み》熊野詣《くまのもうで》……老人の異類《いるい》
孔雀《くじゃく》……美少年の孤立
仲間……化物の異類

そして、余白に数等大きな字で「異類テーマ全311頁《ページ》」と書かれ、無造作な丸で囲まれている。これが、この自選集に関する氏のノートのすべてである。私たちは、これらの箇をきわめたキー・ワードから、氏の意図を解読しなければならない。

まず、「異類テーマ全311頁」とあるからには、この一冊のテーマは異類でなければならない。ところで、異類とは何であろうか。出典を中国古典に求めれば、まず『列子黄帝篇』に「異類異形」「異類雑居」、下って『後漢書』に「懐柔異類」などの用例が見え、異類が異民族、畜類（中国古来の中華思想によれば、異民族も畜類の一種にほかならないのだが）の意であることがわかる。これがわが朝に渡れば、たとえば『太平記』の「異類異形ノ化物ドモ」と、あからさまな怪性《けしょう》の者となる。いずれにしても、マイナス面の存在ということができよう。それでは、三島氏は、これらの短篇で一貫して負の存在を描こうとしたのだろうか。

ここで私たちはいま一度、九篇の題名の脚注を顧みる必要がありそうである。顧みて、そこから目立たしい言葉を拾えば、それは貴種であり、殉教であり、神的であり、反時代的であり、老人であり、美少年であり、孤立（孤独）であり、化物である。つまり、それらは負であると同時に正である存在、さらに言えば負であることにおいて正である存在ということになる。そして、この方程式の解答は一言に「貴種流離」という言葉で表わされるであろう。三島氏じしんの注にも、「貴種流離」「現代的貴種流離」と、二度まで出てくる。

貴種流離とは何か。貴種流離の概念を確立したのは、おそらく折口信夫博士である。博士は『丹後風土記逸文』の竹野郡奈具社《なぐのやしろ》の由来を引いて、貴種流離譚とは天上の存在が或る犯すことがあって地上に下り、流離の果てに甍《かむあが》って再び天上の存在となる一定した筋を持つことを説明している。これを正負の概念に換言していえば、貴種なる正の存在は流離という負の状況によって負の存在となるが、逆に流離なる負の状況に徹することによって貴種であることを全うする、すなわち完全な正の存在となるのである。プラトン流にいえばイデア界より来りイデア界へ戻る貴種の、この卑しい地上における影としての流離の相《すがた》を、三島氏は異類という負の概念で呼び、そのことによって異類という概念じたいを正の概念に転じたのではあるまいか。

現代、異類＝貴種を描くことには、どんな意味があるのだろうか。現代は卑の卑、俗の俗なる時代である。その意味では、反異類、反貴種の時代である。しかし、この地上が卑俗の度を加えれば加えるほど、地上における異類・貴種はいよいよ異類・貴種の孤立に輝く。その意味では現代は稀なる異類・貴種の時代ということができる。この両面において、異類・貴種を描くことは最も現代的な作業ということができるであろう。

……と、これだけのことを前提にすれば、私たちは個個の作品に入りやすい。

『軽王子と衣通姫』（昭和二十二年四月・『群像』）は、典型的な貴種流離譚である。軽王子と衣通姫は近親姦という犯しによって宮廷という天上から伊予国という地上に流離させられた。しかし、貴種である二人をいよいよ完全に貴種たらしめたのは、二人の犯しであり、その結果としての流離である点を見落としてはならない。二人は貴種の占有物である愛に殉じることによって真の天上界に戻るわけだが、その愛さえ、地上においてはたとえ邪魔のない二人だけの愛の生活においても、苦悩に充ちた流離の相をとるのである。貴種が同時に異類であるゆえんであろう。

『殉教』（昭和二十三年四月・『丹頂』）には「詩人の殉教」という自注が付されている。ところで、三島氏が多少の皮肉をこめて「詩人」という場合、それは必ず自伝的色彩を帯びる。たとえば、『詩を書く少年』を見られよ。氏の文壇的処女作となった『煙草』に最も近親的な作品だが、殉教の縄から抜けた詩人の昇天に散文家の誕生を仄めかしたところが、形而上性を加えていると言えよう。

『獅子』（昭和二十三年十二月・『序曲』）は三島氏の初期短篇中の傑作である。エウリピデスの『メディア』の世を距てた近親である繁子という女は、その愛のために愛の対象をさえ滅ぼしつくして（滅ぼさざるは滅ぼすに勝る！）はじめて地上の流離から解放されるのである。

『毒薬の社会的効用について』（昭和二十四年一月・『風雪』）も、「詩人の俗化」という自注によって、自伝的作品と解してよいだろう。この些か観念過多の哲学的短篇の主人公が、七十五歳という老齢においてその俗化という流離から解放されている一点は、のちの『三熊野詣』を暗示するものとして注意されてよいだろう。

『急停車』（昭和二十八年六月・『中央公論』）では、主人公杉雄の「反時代的孤独」は、交通事故という最も現代的な事件（偶発事）によって解放される。何に対《むか》っての解放？　もちろん、反時代的な天上界に対っての解放である。

『スタア』（昭和三十五年十一月・『群像』）の主人公、「僕」は、若く、美しく、しかもスタアであるという点において、貴種である。加代という醜い女にしか肉の対象にされないということも、彼の貴種を全うするのに役立っている。しかし、若く、美しい「僕」には陰画《ネガ》がある。「永遠の二枚目」「スタアの中のスタア」「無声映画時代の名声から見て、確実に五十歳を超えてい」る小倉愛次郎である。「僕」の陰画はたった一つの大罪を、「年をとるという罪」を犯している。ということは、翻って「僕」が同じ罪を先取りしているということでもある。ここでは、異類が貴種の反措定として現われている。

『三熊野詣』（昭和四十年一月・『新潮』）では、貴種の反措定としての異類が主題になっている。この些かあからさますぎるまでに折口信夫博士をモデルにした短篇で、三島氏の描きたかったものは何だろうか。思うに、この意地悪すぎるほど意地悪な短篇で、氏が罰しようとしたものは、何よりもまず、氏じしんに訪れるはずであった老いであろう。

『孔雀』(昭和四十年二月・『文學界』)では、美しかりし富岡少年という貴種は、早老の富岡という異類から分離して、孔雀という美の肉化像を殺戮しに現われる。この好短篇をワイルドの『ドリアン・グレイ』の一変種と考えてもいいだろう。

『仲間』(昭和四十一年一月・『文藝』)。この童話スタイルの一篇の主人公は、化物の父子である。一篇の主人公は冒頭、二人だが、末尾において三人になる。「仲間」とは、この意味であろう。およそおどろおどろしいところが微塵もなく、しかも一読、背筋に寒さを覚えさせる点、小品ながらみごとな出来というほかない。

＊

ここまで考え来って、私たちは貴種＝異類の物語が、案外、三島氏生涯の仕事の中心ではなかったかと思うのである。畢生の作品となった『豊饒の海』における松枝清顕、飯沼勲、ジャントラパー姫と、死にかわり生まれかわる唯識論にいわゆる種子《しゅうじ》は、貴種＝異類にほかならないし、『豊饒の海』のあとに予定されていた大作『藤原定家』は、自ら神となることを企てた詩人の物語となるはずだったから、これも典型的に貴種・異類の物語ということができよう。

広く世界の文学史に思いをいたし、ロマンの真髄が貴種＝異類を描くことにあったことを考える時、三島氏の志の重要な一中心がロマンの正統を継ぐことにあったことを、いまあらためて思うのである。

（一九七一年二月）

貴種流離をめぐって——折口信夫と三島由紀夫

故三島由紀夫氏に『三熊野詣』といふ、不思議な短篇がある。主人公は「藤宮先生」といふ「清明大学の国文科の主任教授で、文学博士で、また歌人としても知られてゐ」る人物で、この人物の三熊野詣でが、「十年にわたつて身辺の面倒を見てもらつた、その礼をしたいといふ思召し」から「旅のお伴を仰せつかつた」「常子」といふ中年の女性の側から語られるといふのが、筋である。しかし、一篇の筋はこの場合、どうでもよろしい。ここで注意したいのは「藤宮先生」の描写である。

〔……〕第一、先生はきはめて風采が上らず、子供のときの怪我から眇《すがめ》になり、その負《ひ》け目もあつて、暗い陰湿な人柄であつた。ときには親しい者には冗談も言ひ、病身の子供が急にはしやぎだしたやうに、とめどもない快活さを示すこともあつたが、それは決して外観の陰湿さを覆ふにいたらず、どこまでも自分の柄を知つてその限界に耐へてゐる人の、身体不相応に大きい翼のやうな、自意識の影をはみだすにいたらなかつた。

先生は奇異な高いソプラノの声を持つてゐた。激したときには、それは金属的な響きにさへなつた。どんなに身近に仕へる者も、先生がいつ怒り出すか、前以て知ることはできない。講義のあひだに、何か理由もわからずに退場を命ぜられる学生が時折ある。よく考へてみると、その日赤いスウェータアを着てゐたことが理由であつたり、鉛筆で頭を掻いて雲脂《ふけ》を落してゐたことが理由であつたりする。

先生のなかには、甘い、やさしい、弱い、子供らしい部分が、六十歳の今日にいたるまで残つてゐた。それがいつも人の敬意を失はせるたねとなることを怖れてゐたから、学生たちには礼儀作法をやかましく言つた。実際、先生の業績に少しも興味を持たぬ他学部の学生などは、かげで先生のことを、「化《ば》け先《せん》」と嘲つてゐたのである。

近代的な清明大学の明るい校庭を、先生が数人の弟子を連れて横切られる光景は、大学の名物になるほどに異彩を放つた。先生は薄い藤いろの色眼鏡で、身につかぬ古くさい背広を召して、風に吹かれる柳のやうな力のない歩き方で歩かれる。肩はひどい撫で肩で、ズボンはまるで袴のやうに幅広く、髪はそのくせ真黒に染めてゐるのを、不自然にきれいに撫でつけてゐる。うしろから先生の鞄を捧げて歩く学生も、どうせ反時代的な学生だから、この大学ではみんなのきらふ黒い詰襟の制服を着て、不吉な鴉の群のやうにつき従つてゆく。先生のまはりでは、重病人の病室のやうに、大きな快活な声を立てることができない。話を交はすにしてもひそひそ声で、それを見ると、遠くから、「又葬式がとほる」とみんなが面白がつて見るのである。

〔……〕

ずいぶんと長い引用になってしまったが、三島氏えがく「藤宮先生」が沼空折口信夫博士の戯画化であることは、この描写から分明であろう。しかし、何という意地の悪い戯画化だろうか。小説精神ないしは散文精神が必然的に要求する意地の悪さという以上に、何か理由がありそうな気がする。それはいったい何だろうか。

この意地悪な調子は、これに先立つ十年あまり前、同じ筆者によって書かれた、おそらくは折口博士追悼のための『折口信夫氏のこと』という一文のきわめて率直な頌讃の調子と並べてみる時、いっそう目立たしい。そこでは、折口博士は「日本のウォルタア・ペイタア」と頌《ほ》められ、「芸術家の魂を持つた学匠であり、直感と豊かな想像力が学問的正確さと見事に融け合つた稀な方」と讃えられている。単にお座なりの頌讃というだけではない。「もし折口氏の業績が西欧にひろく紹介されるときは、廿世紀にかくも健康な「古代人」が生きてゐたことに驚かれるにちがひない」と言い、「たとへば愛児の死をいたむ多くの短歌や抒情詩には、古代人の憂愁があふれ、近代の抒情詩人に見られる感受性の腐敗や過敏や衰弱が、そこには少しも見られない。この憂愁は日本の神話のもつ憂愁の正統な継承であり、古希臘抒情詩時代のアッティカ的憂愁や、ケルト伝説のセルティック・ツワイライトに比肩する」というあたりには、頌讃を超えた共感さえ匂うのである。この素直な共感を意地悪な反感に変えたものは、何だろうか。

『折口信夫氏のこと』に挙げられている折口博士の著書は『日本文学の発生序説』一冊であり、これを読むと「貴種流離譚の中に姿をとどめる幼な神や、平安朝以後の伝奇小説の中に再びあらはれる妣の国の主題などに、日本の古代の神々が辿つた運命が、明瞭に看取せられる」と書かれていて、三島氏が折口博士の貴種流離の考えに興味を抱いていることがわかる。否、ことは興味にとどまらず、折口博士にとっても三島氏にとっても貴種流離こそ生涯に亘っての最大関心事であり、したがってまたこの二つの稀有な才能の一致点でもあれば、反撥点でもあったと、私は思うのである。

折口博士および三島氏の考えた貴種流離像とは、どのようなものであったか。まず、折口博士の場合から見てみよう。厳密に言えば、貴種流離説は折口博士の発明ではない。柳田國男の「流され王」にも、さらにはフレイザーの「森の王」にさえも、その公式を見ることができよう。しかし、太古以来、洋の東西を問わずめんめんとしてある民俗のこころのひとつの現われを、他の何にもまして大きな比重で捉え、これに「貴種流離」の名を与えて語ることを生涯の仕事とした人間は、折口博士以外、誰もいない。貴種流離への先達たちの対しかたがどちらかと言えば頭脳的であるのに対して、折口博士のそれはむしろ生理的であったと言える。生理という言葉に問題があれば、資質的と言い換えてもよい。

折口博士に資質的な貴種流離説の出発点は、おそらくはその出生に関わり深い。折口博士の生家は織田信長石山攻めの際、逃げまどう顕如上人に降り口を教えた手柄から「折口姓を賜わつた」家柄だが、祖父は「事代主、古代の神を祖《オヤ》とせる」大倭の古社の宮司家から婿養子に来ている。さらに言えば、幼時、事故によって額と下腹部にこうむった傷も、加えなければならぬ。自分をとりまく外界の美に次第に敏感になっていった信夫少年が醜い（と自ら感じていた）自分を古代の神の裔の流離した姿と無意識裡に感じ、この奥深いナルシシズムがのちに折口国学の中心たる貴種流離説となったのだと言えば、あまりなこじつけと難じられようか。しかし、ナルシシズムを密かな核《さね》としないような芸術も、学問も、私には信じられない。

　折口博士の貴種流離説の最もまとまったものは、三島氏も挙げた『日本文学の発生序説』中の「小説戯曲文学における物語要素」冒頭の「貴種流離譚」の項であろう。ここで折口博士は『源氏物語』悪文説から解きおこして光源氏の須磨流謫に行き、『源氏物語』に「物語のおや竹取の翁」と書かれた『竹取物語』に進み、さらに『丹後風土記逸文』の伝える竹野郡奈具社《ナグノヤシロ》の由来に説きいたり、天上または天上に近い生活にあった貴種が、犯すことがあって流竄《りゅうざん》せしめられ、労《いたず》き衰えた挙句に転生《てんじょう》して天上に戻るという型を想定している。

　折口博士の貴種流離説は以上に尽きるのだが、これにはなお二つの説明が可能であろう。その一つは、貴種であるからには流離しなければならぬという貴種流離観、いま一つは、流離するものは貴種であるとする貴種流離観である。第一の観点は貴種に重きを置き、第二のそれは流離に重きを置く。そして、折口博士の立場はどちらかと言えば第二のそれに比重が置かれているというべきであろう。例えばここに一九一四年頃に書かれ、『みづほ』第八号に掲載された『身毒丸』という一篇がある。

　身毒丸はシントクマルと訓む。類推的に理解されるとおり、シントクマルは院本の名篇『摂州合邦辻』の毒を服ませられて癩病となった高安家嗣子俊徳丸の原型である。古浄瑠璃にはただ平仮名で「しんとく丸」とあるのを「身毒」の字が正義であろうとした点、すでにきわめて折口的というべきだろうが、「伝説の研究の表現形式として、小説の形を使うて見た」ところは、折口博士の絶対的な独創というべきであろう。発表当時、これを読んだ学者たちは何と言ったであろうか。のちに歌集『海やまのあひだ』の「この集のすゑに」に鷗外漁史の遺文集『蛙』をひいて、文芸と学問との「二河のしぶき」を浴びつづけねばならない「両棲生活」を自嘲した折口博士のありようがあらわに根本的に出ているのが『身毒丸』の一篇であろう。

折口博士の「伝説の研究」とは、語ることにほかならなかった。そして、この国で語るとは伝統的に、流離の貴種の流離の相を繰り返し巻き返し語りつづけることだったのである。語る人は何のために語りつづけねばならなかったか。語る人は出自的に語られる者を「はぐくみ申す者」だったからである。前掲の『日本文学の発生序説』の第一章「貴種流離譚」につづく第二章は「神をはぐくみ申す者」と名付けられ、竹野郡奈具社の祭神たる処女神《おとめがみ》を追い出したことになっている和奈佐《ワナサ》老夫《オキナ》が阿波枳閉和奈佐比古命《アハキヘワナサヒコノミコト》、つまり処女神の信仰を持って瀬戸内海の対岸の阿波国からやって来た神人団《じにんだん》の人格化であろうと推定されている。

はぐくみ申す者とはぐくまれる者の関係は何か？　はぐくまれる者とは字義どおり、はぐくみ申す者の内なる神であり、秘めたる自己なのだ。そして、この二者の関係の構造式を何よりもよくあらわしているのが、前述の『身毒丸』である。身毒丸は院本の俊徳丸のように高安長者の嗣子などではなくて、住吉の田楽師の息子であった。父親の信吉法師は配下に十五、六人の田楽法師を使う座頭だったが、身毒の九つの時に出奔して見えなくなった。信吉が出奔したのは躰に癩の徴候が見えはじめたからだ。身毒丸じしんの体内にも、そのまことにプリミティヴな名が示しているように業病がひそんでいる。しかも、彼じしん、貴種のように美しい。否、彼は貴種そのものなのだ。

身毒丸は流離する貴種であり、同時に流離する貴種をはぐくむ者、またはこれと同義であるが流離する貴種を語る者である。折口博士が身毒丸をそこに置いた流離の神人団は、自分たちの神を語ることで自分を語ったのだった。そして、折口博士が発見したこの神人団のありようは、また折口博士じしんのありようでもあったはずだ。その意味では、『身毒丸』一篇は、折口博士の自伝的作品と強弁してもいいと、私は思っている。自伝と言えば、折口博士には若年、『口笛』と呼ぶ未完の自伝的作品があるが、その何とも言えず暗鬱な雰囲気に、『身毒丸』のそれと同様なものを感じ取るのも、あながち間違ってはいまい。

折口博士の貴種流離説の原点となる貴種の像は、身毒丸をはじめとして、小栗判官、愛護若など、きわめて神人団的匂い、言い換えれば不可触賤民《アンタッチャブル》的匂いが強い。これは折口博士が貴種の構造について古代人そのままの、さらに言えば原始人そのままの理解のしかたをしていたからだと思われる。希臘《ギリシア》語の nagios や羅甸《ラテン》語の sacer に相当するわが古語の「ゆゆし」は、神聖と汚穢の両義を含んでいた。というより原始古代における人間の意識においては、日常的なものを隔絶しているという意味で神聖と汚穢とはひとつだったのである。そして、折口博士の意識において、流離する貴種はゆゆしき者であり、これをはぐくみ語る者またゆゆしき者であった。

しかし、語るという行為の繰り返しの中で、「ゆゆし」の内容は次第に分化する。語られる者はいよいよ貴種の相において語られ、語る者はいよいよ流離の位置に自らを置く。神人団がいよいよゆゆしき賤民となるにつれて、彼等の神はいよいよゆゆしき貴種となる。世間的名声とかかわりなく、折口博士の意識の中でも同じことがおこなわれ、折口博士は語られる者としての貴種を高きに置き、語る者としての自己を低きに置くということをしたのではあるまいか。私が言いたいのは『死者の書』の書かれた意味である。

『死者の書』というまことに稀有な小説の主人公は、じつは横佩郎女《ヨコハキノイラツメ》ではなくて天若日子《アメワカヒコ》、つまり大津皇子である。この物語は折口博士の裡なる貴種流離説の純粋な形象化ととるべきで、だからその主人公は貴種たる大津皇子であって、郎女はむしろ流離の貴種をはぐくむ者、あるいは貴種の流離を語る者としてある。この意味では郎女を折口博士じしんと言っても間違ってはいない。大津皇子は少なくとも生理的な意味でゆゆしき者ではない。しかし、精神的な意味でゆゆしき者ではありうる。なぜなら、大津皇子は体制に叛逆した謀叛人だからである。大津皇子は、企ての失敗と賜死という流離によって貴種となったのである。

体制への叛逆者としての大津皇子のありようは、容易に倭童男《ヤマトヲグナ》、建命を類推せしめる。倭建命は記紀の言うところでは景行天皇皇子で父帝のために西征東征に遑《いとま》がなかったということになっているが、はたしてそのとおりかは怪しい。すでに記紀のあいだにおいてさえ建像には大きなくいちがいがある。父帝に慰撫を命ぜられた兄皇子を殺して父帝を怖れしめ辺陬《へんすう》に追われる記の建像が原型により近いとしても、考えられる原型より相当なゆがみがある。ゆがみを解く鍵のひとつは、熊曾建挿話であろう。記の伝えるところでは、熊曾建は殺される寸前、弑逆者たる倭童男に対して自分の名の建を奉ったことになっていて、これは何としても奇妙である。

思うに記紀に言う熊曾、出雲、川上などの建たちこそ倭建命の原型で、これらの建を一方で叛逆者に貶め、一方ではその名と魂を奪いつづけて、倭建命像は次第に大きくなっていったのではないか。叛逆者建たちは征服者建に名を奉ったという。これを逆に言えば、叛逆者建たちは叛逆と死という流離の相において征服者建に転化したのだ。迢空折口博士の戦後の歌集を『倭をぐな』と言い、その名のもとになった集中の「やまとをぐな」が、『死者の書』とほぼ同じころ書かれていることは興味ぶかい。義経、曾我兄弟、護良親王にいたるまで、わが国の貴種はすべて叛逆者、世外者としてあったのであり、そういう一点での天若日子と倭童男の重なりあいを、折口博士が気づかなかったわけはない。

折口博士の倭童男像には、いまひとつ、十五年を共に住み、出征後に折口博士の養子とされて藤井氏から折口氏になった春洋の像が重なる。「倭をぐな」とは、じつは皇軍に奪われて南海に行った春洋の魂をしずめ、春洋を思う自らの魂をしずめる鎮魂を意味していた。終戦近いある日、折口博士甲府旅行のことあり、甲府護国神社で倭童男のことを語りつつ滂沱と下ったと聞いたことがあるが、おそらくその折には春洋戦死のことあり、これを重ねあわせての倭童男への哀悼ではなかったろうか。この意味では、折口春洋はその死という完璧化によって、折口博士の貴種流離像の最大傑作となったのである。春洋が完璧な貴種の高みに昇った時、折口博士ははんたいに貴種の流離を語る者の低きに降ったのである。これが世間的名声とはべつの、戦後の折口博士のほんとうのありようだったのではないか。

先に私は折口博士の貴種流離説に貴種流離と貴種流離の二つの説明が可能であり、折口博士じしんの立場は後者に近いと言った。では前者に立つのは誰かと言えば、三島由紀夫氏がこれに当たる。三島氏に汚穢への傾きがないわけではない。例えば『仮面の告白』には幼年の氏が肥桶を両肩に坂道を上ってくる汚穢屋の若者を見て「「私が彼になりたい」といふ」「ひりつくやうな或る種の欲望」を感じたことが記述されている。この時、幼年の氏は貴種と汚穢との関係をみごとに直観的に捉えているが、この時の氏の位置は折口博士の場合とは対蹠的だ。折口博士と貴種とのあいだには流離の相においての共感があり、この共感が貴種をはぐくみ語る者としての出発点になったわけだが、三島氏の場合は自分が汚穢でないという意味で貴種とのあいだに懸隔がある。そこで、氏の仕事の中心は貴種を語ることより貴種になることに置かれることになってくる。折口博士の場合にはまず流離があって、しかるのちの貴種なのだが、三島氏の場合は何より先に貴種が実現されねばならず、貴種が実現されてはじめて属性としての流離があらわれるはずであった。したがって、三島氏は折口博士の身毒丸とはおよそ対蹠的な藤原定家に興味を示す。いまや周知のことだが、遺作『豊饒の海』ののちに来るべき作品は自ら神となろうとした芸術家の物語としての『藤原定家』であった。しかし、氏はこれをついに書かず、自らの肉において神になろうとした芸術家を実現したのである。

　折口博士の場合、語られる者と語る者の分化の中で、語る者としての折口博士は当然のことながら語られる者に深い愛情を持ちつづけた。これが三島氏の場合は、自らを語られる者に仕立てる過程の中で、語る者を次第に切り捨てていったと思われるふしがある。『三熊野詣』一篇が、氏のこうした語られる者への過程の中で書かれたことを思えば、あの意地の悪い描写も理解できなくはない。氏は折口博士の戯画化をつうじて、自分がそこから脱して語られる者になろうとした語る者としての自分を、さらには語る者としての自分のなれの果てを嘲ったのである。

しかし、三島氏と折口博士はまったく相隔った資質の持主だったわけではない。かつて大江健三郎氏が三島氏と折口氏の精神的相似を言ったことがあり、三島氏を烈火の如く怒らせたが、この指摘は正しかった。ここに私の意見を加えれば、大江氏もまた三島氏とはちがった意味で折口氏と相似の精神と思われるが、ここでは述べない。三島氏じしんの中にも折口博士との精神的相似が自覚されていたればこそ、却って近親憎悪的にこれの切り捨てがなされたのだと解すべきであろう。

三島氏の関心事はまず貴種にあり、少なくとも語る者的流離はこれをできるだけ切り捨てようとした。しかし、貴種流離の構造はつねに語る者の流離が感情移入されて語られる者を産むという一面を持つ。そこで、ひるがえって貴種のかがやくばかりのありようの、表面からは見えない深奥には、おぞましい流離が不安な核としてありつづけるのだ。三島氏の語られる者としての自己の完成があのような血なまぐさいかたちをとったことは、あたかも身毒丸のすきとおるような肉の奥に業病がひそんでいたように、氏のアポロ的明晰の下面にディオニュソス的晦暗がかくれていたことを露わにしている。おそらく、三島氏の語られる者の実現はあの血なまぐさい死という流離の相においてなされたのであり、同時にこの時、語る者としての氏の流離も実現したのである。

それにしても、三島氏の折口観のみあって折口博士の三島観を私たちが持たないことは、何としても惜しみてあまりある。三島氏の死は明らかに大津皇子、倭建命的叛逆者の死の一面を持っており、これを折口博士が見てこれについて何かを語ったとしたら、私たちの貴種流離の理念はさらに目ざましい何かを加えたかもしれないからである。

（一九七三年六月）

言葉の王国へ（抄）

ユーモレスク

稲垣足穂の存在を知ったのは、三島由紀夫『小説家の休暇』によってである。「七月三十日（土）」の項で、「今夜の両国の川開きへ人に招かれたが、近くで見る花火は殺風景なだけであるから、行かなかつた」と述べたあと、稲垣文学の評価に移る。

十代終わりの私はこの公開日記体エセーによって、アラン・フルニエ、ヤコブセン、コンスタン、永福門院など、あまり教科書的文学史に登場しないと思われる文学者の存在を教えられ、文学の裾野の広さを知ったが、稲垣足穂の名もそのとき教わった名のひとつだった。「稲垣足穂氏の仕事に、世間はもつと敬意を払はなくてはいけない。武田泰淳氏と話したときに、稲垣氏の話が出たが、武田氏は高く評価してゐた。そのエッセイ的小説、小説的エッセイは、昭和文学のもつとも微妙な花の一つである」と三島さんは言っている。三島さんが読むべきだと勧めるのはいったいどんな作家なんだろう、と私はまずその点に興味をそそられた。それよりもさらに三島さんが読むべきだというほどにも、いま現在少数の人にしか読まれていないという点に関心を持った。そんな少数はきっと貴族的選民にちがいない。それなら、自分もその選民のひとりになりたい、と少年のかなりいんちきな誇りは大いに心を動かされたのである。

稲垣足穂の文章をはじめて読んだのは、三島さんたち鉢の木会で出していた豪華な同人雑誌『聲』第二号（一九五九年一月）によってだから、大学二年から三年生になる時期である。私の通っていた福岡学芸大学は二年までが小倉分校で、三年からが福岡本校だった。それまでそこで育って逃れたい逃れたいと思い思いして来た門司に隣接する小倉とはちがい、福岡は私にとってすべてに文化的で、明るく、軽やかに見えた。私は学校の寮のある井尻という郊外から西鉄電車で福岡市中心街の天神町に出、西中洲、東中洲、川端通、呉服町と歩いて、文化的な街の軽やかさを愉しんだ。私の記憶では『ユーモレスク』はこの文化的な軽やかさのつづきにある。

呉服町の電停に出るすこし手前の、道に面したところに丸善福岡店があった。ここで商っているものが書籍だけだったか、それとも東京店に同じく衣料品や舶来雑貨の類も売っていたか、そのへんになるとどうも確かでない。しかし、私にとって丸善のイメージはペーパー・ナイフを入れて切るフランス装の洋書だけでなく、削るといい匂いを立てるドイツの色鉛筆や素敵な包装紙にたいせつにくるまれたフランスの化粧石鹸などを含んでいる。そういう丸善のイメージのつづきとして『ユーモレスク』があったのだ。

まず、この作品が載った雑誌『聲』が丸善発行だった。『聲』じたいのイメージはといえば、私はまだ小学生のころ、どういうわけでそんなところにあったのか、近所の釣具屋の押入れの中から出て来た第二期の『明星』を一冊だけ見たことがあるのだが、それと似ている感じで、すこし厚化粧という気味がないでもなかった。が、私としてはこのややアナクロニックの厚化粧という気味合いには目をつぶって、やはり舶来のいい匂いの範囲に入れて考えることにしていた。

けれども、『ユーモレスク』には目をつぶる必要がなかった。これは舶来のなつかしさそのものだった。「ユーモレスク」という仮名文字外国語には、私たちは小学校以来の思い出がある。ドボルザークの同名の曲を何度か聞かされたことがあるからである。そのなつかしい旋律的思い出を下敷に、読みはじめる。と私たちの目に跳びこんで来るのは「VP両感覚」であり、「A感覚」である。

VP両感覚について語ることは、今日ではもはや昔ほどの遠慮は不用である。ところがA感覚についてはそうでない。殊に世の男性らは、自他の臀部に関して、特にAに対しては何故かひたすらに箝口を守っている。〔……〕

VPとはもちろんVagina and Penisであり、AとはAnusである。だから、これは性感覚のことを言った文章である。しかし、これほど清潔な文章を私はまだ読んだことがなかった。清潔ということは無味乾燥かといえば、そんなことはない、じつにエロティックでもある、清潔かつエロティックと言うべきか。一読後、むしろ私は清潔とはエロティックを含むべきこと、逆の方向から言えば、エロティックなるものは清潔でなければならないことを確信していたのだった。

この清潔＝エロティックは、きわめて十九世紀末＝二十世紀初頭美術的、と私には見えた。これを稲垣足穂じしんなら、未来派的・立体派的と呼ぶかもしれぬ。要するに稲垣足穂的ハイカラー形象の型録集で表現される、宝塚少女歌劇の開演中卒倒した演者のお尻に立てられた注射器、「活動写真」の隙間風に波打つ只の白布に投影された西洋のスパンキング、西洋の腰掛式便所、毒林檎を食べてひっくり返る西洋のお姉様、海軍の水兵服、椅子という名の「肛門台」、ナポレオン一世の子供子供したお尻の割れ目に接吻する一人物、独逸の古い医学書の浣腸場面のエッチング、悪魔のヒップナイド的奇想画、痔疾の焼石療法、坐薬、浣腸器、前立腺マッサージ器械、エトルスクの「腸占術」とピカソの「人体解剖図」の関係、そしてついにあの自転車のサドルが登場する。

サドルにはその中央部に縦に三ツ四ツ並んだ、たぶん「空気抜き」だと解釈される小孔がある。これと向かいあわせにぴったりと押しつけられる臀部の小孔に、筆者は読者の注意を喚起する。筆者はまた洋服のズボンについて注意を喚起する。そして、このサドルやズボンを見たときの胸騒ぎを、「われわれの臀部がおいど（居所）として、即ち物理的にも心理的にも肉体の fondement であり、幼少年のみでなく、一般大人らにあっても、日常の生活感情を托するのに都合のよい部位であるばかりか、其処には何かしら情味と活気とをもたらすものがあるということが示されている」と説明する。

ここまで読んで、遅手《おくて》の青年は筆者が稲垣足穂的立体派型録の内容をつぎつぎ手品のようにとり出して説明したかったものが、最終的には一種の存在論、宇宙論であることを知る。稲垣足穂のハイカラーとは、したがって結局、自分じしんの丸善的匂い鉛筆好みのハイカラーとは、この湿潤な風土の伝統的感受性には本来ない存在論、宇宙論への憧れなのだ、と知ったのだった。

さるにても、『ユーモレスク』一文の終わりのレオナルド・ダ・ヴィンチ少年の夢の話の止めは美しい。これこそが詩法なのだ、と遅手の少年は頷いたものである。

日曜日……仮面の告白

三島由紀夫という、のちに私にとって重要な存在となる先人の名をはじめて知ったきっかけは、やはりひとりの友だちである。

中学に入って同級生になったその少年は高見といって、柄が小さく、顔色の青黒い、あまり目立たない生徒で、家はブリキ屋をやっていた。中大門町という商店街に面した北向きの家を覗くと、硝子張りの内がわは板敷きになっていて、高見少年とは異なり恰幅のよい父親がブリキを丸めたり、切ったりしていた。

高見の言うところによると、この父親は若年裕福で、世界各国を漫遊したという。願人坊主《がんにんぼうず》のように痩せこけた高見には世界漫遊のイメージは結びつかなかったが、終始寡黙で、そのくせ柔和な表情で、ただひとり悠然と仕事をしている父親のたたずまいには、どこか私たちの未知の世界の光と闇とを垣間見てきたという匂いが感じられた。

その父親のたたずまいゆえに、私は高見に一目置いていた。高見じしん、その外見に似合わず、私などの思いもよらない、文化的な情報に通じていて、はっとさせられることがあった。その高見がある日、一冊の本を持って来て、「読んでごらん、キザだから」と言った。たぶんB6判機械箱入りのあまり上等とはいえない装釘の簡略文学全集のうちの『三島由紀夫集』だったと思うが、確かなことはわからない。

扉のすぐあとに、まだ二十代の、ボディ・ビル開始以前のひよわな著者の写真があって、高見の言う「キザだから」の内容はこの写真の印象にも亘っていたようだ。この本を借りたのは一週間ぐらいだったろうか。そのころの好奇心と相携えた読書力からすれば、すくなくとも数篇は読んだはずだが、記憶に残っているのはただ一つ、『日曜日』という短篇のみである。

その内容についても、どれだけ深く捉えていたかは怪しいものだ。記憶に残っているとはいっても、憶えているのは最後に近い部分のみだからである。いま、その部分を原文から引用してみる。

〔……〕四時七分に臨時列車が構内へ入つて来た。ホームへ入るか入らぬかに、惨事が起つた。少しはやすぎた群集の動揺が、最前列の二人を前へのめらせたのである。瞬間の出来事で誰の犯行であつたかはわからない。〔……〕腕を組んでゐたので、一人で死ぬことは困難であつた。幸男が顚落し、斜めに秀子が引きずられて落ちた。ここでもまた何らかの恩寵が作用して、列車の車輪は、うまく並べられた二人の頸を正確に轢いた。そこで惨事におどろいて車輪が後退をはじめると、恋人同士の首は砂利の上にきれいに並んでゐた。みんなはこの手品に感服し、

運転手のふしぎな腕前を讃美したい気持になつた。〔……〕

十三歳の少年の正直な読後感は、爽やかなものとは言いがたかった。いま読みかえしてみてもわかることだが、この作家に独特の甘やかな修辞、しゃれた皮肉はことごとく読み落としているから、ただわざとらしい、意地の悪さだけが残った。車輪に轢き切られて砂利の上に並んだ若い恋人たちの首に対して、「手品」とは、「運転手のふしぎな腕前を讃美したい気持になつた」とは、この作者はなんという人だろう、と思った。

なんという、という感じの内容は、なんという非人間的なということか。この非人間的なは人工的なと言い換えてもいいだろう。ただし、そうは思いつつ、あるいはそう思ったからなおさらにか、二つ並んだ首の印象は一種嫌悪感を伴うまでになまなましく私の裡に残った。この印象は三十年のちの十一月二十五日のれいの事件のおりに甦るのだが、そのことについてはのちに述べよう。

以後の私の読書は三好達治、萩原朔太郎、高安国世のリルケ、菱山修三のヴァレリーなどに傾いて、三島由紀夫作品をふたたび手にしたのは、高校も終わりに近くなってからだ、と思う。その作品というのは、『仮面の告白』である。私の読んだのは、講談社か新潮社の新書判で、その本をどうして手に入れたかは思い出せない。ただ読みはじめるやたちまち夢中になり、一日ほどで読みおえてからは幾度となくあちこちをめくるたいせつな本の一冊になったことだけは、忘れようもない。

私を夢中にさせたものは何だったろうか。読みかえして、あれだったか、それともこれだったかと確かめてみる。それは彼が五歳のとき、最初の自家中毒の訪れと前後して見た「血色のよい美しい頬と輝やく目」をもった若い汚穢屋のイメージだったか、「花電車の運転手や地下鉄の切符切り」、または「練兵からかへるさの軍隊」の「兵士たちの汗の匂ひ」だったか。あるいはまた、「王子たちのあのタイツを穿いた露はな身装と、彼らの残酷な死」だったか。

結局のところ、私の記憶に最もくっきりと残っているのは、中学二年生の彼の前に現われた、それも「何か乱暴な振舞で寮を追ひ出されて来」て、「いはゆる「不良性」のれつきとした烙印がこの追放で」「押されるにいたつ」た近江のイメージである。当時の軍人教育が禁じているにもかかわらず平気で身につけている近江の「白絹のマフラー」であり、「派手な模様入りの靴下」であり、早朝の校庭の雪の上にひとりぼっちの近江が描いたOMIの字であり、彼の「ほてつてゐる頬に押しあてた」近江の「雪に濡れた革手袋」であり、遊動円木の遊戯からころがり落ちた彼を助けおこした近江の白手袋の感触だった。そして、それらのすべての彼方に、まるでプラトンのイデアのように、彼がそれを見たいという「面伏せな欲求を奥深く抱いた」近江の「あの「大きなもの」」があった。

作者によって描かれた近江のこれらのイメージ、そしてその収斂されたイデアとしての「大きなもの」とは、いったい何だったか。その当時どれほど正確に読みとっていたかはいざ知らず、それを同性愛の対象と呼んでみても何事も明らかになるわけではない、といまならはっきりと言える。それはじつは作者じしんの欠落感の鋳型が押し出した憧れとしての真実在の諸属性なのだ。したがって私が『仮面の告白』に夢中になったのは、たまたま自分じしんをどこかでひよわと感じ、男らしさに象徴される実在感が欠落していると感じていたからであろう。

しかし、私とこの作者とに決定的な違いのあることに、私はまだ気づいてなかった。その違いとは何か。五歳の作者が若い汚穢屋を視て覚えたという「「私が彼になりたい」といふ欲求」である。私にはその種の欲求はついになかった。

憂国……愛の処刑

二十四歳で上京した翌翌年の十二月、私は思いがけず三島由紀夫氏から電話をいただいた。その年九月に出した私の第二詩集『薔薇の木　にせの恋人たち』を幾人かの先人たちに送っておいたのが目に止まってのお電話だった。その日の夜、私は三島氏に会い、交流は以後死の日の一週間前までつづいた。氏が後輩の私に対して教えてくださった最重要の事は、生活者としての芸術家のイロハだった。その内容は懇切をきわめたものだったが、ここにその一一を述べる余裕はない。ここでは氏の作品と私との関わりに限らなければならない。

『仮面の告白』以後も、私はおりにふれ氏の作品を読んでいた。これに劣らず、評論の類にも感心していた。氏の読書についての文章がある時期の私の読書の教師となったことについては、すでに述べた。作品の中では二つだけを挙げておこう。『禁色』と『金閣寺』である。『金閣寺』は完成度においては『禁色』の比ではなかろうが、完成しすぎているという意味で、私は好きではなかった。これに対して『禁色』はかならずしも成功作とは言いがたいが、芸術家小説（もちろんこの呼称を私はまだ知らなかったけれども）としても、悪漢小説としても、すこぶる可能性に富んでいると思われた。何よりも風通しのよさが好もしかった。
しかし、ひとりの作家、さらに広く芸術家を知っているのと知っていないとでは、彼の作品に対する私たちの対しかたはおのずからべつのものになろう。対する私たちじしんが芸術家を志していたとしたら、なおさらのことである。したがって、三島氏を知るようになってからの私の三島作品の読みかたは、微妙に異なってきたとしてもふしぎはなかろう。その変化を一言で言えば、それまでは作品を読んでいたのが、それからは作品と作者の関係を読むようになった、ということではあるまいか。

ところで、この作品と作者だが、作品は作者のある一定の時期に書かれているのに対して、その作者は作品以後も刻刻と動いていく。その動いていく作者とかつての作品との関係はどういうことになるかについて、私はまことに貴重な体験をさせられた。作者とは三島由紀夫であること、いうまでもない。そして、ここで作品とは『憂国』のことである。

順序としてまず作者から始めれば、私の出会った時期の三島氏は『月澹荘綺譚』『三熊野詣』を発表した直後で、ダヌンツィオの『聖セバスチァンの殉教』の反訳《ほんやく》にかかり、『サド侯爵夫人』を書き、そしてみずから主演しての『憂国』を映画化し、『英霊の声』を発表する、そういう時期だった。その間の氏の動きを私は比較的近くにいてつぶさに見てきた。

『憂国』はもともと私の好きな作品だった。短篇において卓れる氏の作品の中でも、何指かのうちに入る一篇と言えると思う。短篇として卓れているとはどういうことか。さまざまの規定のしかたはあろうが、どんなに筋が複雑であろうと、イメージの上で一本理念が通ってなければならない、ということは言えるのではあるまいか。その意味では『憂国』にはまことに強靭な一本の理念が通っている。その理念とは何かといえばエロティシズムである。宇宙と人間とを存在せしめているものはエロス以外の何ものでもないとの信念である。

『憂国』は昭和十一年二月二十六日のあの国家的大事件、二・二六事件の爾後譚を主題としている。主人公は「近衛輜重兵大隊勤務武山信二中尉」とその妻「麗子」である。中尉は「事件発生以来親友が叛乱軍に加入せることに対し懊悩を重ね、皇軍相撃の事態必至となりたる情勢に痛憤して、四谷区青葉町六の自宅八畳の間に於て、軍刀を以て割腹自殺を遂げ、麗子夫人も亦夫君に殉じて自刃を遂げた」。

一篇はすなわちその殉死の描写だが、死ぬと覚悟を決めた二人は入浴で肉を浄め、酒盃を仰いだあと、寝室に入って狂おしい情交にふける。一度、二度、数度?……殉死に必要な十分な力を残して、二人は蒲団を片づけ、簡潔な遺書をしたため、まず中尉が腹を切り、これを見届けた夫人が咽喉を刺す。つまりこの短篇をごくすなおに読めば、二人の忠君愛国の死の内容は二人の肉交の完成にほかならない、ということになろう。すると、この短篇の題名『憂国』は一種皮肉めいたものになる。

しかし、その意味は作者である三島氏の動きとともに変わる。氏はしだいに目に見えて右傾し、氏じしん「憂国」の士となる。このとき、作品『憂国』の皮肉は皮肉でなくなる。いな、そういうよりも、皮肉が皮肉でなくなるように氏じしんが作意した、というほうが正確かもしれない。みずから主演しての『憂国』の映画化のおりにすでにそれが言え、短篇『英霊の声』発表以後においていっそうはっきりとそれが言えよう。

しかし、氏はいったい何のために「憂国」の士とならなければならなかったのか。逆説的だが氏のエロスの完成のためにであると私は思う。そのことの証拠を、氏のアンダーグラウンドの作品であることがまず間違いないと思われる『愛の処刑』に私は見る。『憂国』発表と前後して『ADONIS』なるアンダーグラウンド誌の付録である『APOLLO』という小冊子に榊山保の名で発表されたこの作品の内容は、体操教師「大友隆吉」と生徒「今林俊男」の愛の完成のための切腹自殺と服毒自殺である。この二つを重ねあわせたとき、氏が発表した時点においての『憂国』の意味は明らかであろう。『愛の処刑』は氏におけるエロスと死の関係を最も原質的な意味で露わにしている。氏のエロスは正直には男性同士のエロスのかたちをとらねばならず、しかもそのエロスはみずからする血を伴う死によって完成する。しかし、死というものは私的なものであってはならない、と氏はまもなく気づく。そこで氏は男性同士のエロスを男性対女性のエロスに変える。しかも、まだ不十分だ。異性間のエロスは単にエロスのためのエロスであってはならない。対社会的な目的を持った死に祝福された死でなければならない。『憂国』が書かれ、すでに書かれた『憂国』の意味がのちに変えられたのは、こういう事情によるもののはずだ。

さて、かくも作者を動かし、作品を動かしたエロスとは何か。先に述べた三島氏生得の欠落感、そしてその欠落感を埋めるための憧れ、「私が彼になりたい」ということになろう。私とはもちろん三島氏じしんであり、彼とは体操教師大友隆吉であり、武山信二中尉であろう。彼らは「私」の理想像であって、「私」の実像はむしろ生徒今林俊男に、また、中尉夫人麗子に近い、と言うべきであろう。

太陽と鉄

ある時期わが国の芸術至上主義の代表選手と目され、いまなお一部でそう考えられている三島由紀夫氏のような作家が、その創作活動（ジャーナリスティックの意味での）をいわゆる告白ものから始めたということは、興味ぶかい。もっとも、その上には用心ぶかく「仮面の」という限定詞が置かれてはいるけれども。「仮面の告白」という題名は二重に読める。告白すると見せかけてはいるが、じつは仮面を被った告白、すなわち反告白だという読みかた。いま一つは、仮面を被ってみせて、じつはその下でほんとうの告白をしているのだという読みかた。この反告白と告白のあいだを振子のように振れつつ、この告白体は三島氏の晩年までつづく。

『仮面の告白』のつぎは『禁色』『鏡子の家』をこれにつづけてもいいかもしれない。内的告白として『金閣寺』を加えてもいいかもしれない。そして、最後にあの『太陽と鉄』が来る。

このごろ私は、どうしても小説といふ客観的ジャンルでは表現しにくいもろもろの堆積を、自分のうちに感じてきはじめたが、私はもはや二十歳の抒情詩人ではなく、第一、私はかつて詩人であつたことがなかつた。そこで私はこのやうな表白に適したジャンルを模索し、告白と批評との中間型態、いはば「秘められた批評」とでもいふべき、微妙なあいまいな領域を発見

したのである。〔……〕

と始まるこのきわめて三島的文章に、人はなぜもっと注意しないのだろう。つづいて筆者は「それは告白の夜と批評の昼との堺の黄昏の領域であり、語源どほり「誰そ彼」の領域であるだらう」と言う。つづいて、この「誰そ彼」の領域にふさわしい言葉は、「「肉体」の言葉」である、その「肉体」の言葉をこそ探していたのである、と論理は飛躍する。

なぜ、「告白の夜と批評の昼との堺の黄昏の領域」に見合う言葉が「「肉体」の言葉」となるのか。ここには三島氏の特殊事情がある。

〔……〕つらつら自分の幼時を思ひめぐらすと、私にとつては、言葉の記憶は肉体の記憶よりもはるかに遠くまで遡る。世のつねの人にとつては、肉体が先に訪れ、それから言葉が訪れるのであらうに、私にとつては、まづ言葉が訪れて、ずつとあとから、甚だ気の進まぬ様子で、そのときすでに観念的な姿をしてゐたところの肉体が訪れたが、その肉体は云ふまでもなく、すでに言葉に蝕まれてゐた。〔……〕このやうなことが、一人の人間の幼時にすでに起つてゐたと云つても、信じられない人が多からう。しかし私にとつては、たしかに我身の上に起つた劇であり、これが私の二つの相反する傾向を準備してゐた。一つは、言葉の腐蝕作用を忠実に押し進めて、それを自分の仕事としようとする決心であり、一つは、何とか言葉の全く関与しない領域で現実に出会はうといふ欲求であつた。〔……〕

つまり、三島氏がこの言葉の正確な意味でのエセー（＝試行）でおこなおうとしていることは、氏の二つの傾向のうちの第二、「言葉の全く関与しない領域で現実に出会はうといふ欲求」の歴史を、ほかならぬ言葉で表現することであった。そして、この表現のなされる場が「告白の夜と批評の昼との堺の黄昏の領域」だということになるのである。

幼年期このかた、氏にとって現実と肉体と行為とは同義語だった。そして、それらの反義語は言葉であり、自己であった。氏はその現実＝肉体＝行為の最高の美徳として悲劇を置く。「その悲劇的パトスは、もっとも平均的な感受性が或る瞬間に人を寄せつけぬ特権的な崇高さを身につけるところに生れるものであり、決して特異な感受性がその特権を誇示するところには生れない。したがつて言葉に携はる者は、悲劇を制作することはできるが、参加することはできない」。

ところが氏は途中から「言葉に携はる者」でありつつ、悲劇に参加しようとする。その契機を、氏は青空との、そして太陽との出会いに置き、参加のための祭具としてその太陽の贈りものともいうべき鉄の塊、おそらくは氏の後半生の目立たしいシンボルの一つであったボディ・ビルの鉄亜鈴を持って来る。

〔……〕そしてそのやうな人間だけが見ることのできるあの異様な神聖な青空を、私も亦見ることができたときに、私ははじめて自分の感受性の普遍性を信じることができ、私の飢渇は癒やされ、言葉の機能に関する私の病的な盲信は取り除かれた。私はそのとき、悲劇に参加し、全的な存在に参加してゐたのである。

と、氏はいとも簡単に言う。しかし、「そのやうな人間」、つまり平均的な感受性は「あの異様な神聖な青空」を感じとることができるだろうか。「言葉に携はる者」でありつつ、「平均的な感受性」を得ようとした氏が「自分の感受性の普遍性を信じることができ」たといっても、それはあくまでも氏の主観を出ないのではなかろうか。

もちろん、単なる「言葉に携はる者」が「悲劇を制作することはできるが、参加することはできない」のは、氏の言うとおりであろう。けれども、同時に単なる「平均的な感受性」も悲劇に参加することと、すくなくとも悲劇に参加したと自覚することはできないのではなかろうか。参加し、しかも自覚することができるのは、言葉の人でありつつ肉体の人であることを希求した氏のような特殊な人の特殊事情に属するはずである。

言葉の人でありつつ肉体の人である……という順序は、たいせつである。肉体の人でありつつ言葉の人であるということと、このこととはまるで違う。三島氏はまず言葉の人であった。言葉の人でありつつ肉体の人たらんと希求した。この希求は氏の生涯つづき、氏の言葉にもかかわらず「飢渇は癒やされ」ることはなかった。

この飢渇はどうすれば癒やされるか。鉄の塊の変形である鋼の刃でもっておのが肉を刺しつらぬき、氏の特異な生を平均的な死に変えることによってであろう。平均的な死にはもう一つ、集団的であることが必須とされる。氏の一九七〇年十一月二十五日のよそ目には奇矯と見える死の儀式は、その意味で氏が真に肉体の人となるための必須の儀式だったのである。そんな訳合いから、私はこの『太陽と鉄』なる書を氏の遺書、もし言うべくんば仮面の遺書と読むのである。

豊饒の海

あのような肉体を誇示した生きかた、死にかたにもかかわらず、三島由紀夫という人物は結局のところ、言葉の人であった、と私は思う。たしかに氏は、ある時期からみずからを肉体の人となすべく努力した。しかし、この場合も、氏は肉体の人となすべきみずからを、言葉の人であるみずからとはべつの、いわばひとつの対象として、これを肉体の人となすべく努力した、と言うべきではあるまいか。

氏が結局、言葉の人であった証拠は、氏の肉体の人となるべき努力そのものの中にもあった、と私には思われる。氏のこの努力じたい、発想において言葉の人的であったから、氏のエネルギーのうちのどれだけかはこの努力に費され、氏の言葉の仕事はそれだけ稀薄にならざるをえなかった。氏の強弁にもかかわらず、氏の作品のうち最上のものは、この努力より以前に書かれたものだ、ということは、言えるはずである。

このことをいちばんよく知っていたのは、三島氏じしんであろう。氏はその計算しつくされ、計量しつくされた人生の終わりにおいて、言葉の人として最高のものを残すべく努力する。もしこの努力が実らなければ、肉体の人と見せかけた部分の氏の人格も不完全なものになる、と氏は誰よりもよく知っていたはずである。

この努力において選ばれた主題は、現代小説としてはいささか奇矯なものである。法相仏教の唯識論を踏まえて、四世代の生まれ変わりを小説化しようというものである。第一世代は大正初期の新華族の御曹子、松枝清顕、第二世代は昭和初年代の右翼の青年、飯沼勲、第三世代は太平洋戦争前後のタイ王族の王女ジン・ジャン、第四世代は現代の、ということは三島氏の生前から死後にかけての孤児の少年、安永透である。

いずれの場合もつぎの世代は前の世代の生まれ変わりということになっていて、その証拠は左の脇下にある三つの黒子《ほくろ》である。しかし、めいめいはそのことをまるで知らない。ということは、四人の物語はそれぞれに完結していればいいわけで、およそ非現実的な筋立てにもかかわらず、ひとつひとつの物語は現実的な描写で、ということはほとんど普通の小説の描写で構成しうることになる。全体の非現実性は前の物語とつぎの物語とのはざまにある、ということになる。

しかし、そのままではひとつひとつの物語は完成しても、物語相互の関係が稀薄になる。そこで四つの物語を通じての副主人公というか、作者の代理人が登場しなければならなくなる。これが松枝清顕の学友であり、飯沼勲の弁護士であり、ジン・ジャンを追っかけまわす初老の男であり、安永透の衰老の養い親である本多繁邦である。

物語のひとつひとつを何と言おうか。そのひとつひとつがいかに巧みに拵えあげられているとしても、それが三島氏の他の作品、あるいは他の作家の作品どもより特に卓れているというわけではない。さきにもすこしく触れたところだが、この四部作の卓れている点は、四部作それぞれではなく、そのあいだの空間に、すなわち四つの物語をつなぐ構成にある。

そういう意味から、四部作中、私が最も高く評価したいのは、世間で最も評判の悪い第四部である。第一部から第三部までは、それぞれまがりなりにも主人公のいる完結した物語である。しかし、第四部は第三部までと同じような意味での主人公はいない。主人公がいるとしたら、それは主人公たるべき安永透ではなくて、主人公たるべきでない本多繁邦である。

いな、むしろ読者はここまで読みきたって、副主人公と見えた本多こそ、全四篇をつうじての主人公なのだ、と感じとるべきなのであろう。ひとつひとつ主人公を立てた物語だと思ったものは、じつは副主人公と見せかけた主人公、本多の目に映ったあるともないともわからない像にすぎなかったのだ。

では、本多とはいったい何者か。作者の代理人とはすでに言った。本心を言えば、代理人を通りこして作者そのひとと言いたいところだ。いな、そう言いきってよいのではあるまいか。本多はひとりの芸術家であり、四つの物語はその芸術家の目に浮かんだ四つの像である、と。とすれば、『豊饒の海』四部作は本多繁邦という芸術家を主人公に持つ芸術家小説なのだ。そして、そのことを教えてくれるのは、じつに第四部『天人五衰』なのである。

私たちは松枝清顕に、飯沼勲に、ジン・ジャンにさえ、作者三島氏の分身を見ようとする。そして、安永透まで来て、どのような意味でも三島氏の分身を見ることができなくて当惑する。けれども、見られないのがあたりまえで、分身ははじめからべつのところにいたのだ。氏の分身は清顕でも、勲でも、ジン・ジャンでもなく、はじめから本多だったのだ。

かりそめの主人公は生まれ変わり、死に変わる、あるいはそのように見える。しかし、まことの主人公は生まれることも、死ぬこともない。芸術家というおぞましい目は、生まれ変わり、死に変わる至福から遠く、その生死流転のさまをまばたきもせず瞶《みつ》めている不倖せの存在だ。『天人五衰』の本多は芸術家の末路といえば末路だが、芸術家などというものははじめから末路の人であったはずだ。

だから、この四部作はある意味では第四部から読みはじめるべき種類のものだ。いな、そうもできぬから、第四部まで読み、こんどはその第四部を出発点として、第一部へ戻り、もういちど第三部まで読みなおすべき種類のものだ、と私は思う。

さて、この第四部は芸術家本多と芸神の顕現ともいうべき老門跡綾倉聡子とのまことに劇的な対話のあと、聡子に案内された「記憶もなければ何もない」「寂莫を極めてゐる」「夏の日ざかりの」庭の描写で終わり、

「豊饒の海」完。

昭和四十五年十一月二十五日

の文字が、読む者の目に入る仕儀となる。これまた作者三島氏の周到な用意であって、この四部作が終わったところで、作者はどこに行ったのかを読者に考えさせようとしているのである。

さて、作者はどこへ行ったのか。「記憶もなければ何もないところへ」？　それなら、はじめか

ら芸術家という不倖せな存在には記憶も何もなかったはずではないか。逆に、記憶に代表される現実を得るために、作者は芸術家である自分を罰し、その確かな傷みのむこうがわに抜け出ようとしたのではないか。

それならば、『豊饒の海』も『太陽と鉄』とは逆の意味での仮面の告白である、ということになろう。

少年愛の美学

稲垣さんが亡くなった。心境から言えば稲垣先生と言いたいところだが、生前の習慣に従って稲垣さんと呼ばせていただく。

稲垣さんとのおつきあいが始まったのは、私が第三詩集『眠りと犯しと落下と』を出したころだから、一九六五年か。私の送った詩集への稲垣さんの礼状が先か、詩集と前後して私がさきにファン・レターを出したのかは、忘れてしまった。

しかし、ファン・レターの内容なら憶えている。稲垣さんが何かに「自分の読者は全国に六十人ぐらい」と書いたのに対して、「あれは間違っています。ほんとうは六十一人ぐらいです」と書いたのだ。

しかも、その手紙を私はどういうわけか、宇治の恵心院に出してしまった。あるいは詩集も恵心院に送ったのかもしれない。たぶんそのころ雑誌で『芦の都』か『都の巷しかぞ住む』かを読んで、早合点に宇治恵心院を憶えてしまったのだろう。

稲垣さんからは返事が来て、「自分はしばらく前から桃山伊賀の府立桃山婦人寮にいます」とあった。その婦人寮をはじめて訪ねたのは翌年のはじめだったろうか。宇治川の支流、山科川を望む小丘の上の、村役場か分教場といった趣きの建物が、かつての気の毒な境涯にあった婦人たちを更生させるための婦人寮で、その敷地の崖っぷちに近く、四坪か五坪のまさしく現代の庵といった感じの離れが、寮母である志代夫人と稲垣さんの住まいだった。

崖のがわに面して縁側があり、訪問者たちは縁側から上がるしくみらしかった。縁側の内側に二つ部屋が並んで一方は締め切られ、開いているほうの四畳間が、稲垣さんの居室であり、仕事部屋だった。稲垣さんはそこで、小さな木の坐り机で仕事していられた。たしか、同人誌『作家』編集部から送られてくる原稿ガラの裏に罫を入れたものが、稲垣さん用の原稿用紙だ、と聞いた。筆具は削り節のおまけの鉛筆のようだった。

私はここでいきなり、稲垣さんの『花月』のサワリを聞かされた。稲垣さんのお父君が晩年生業を捨てて謡曲の師匠のようなことをしていられたことは、稲垣さんの文章を読んで知っていたが、じっさいに聞かされると、やはりびっくりした。それに、つぎつぎに出てくる小話《コント》。そのすばやさといったら。早口にしゃべり出された一つの小話の意味を考える間もなく、つぎの小話がとび出してくる。

ぜんたいに早口なこともあって、しゃべられた半分理解するのがせいぜいだったが、それでも初対面から稲垣的話術の虜になった。それからは二カ月に一度といった塩梅式に、桃山婦人寮を訪ねた。その何度目かの話術のひまに「美少年の形而上学」という言葉が出て来た。間もあらず、『少年愛の美学』が徳間書店から出た。

この一冊は、三島由紀夫氏の強力な推輓もあって、新潮社が創設した日本文学大賞の第一回を井上靖氏の『おろしや国酔夢譚』と分けて受賞した。三島氏としては稲垣さん一本に絞りたかったらしいが、たまたま稲垣さんの『東京遁走曲』が出て、審査員のあいだで評判がよくなかったことから、三島氏もごり押しできなかった、とのちに聞いた。

この受賞がきっかけとなって、一種の稲垣足穂ブームが訪れ、執筆に、座談に、ゴシップ種にまで大活躍、ジャーナリズム関係者の桃山詣でがひっきりなしということになる。そのことを稲垣さんじしんがどう思っていたか、真意を問うたことはない。三島氏などは、稲垣さん一人がジャーナリズムから超然としていられるのが悔しいから、ジャーナリズムの地獄につき落としてやったのだ、と冗談めかして言っていられたけれども。

評判になったものはその時点では触れないという、生得の悪い癖で、私がこの作品を読んだのは、かなり遅い。一九七〇年になってからかもしれない。もちろん、読みはじめると滞りなく、たぶん二日ほどで読んでしまったが、読みおえて、特に事新しい感動というようなものはなかったことを、告白しなければならない。

そのことは、この作品がつまらないということを意味しない。私が事新しく感動しなかったのは、その内容に前以て触れすぎていたためである。感動という感情の中にはかならず目新しい何かへの驚きが何分か含まれているはずで、これがなければ感心はしても、感動はできまい。この作品によってはじめて稲垣足穂を知ったのであったら、私は感動したに違いないのだ。『少年愛の美学』は稲垣文学というか、稲垣宇宙観の根であるA感覚説の集大成である。集大成であるから、その内容はすでにさまざまの機会に披露されている。私が最初に稲垣足穂に触れた『聲』掲載の『ユーモレスク』がそうだったし、ユリイカ版稲垣足穂全集十六巻の『A感覚とV感覚』や『「美少年的なるもの」を繞りて』などは、そのものずばりであろう。

加えて、稲垣さんじしんの座談である。私は『少年愛の美学』を読みはじめて、すでにはしがきの部分に、かつて稲垣さんの口から出た小話のいくつかが、『花月』のことといっしょに出ているのを知って、このほうはちょっとばかり驚いたものだ。しかし、これは感動というのとは、すこし違う。

けれども、感心なら大いにした。いちばん感心した点は何かといえば、話術ということである。話術などという技術的な言いようは世の熱烈な稲垣ファンの神経を逆撫でするかもしれないが、それならこの話術は慈悲とイコールである、と注釈をつけておこう。

慈悲とは誰に対する何のための慈悲か。形而下的衆生に対する形而上世界を垣間見させるための慈悲である。私はさきに「美少年の形而上学」という言葉を稲垣さんじしんの口から聞いたことがある、と言った。稲垣さんの最初の計画では、タイトルは「美少年の形而上学」だったに違いない。「美少年の形而上学」が「少年愛の美学」となったことじたい、すでに慈悲である。

この慈悲が、この話術がなければ、形而下人間どもは形而上世界への登り口を素通りしてしまうだろう。話術、これをサーヴィスと言い換えてもよい。ちなみに、service という英語は宗教的意味を持っていて、その意味とはミサ聖祭のことである。

（一九七七年十月／七八年一月）

完璧な謎解き――ネイスン『三島由紀夫――ある評伝』書評

ジョン・ネイスン氏が三島由紀夫氏の『午後の曳航』の反訳者《ほんやくしや》となったことは、まことに運命的であった。同じくまた、氏が三島氏の『絹と明察』の反訳者となることを固辞し三島氏と不仲になったことも運命的だった、といえよう。この出会いと袂別《べいべつ》がなかったら、この『三島由紀夫――ある評伝』は書かれなかっただろうからである。

運命的という形容はネイスン氏にとって当てはまると同時に、三島氏にとって、なかんずく私たち読者にとって当てはまる。なぜなら、ネイスン氏は現在考えられうる最良の日本通の西欧人だからである。ただの西欧人に三島氏の本質に肉薄できないのは、言うまでもなかろう。では、日本人にそれができるかといえば、日本人であるがゆえのさまざまの顧慮が働く。生前の三島氏と何らかの意味で親しかった日本人（西欧人も）なら、なおさらである。私たち読者は三島氏についての考えられる限り最良の評伝作者を得たことになる。

三島氏にとって……という言いようには、少しく説明が必要かもしれない。私が言いたいのは、三島氏があの壮烈であると同時に忌まわしい自死事件のまわりに解きがたい謎を残し、しかもその謎の解かれることを望んでいた、ということである。そのことにおいて三島氏はいわばスピンクスだったわけだが、謎を解かれることを望み、そのためのお膳立てさえしていたスピンクスということになる。

これは自らのうちにいくぶんかのオイディプスの要素を秘めたスピンクスだとはいえまいか。このようなスピンクスが待ち焦れていたのは、スピンクスの要素を持ったオイディプスでなければなるまい。つまり、謎は及ぶ限り鋭く解かれるが、解かれた結果がさらに深い謎となるような、そんな謎解きを待ち焦れていたはずである。ネイスン氏の引き出した結論は、そんな謎解きだったのである。

繰り返して言うが、ネイスン氏の謎解きが曖昧で謎は解かれないまま残った、と言っているのではない。逆である。謎はみごとに解かれ、解かれたことがあらたな謎になるような、そういう完璧な謎解きだった、と言っているのである。いったい、きっぱりと割り切れて、あとに何ものも残さない謎解きなど、かえって眉唾ではないか。

ネイスン氏は三島氏の死を「その本質において社会的でなく私的であり、愛国主義的でなくエロティックであった」と捉え、「三島は生涯かけて情熱的に死を欲し、「愛国心」を、あらかじめ処方された一生の幻想たる苦痛に満ちた「英雄的な」死の手段として意識的に選択したように見える」と言う。この考えかたは、べつにネイスン氏の発見というわけではない。けれども、この結論に導く過程はきわめて緻密かつ周到で、十二分に説得的である。そして、謎解きの謎解きたるゆえんは、解き到った結論にではなく、解き進める過程にあるはずである。

説得的であるということは、ただ怜悧であるのみということを意味しない。その語り口は、ネイスン氏じしんの引いている三島氏の言いようを孫引きすれば、怜悧であると同時に情熱的である。むしろ、三島氏の死の意味を極めたいという情熱がまずあって、そこから要請されたものの一つが怜悧さである、とさえ言いたい。

だから、「自分自身について作り上げた伝説にもかかわらず、三島由紀夫は生れながらの武士ではなかった」という書き出しから、「弟千之が語ったような「いつも存在しようとしながら存在できなかった」男のために、喜びを表明することはなまやさしいことではない。だが、ことによったらわれわれは、いま倭文重とともに、三島の切腹を、ただ不吉で不必要な生の空費としか見えぬものとしてではなく、生涯かけてあこがれた「英雄の死」と見なすこともできはしないか」という末尾まで、このかなり長大な評伝を読者は一気に読みとおしてしまうだろう。

「不吉」といえば、この評伝中にはかなりショッキングな、ときとしてはスキャンダラスともとられかねない不吉な匂いの箇所もある。しかし、それはあくまでも見かけの不吉な匂いにすぎない。ネイスン氏の意図は不吉な事実を暴き出すことにあるのではなくて、三島氏の死の意味を照明することにあるのであって、その過程として不可避的にショッキングな、またスキャンダラスな事実が掘りおこされるのにすぎないからである。

読者は一読、言うに言われぬ感動を、三島氏の死をとおりこして人間の死と生の意味を追求した仕事にふれたことの感動を覚えるだろう。ネイスン氏は立派なオイディプスである。しかし、ここまで立派なオイディプスであることを知るとき、私たちは氏じしんの謎を解きたいと思ってしまう。スピンクスの謎はじつはオイディプスじしんの謎だからである。

（一九七六年六月）

Ⅲ

友達の作り方（抄）

三島由紀夫の巻――青天霹靂の電話

運命の中に偶然はない（ウィルソン）

北九州から東京に出て来て三年目だから、二十七歳になったばかりの年末のある夕方、勤め先のぼくの机の上の電話が鳴った。取ると交換台が出て、ミシマさんから電話、という。

はてな？　ミシマという知り合いはないはずだが？　と思っていると、電話の声は男に変わって

――もしもし、こちらミシマと申しますが……。

――？

――ミシマユキオと申しますが……。

――？

――小説家のミシマユキオという者ですが……。

そこまでいわれてやっと了解して、ああ、と答えた、と思う。もちろん文芸を志すほどの若者が三島由紀夫の名を知らないはずはない。しかし、まぶしいと同時にいささか気うとい存在でもあったその高名な小説家じしんから、無名の文芸志望者に直接電話がかかってくるなど、思いもよらぬことだった。

思い当たる理由がなくはなかった。上京してはじめての詩集『薔薇の木　にせの恋人たち』をその年九月に出し、何人かの人に寄贈した。その中に三島由紀夫も含まれていたはずだ。しかし、その三島由紀夫がどうしてぼくの勤め先の電話番号を知ったのだろう。

――ぼくはきみの詩集に感動したんだが、たまたま新宿のあるバーできみの詩集の話が出たところ、きみの電話番号を知ってる人がいて。しかしきみは忙しい人だね、アパートに数回、オフィスに数回電話して、やっとつかまえた。

――……。

――きみに会って話をしたいんだが、明日ひまがありますか。

――すこしお待ちください。

私は電話のすぐ脇の卓上カレンダーを見た。あいにく翌日は約束でふさがっていた。

――あいにくと、明日は駄目なんです。

――あ、そう。じゃ、明後日は？

――申しわけありません。じつは明後日も……。

――ずいぶん忙しい人だな。じゃあ今日は？

――今日は空《あ》いてます。五時半過ぎれば出られます。

――そう。そこはたしか銀座でしたね。じゃあ銀座通り二丁目の中華第一楼は知ってる？　その個室を取っておくから、六時に来てくれたまえ。

勤め先は銀座四丁目だったから、中華第一楼の前は何度も通っている。しかしウインドウに出ている焼きそばの値段が五百円、お昼のおでん定食が百円から百三十円の当時、月給二万円そこそこのぼくなど、とても入られる店ではなかった。

ふだん何を着たか記憶のないぼくだが、こんな恰好でいいのだろうかと心配だったせいで、よく憶えている。濃茶のコーデュロイのズボンに胸元までジップの付いたモスグリーンのセーター、鼠色のするめのようにぺちゃんこのダッフルコート、靴はたしか薄茶のスエード。

そんないでたちで怖ず怖ず入っていくと、いとも慇懃に個室に通された。どれほど待ったろうか。蝶タイの年輩のウエイターが覗いて、ただいま三島先生からお電話がございまして、六分遅れるとのことですという。はてな？　と思った。

五分遅れるとか十分遅れるとかは聞いたことがある。しかし、六分遅れるというのは？「ははん、これは俺と付き合うからにはまず約束時間を守れということだな」と納得した。ぼくは壁に掛かった電気時計のぴくっぴくっと進む秒針を見つめた。六時前五分……六時……三分……五分……六分を秒針が指したと同時にドアが開き、三島さんが入って来た。

三島さんはそこに通うのが日課のボディ・ビル・ジムの帰りと覚しく、片手にバッグを提げ、片手の肘にたぶんスエードの上着を掛け、半袖の黒のポロシャツだった、と思う。開いた胸からはトレードマークの胸毛が覗いていた。いかにもウエイト・トレーニングで鍛えましたといわんばかりの逞しい上半身に較べて、下半身はむしろ華奢に見えた。

それまで見たこともない美食の数数が出て来たはずなのに、何を食べたかいっこうに憶えていない。ただ、そういうぼくの緊張を解きほぐそうと、三島さんがさかんに勧め、小皿に取り分けてさえくれたことはよく憶えている。これも年少者への心遣いだろうが、話はぼくの詩集のことに終始した。詩集の評が当時としては珍しく『朝日新聞』の文芸時評に出、また『東京新聞』の大波小波欄に出たことについて、文芸時評の江藤淳と大波小波の篠田一士と、犬猿の仲の二人に賞められたことは傑作の証拠だ、と変な賞められかたをした。

食事の後、ぼくの電話番号を知ったというバーにお伴をした。三島さんはさかんに冗談を飛ばし、これも特徴の乾いた声で大笑いをし、しかし十一時になると急に真顔になって、「みんなはこれからが遊び時間だろうが、ぼくは仕事だから」と立ち上がった。駅まで送ってもらう途中、詩集のために貰った谷川俊太郎さんの跋文のことを、「なかなかいいと思うが、異論もある」というので、勇気を奮って「次の詩集を用意していますので、もしよろしかったら跋文を戴けませんか」といってみた。

次の詩集というのはぼくの第三詩集に当たる『眠りと犯しと落下と』である。内容はほぼ『薔薇の木　にせの恋人たち』と同時期に書いたものだが、主題的にすこしずれるのであえて分け、すでにノートに清書して持ち歩いていた。ぼくはそのノートをさし出した。「悦んで書くよ」と三島さんは言い、さらに付け足して「だが、これはぼくが進んで書くことだから、きみは菓子折一つ持って来てはいけないよ」と強調した。約束と寸分違わない一月七日、速達で跋文が届いた。

跋文は四百字詰原稿用紙で七枚、序跋の類としてはかなり長文と言っていいだろう。ぼくの好みからいえばすこし美しすぎる暢《のび》やかな字で書かれたその原稿をぼくはいまも大切にしている。この跋文を入れた詩集『眠りと犯しと落下と』はその年六月に勅使河原宏さんを発行人に草月アートセンターから出た。三島さんとはその後しばしば会ったが、文芸上の話をした記憶はほとんどない。結局、三島さんから教わったことは世間にいかに対処するかに尽きるようだ。

『眠りと犯しと落下と』が出た翌年だったか、翌翌年だったか、さる全国紙のインタビューを受けた中で、三島さんとの出会いについて質問された。ぼくとしては何の感情も交えず、ありのまま答えたつもりだった。「じゃあ、あなたからむこうにアプローチしたわけではなく、むこうから電話があった?」「そうです」それでインタビューは終わった。

数日して、たまたまその新聞社の印刷局に勤めている若い友人から電話があって、「三島由紀夫についてずいぶんひどいことをいったんだね」という。訳がわからないでいると、その夜、数日早く刷られたゲラを届けてくれた。目を通すと、ぼくの談話として「三島由紀夫にはもともと何の興味もなかったが、むこうから電話をかけて来たので会ってやった」ふうなことが書かれている。その夜は寝つかれず、翌日刷り出しを持って勤めに出、三島さんの起床時間を待って電話した。

——緊急事なので会っていただきたいんです。

——今日は忙しい。明日じゃ駄目か。
——申しわけないんですが。
——それなら、六時に赤坂プリンスホテル新館のメンズ・バーに来なさい。

六時に一、二分遅れて駆けつけると、三島さんはすでに待っていた。ぼくがさし出した記事を黙って読んでいた三島さんは、新聞からぼくに目を移して「何だこんなことか。緊急事というから、ぼくはまたきみが愚連隊にでも囲まれているのかと思ってね。だから、ほら」と、バッグからピン札の束を出して見せた。金で解決がつくことだったらと用意したのだ、という。

「こんな記事を読んでも、ぼくはべつに何とも思わないが、前もって見せてくれたことはよかったかもしれない。ま、こんなこともあるだろうが、インタビューはどんなインタビューでも受けなさい。どんなチャンスも逃さないことだ」。そういって例の乾いた声で大笑いをして立ち上がった。

三島さんのぼくへの優しさの基本にあったのは何か。それは好奇心だった、と思う。その好奇心は自分と同じく小説の稲垣足穂や森茉莉に、ジャンルを超えて短歌の春日井建や詩のぼくに向かっただけではない。イラストレーションの横尾忠則、写真の篠山紀信にも向けられた。いったん好奇心を向けた相手への終生変わらない好意は、かりそめにもせよ自分の好奇心によって結ばれた相手への責任感に立った優しさでもあったのだろう。

森田必勝の巻——遥かなり一期三会

青春はヒロイズムのためにある（クローデル）

ぼくがこれまでの人生で出会った数えきれない人人のうち、類例のない人物の極め付きは、森田必勝君だろう。森田必勝……一九七〇年十一月二十五日、市ヶ谷の陸上自衛隊東部方面総監室で、二十五歳を一期《いちご》として三島由紀夫と死を共にした楯の会会員である。類例がないとは、そういう事実だけでなく、誰もが死を忘れている時代につねに死を覚悟したところから測って、生を誠実に生きていた、という意味において、である。

とはいえ、森田君とじっさいに会ったことは三度しかない。いずれも彼の生涯最後の年の正月と夏と秋とで、場所はそれぞれ、馬込三島邸、自衛隊市ヶ谷駐屯地に隣接した市ヶ谷会館、銀座の割烹第二浜作。当然のことに、すべて三島さんといっしょだった。

ぼくの三島さんとの交渉は六四年末から七〇年十一月までの六年間。ただし、その間通して同じペースの付き合いだったわけではない。しげしげと会ったのは出会った翌年の六五年と最後の年の七〇年。ことに七〇年後半はどうかすると一週間に二度も会っていた。

しかし、その間には何度か疎遠というに近い時期もあった。人間どうし付き合いが深まれば、おたがい鼻につくこともあるのは当然で、理由は何と特定はできないが、三島さんのいわゆる政治的右傾化が大きなひとつであることは確かだ。といって、ぼくが三島さんの右傾に反発した、というような単純なことでもない。

ぼくがはじめて会った頃の三島さんはすくなくともぼくの見た限りでは政治的ではなかった。当時の整形前のハイティーン歌手三田明が大のご贔屓で、「もし三田明が天皇だったら、天皇制のために死んでもいい」というのを聞いたこともある。「老人の天皇はエロティックじゃなくってね」ともいっていた。

そんな三島さんがほんの二、三年のうちに過激なまでの天皇制護持論者になる契機は何だったか。同じく政治的でないといっても、三島さんは非政治的ではなく反政治的だったのだろう。どっちが強力かは別にして、非は静的だが反は動的である。動的なあまり、反政治的はなまなかの政治的以上に政治的になることがある。そのなまなかの政治的が政治的という名の日常主義だったら、なおさらだ。

いま一つ、エロティシズムという方向から考えてみるのも、有効かもしれない。三島由紀夫という芸術家を導いていた根本原理はエロティシズムだろうが、エロティシズムという視点から見れば、あらゆる運動はエロティシズムの発動にほかならない。もちろん、政治もエロティシズムの一形態ということになる。これを逆に、エロティシズムは動的である限りしばしば政治的になる可能性がある。と以上のように説明することもできるのではないか。

政治とエロティシズムの相関関係を図式化したような小説が、三島さんにある。ぼくが三島さんに出会うほぼ四年前、雑誌『小説中央公論』六一年一月号に発表された『憂国』が、それだ。昭和十一年二月二十六日のいわゆる二・二六事件にたぶん新婚早早の身を労わって誘われなかった三十一歳の中尉が、首謀者となった親友たちを討ちに行くことになるのを潔しとせず、二十三歳の妻と自刃する。

といえば何の変哲もないが、その潔い自死を前にした二人の交情の次第とその後の自刃の次第とが、あたかも彫琢を尽くした楯の両面のように、精緻を極めて描かれていて、まぎれもなくそれがこの小説の骨である。そして、この楯の両面、フロイト流にいうならエロスとタナトスとを背中合わせに接着している当のものが政治ということになろう。

三島さんは十年後にこの図式を多少変形して自ら演じてみせる。しかし、それ以前にもっと具体的な自作自演があった。六五年自主製作し、自ら監督・主演した映画『憂国』だ。試写会で見た出来上がりは三島さんのナルシシズムがなまに見えて、ぼくは感心しなかった。みんな何かとお世辞をいう中で、内心が表情に出てしまう自分に困惑していると、三島さんは「高橋が映画館に行っても見られないように横尾描く似顔絵を配っておこう」と、わざとおおげさに怒ってみせた。

この頃の三島さんにはすでに五年後の自死の青写真があったのだろうか。この年以後ノーベル賞候補になりつづけたものの、結局は六八年、師の川端康成が受けた。もしこの時、川端でなく三島が受けていたら二年後の自死はなかったろう、という人がいるが、ぼくには何ともいえない。ただ発表直後に「もし川端でなく俺が貰っていたら、日本の年功序列はがたがたに崩れたろう」といったのは忘れない。「この次日本人が貰うとしたら、俺ではなく大江だよ」とも。

年譜を見ると、三島さんは六七年四月から五月にかけて自衛隊に体験入隊。六八年二月に祖国防衛隊隊員とともに自衛隊富士学校滝ヶ原分屯地に体験入隊とあるが、この祖国防衛隊というのが森田必勝君の属していた団体なのだろうか。同年九月には楯の会が正式結成されている。君も入るかと冗談めかしていわれたこともあるが、もちろんぼくは笑っていた。

三島さんとぼくの関係が最もぎごちなくなったのが、その頃からではなかったろうか。翌年十一月三日、畢生の歌舞伎大作『椿説弓張月』の初演を記念して、国立劇場屋上でおこなわれた楯の会一周年パレードにぼくも呼ばれたが、三島さんのぼくを見る目はなんとなく冷たかった。しかし、それからはさかんに電話がかかり、会うことも頻繁になった。

森田必勝君を紹介されたのは、翌七〇年のたぶん一月二日、三島邸に年始に伺った折だろう。楯の会会員が何人か訪れている中に、目立って童顔の、快活そうな若者があり、それが森田君だった。昔の書生っぽのような大柄の飛白《かすり》の着物に小倉の袴を着けていた、と記憶する。屠蘇機嫌の三島さんはぼくに森田君を、楯の会の行動隊長、と紹介した。

二度目に会ったのは、三島さんに帯の推薦文を貰ったぼくの最初の小説『十二の遠景』の刷り上がりを届けに行った時だろうか。市ヶ谷会館で楯の会の会合があった後とかで、先に降りて来た三島さんと話していると、楯の会の制服を着た隊員たちと一緒に森田君が降りて来た。三島さんに促されて目礼を交わしたが、新年の初対面の印象と異なり、鬱然たる陰のようなものを感じた。

そして、三度目である。ぼくの記憶に間違いがなければ九月二十九日。この日はとくに三人だけで会いたいとの三島さんの希望で、銀座の割烹、第二浜作が指定された。勤め先の仕事を片付け、指定の時間にすこし遅れて二階の部屋に通されると、河豚の刺身の皿を前に、二人の酒はすでに進んでいるふうだった。

三島さんはぼくの到着を待ちかねたように、いずまいを正して口を切った。

――それでは一言。今日ここにいる森田必勝という男は、近いうちに死ぬかもしれないし、生きのびてつまらない老人になるかもしれない。しかし、とにかくいまここにいる二十五歳の森田必勝はある価値を持つ存在だと思う。そういういまの森田を誰かに記憶してもらいたいと思って来たが、高橋いがいにはいないようだ。そこで今日は森田に、これまで俺も聞いたことのない生まれてこのかたの話をしてもらう。

後で考えれば、これはあきらかに二カ月後の決行の予告であり、遺言だったわけだが、ぼくはうかつにもまた例のおふざけが始まったとしか思わなかった。刺身にも、ちり鍋にもほとんど手をつけずぼそぼそとしゃべる森田君の話の内容にも上の空で、ひれ酒を重ねた。その後は三島さんが楯の会の幹部と時時行っているらしい六本木のサウナに行き、三人でゆっくり入った。ぼくの存在には安心しきったふうに、三島さんと森田君の会話には楯の会の誰彼らしい名前が出た。

サウナを出ると、中秋のまことに美しい星空だった。「君たち、方向が同じならいっしょに帰ったらどうか」と三島さんがいったが、二人ともになんとなく遠慮した。別れの握手をする時、森田君はぼくが何かをいうより早く「高橋さんのような人に会ったのははじめてです」といった。「高橋さんのような人」とは文芸の人という意味か。三島さんは森田君にとって文芸の人という以上に敬愛する同志であり、先輩だったのだろう。

三島さんにとって森田君は何だったか。亡くなる数カ月前、三島さんが携帯していた古い雑誌の切り抜きがあった。西郷隆盛について勝海舟が書いたという薩摩琵琶歌で、中でも「若殿原に報ひなん」というところがお気に入りだった。若い同志のために死のう、ということだったのだろう。三島さんの生の根本原理がエロティシズムであり、自死がその昇華であるためには、二十五歳の森田君の若さ匂い立つ死が必須だったのだろう。

二人の死から十年間、ぼくの机上には、三島さんの写真と並んで楯の会の制服姿の森田君の写真が微笑《わら》っていた。

（一九八九年九月十五日／九〇年十一月一日）

聖三角形《トライアングル》——Y・M、T・S、T・I、そして

六〇年代ということがいわれるようになって久しいが、六〇年代とは何かについての精確な定義はまだないようだ。

わが国の六〇年代を一九〇〇年から数えても意味がない。そもそも国民次元で年号を西暦で数えるようになったのは太平洋戦争敗戦の一九四五年からで、四五年を〇歳と数えれば六〇年は十五歳、六九年は二十四歳だから、六〇年代はまさに戦後の青春時代ということになる。

ここで私ごとをお許しねがって、私は昭和十二年、西暦一九三七年十二月の生まれだから四五年の敗戦時には満七歳。したがって六〇年代は二十二歳から三十一歳になっていたわけだが、田舎育ちは都会育ちにくらべて七歳ぐらいは幼いから、やはりちょうどこの時期に青春時代を実感していた。上京が六二年だからなおさらだ。

私の青春時代だった六〇年代に出会った最も重要な人物ということになると、出会った順に三島由紀夫、澁澤龍彥、稲垣足穂ということになる。それぞれの頭文字を取って、Y・M点、T・S点、

T・I点とし、三点を結んで正三角形を作り、三角形中央に私じしんの頭文字のM・T点を置き、私の青春の三角形などとひそかに呼んでいるほどだ。

三角形を作る三つの点といっても、点それぞれの閲歴はずいぶん異なる。Y・Mは一九二五年一月生、七〇年十一月没。T・Sは一九二八年五月生、八七年八月没。T・Iは一九〇〇年十二月生、七七年十月没。つまり、T・Iは六〇年代以前五十九年、以後七年、併せて七十六年、T・Sは六〇年代以前三十一年、以後十八年、併せて五十九年を生き、Y・Mは六〇年代以前三十四年、以後一年、併せて四十五年を生きたにすぎない。

しかし、六〇年代の十年という時間の中ではT・Iも、T・Sも、Y・Mも等しく生き、最も濃密に相交わった時期だった。とはいえ、T・IとT・S、T・SとY・Mは直接会っているが、T・IとY・Mは会っていない。だから、先に述べた三角形のうち、T・I点とY・M点とは精確には実線ではなく、破線で結ばなければならないだろう。ただし、三角形中央の点であるM・TはT・Iとも、T・Sとも、Y・Mとも、等しく交わった。だから、M・T点から、T・I点、T・S点、Y・M点に延ばす線はすべて実線でよいことになる。

しちめんどうな図形遊びはこれで終わりにしよう。私は三島さん、澁澤さんには頻繁に会ったし、稲垣さんをもよく訪ねた。世には三島さんと澁澤さんとに行き来のあった人、あるいは澁澤さんと稲垣さんとに会っている人はかなりあろうが、三人にともにしばしば会っているのは、あんがい私ぐらいしかいないかもしれない。ならば、六〇年代の私がほぼ等距離から見た三島由紀夫、澁澤龍彥、稲垣足穂の関係の印象は、いまとなってはそれなりに貴重かもしれない。

私が三島さんにはじめて会ったのは六四年の年末。その年の九月に出した詩集『薔薇の木　にせの恋人たち』を送ったのが目に止まって電話を貰い、銀座の中華第一楼という料理店の個室でご馳走になった。その時、次に出すことになっている詩集『眠りと犯しと落下と』の跋文を貰うことになり、以後ちょくちょく会った。翌年の春頃だったろうか、都市の崩壊を主題にした「第九の欠落を含む十の詩篇」という作品を見せると、モンス・デジデリオの絵を見たことがあるか、澁澤龍彦君が画集を持っているので見せてもらうように、と紹介状を書いてくれた。

それがきっかけで鎌倉の澁澤さんの住まいを訪ねた。もっとも、澁澤さんにはそれ以前に会っている。大手町サンケイ・ホールのマース・カニンガム・ダンス・カンパニー公演の時で、すでに『薔薇の木　にせの恋人たち』の礼状を貰っていた記憶があるから、三島さんに会った前後のことではなかったろうか。その折挨拶を済ましておいたので、三島さんの紹介状を持っての訪問はスムーズで、都市の崩壊ばかりを主題にしたモンス・デジデリオの画集も快く見せてもらえた。

当時の澁澤さんの住まいは鎌倉駅からそう遠くない、滑川沿いの旧い日本家屋の二階建で、玄関に入ると便所が匂ったのを憶えている。黒光りのする階段を上がったところ、畳の上に絨毯を敷き腰掛机を置いたところが書斎で、壁際に天井までの書棚が二本もあったろうか。そのうち、金子國義や四谷シモンも伴うようになった。やがて澁澤さんが北鎌倉山ノ内に移ってからも訪問は続いた。

稲垣さんを訪ねたのは三島さんの紹介でも、澁澤さんの口利きでもない。私は稲垣さんに会う前から稲垣さんと縁《えにし》があった、といわざるをえない。上京に先立つ二年間、肺結核で入っていた療養所で、かつて稲垣さんと同室だったこともある津田季穂修道士に公教要理を教わったし、上京しての勤め先で親しくなったカメラマン沢渡朔の故父君もまた稲垣さんと親交があった。

そんなわけで、同じく『薔薇の木　にせの恋人たち』を送っていても、私にとって稲垣さんは三島さんや澁澤さんよりも勝手に親しい思いがあった。ただし、稲垣さんを稲垣夫人の勤め先、京都市伏見区桃山伊賀の府立婦人寮に訪ねたのは『眠りと犯しと落下と』を出した後、六五年の夏か秋ではなかったろうか。それからはこれまた年に五、六度の割合で押しかけたものだ。

三島邸の、庭にアポロ像と日時計を置き、内部にスペイン風の扇子を飾ったロココ風の装飾は有名で、北鎌倉に移った澁澤邸の居間から書斎にかけての装飾趣味もよく知られている。これに較べると稲垣さんの住まいのそっけなさはおよそ対蹠的で、ヴァレリーいうところのテスト氏の部屋もこれほどではあるまい、と想像された。

京阪宇治線の桃山南口と観月橋のあいだ、宇治線線路と宇治川支流とそれに沿った道路を見下ろす高台にある、元赤線従業婦の更生施設、府立婦人寮の、一軒ぽつんとある二間だけの草庵風の建物が稲垣さんと志代夫人の起居の場で、そこには小さな坐り机のほか何もない。稲垣さんはそこで夏は褌一本、冬も褌の上に浴衣だけで執筆している。原稿用紙は同人誌『作家』から送られてくる原稿ガラの裏面に罫を引いたもので、鉛筆はそれだけでもなかったろうが削り節の付録のそれだけが印象に残っている。

謡曲から仏典、未来派から宇宙論、ショーペンハウエルからクラフト・エビングまで、博覧強記をもって鳴る稲垣文学だが、『広辞苑』のほか資料らしいものは見たことがない。たまたま送られてきた贈呈本が一冊か二冊、それも来客に与えてすぐなくなるらしかった。来たばかりの封書や葉書が輪ゴムで一括り、あと紙片に思索の跡をメモしたものが一括り、後はすべて脳の皺に刻印されていたのだろう。

訪問客があると酒になる。ぼくは酒が好きやない、嫌いやから飲むんです、だいたい好きで飲むなんて猥褻やないか、というのが口癖だったが、同じ論理でいけば、客が好きやない、嫌いやから会うんです、ということになるだろうか。猥褻の反対はダンディズムだろうから、来客へのサーヴィスは稲垣さんのダンディズムだったのだろう。ほとんど早口の独り語りだが、語りの内容は美少年からヒップナイド、かものはしから無底の宇宙、インド哲学から身だしなみ、そして小説家たれかれの悪口……と、とめどがない。

谷崎は箱屋や。川端はあんま文学や、真正面から正正堂堂といかんと、裾からそうと手を入れる文学や。小林はアセチレン・ガスの匂いがするなあ。石川は市長の息子や、空威張りや。三島さんとて稲垣さんの毒舌から逃れられたわけではない。あれはサーカス乗りや、だいいちあの人の小説にはちょっともなつかしいところがあらへんやないか。

なつかしいというのは稲垣さんの重要なキー・ワードで、なつかしさは天界へのなつかしさを意味した。したがって天界の事情を偲ばせてくれるかどうかがその作品の価値を決定した。その点からいえば、三島文学のうちでも『仮面の告白』に代表される初期作品はなつかしいところがあるが、本格小説を目指した中期以降はちょっともなつかしいところがあらへんということになる。

この点、稲垣文学は出発から晩年までいわゆる本格小説など目指さなかったことにおいて一貫している。稲垣文学における到達点はとりあえず『少年愛の美学』ということになるのだろうが、このA感覚による驚天動地の宇宙論・存在論が初期作品の中の中学生の同級生や下級生へのほのかな思慕と一続きであることは注目に価する。三島さんが早くから稲垣文学を賞讃してやまなかった理由もおそらくそこにあって、ひょっとしたら功名心のために自分が捨てて来たなつかしいものをそこに見ていたのかもしれない。

三島さんの稲垣さんへの入れ込みは、六九年の新潮社第一回日本文学大賞への『少年愛の美学』の強力な推薦というかたちになって現われる。この時は井上靖『おろしや国酔夢譚』との同時授賞だったが、井上文学を認めない三島さんは『少年愛の美学』単独授賞をずいぶん押したらしい。それ以上ゴリ押しするとかえって稲垣さんが危くなるから、しかたなく呑んだんだよ、といかにも残念そうに洩らしたのを聞いている。

この青天の霹靂的世俗の名誉を稲垣さんはどう受け止めたろうか。すくなくとも三島さんに対する毒舌はすこしも変わらなかった。そのことについて三島さんが澁澤さんに語った言葉が活字になって残っている。昭和四十五年六月発行の中央公論社版『日本の文学』第三十四巻付録の対談「タルホの世界」だ。「稲垣さんという人はテレ性ですからね。僕がほめればほめるほど僕の悪口をいうんです」。

それに先立ってもっと凄いこともいっていて、それは「僕はこれからの人生でなにか愚行を演ずるかもしれない」「もしそういうことをして日本じゅうが笑った場合に、たった一人わかってくれる人が稲垣さんだという確信が、僕にはあるんだ」「稲垣さんは男性の秘密を知っているただ一人の作家だと思うから」というもので、これは半年後の市ヶ谷自衛隊東部方面総監室での割腹自殺の予告にほかならない。

しかし、狼少年よろしくたえず世間を驚かしてきた効果は覿面《てきめん》で、対談相手の澁澤さんも、活字になった対談を読んだ稲垣さんも、こんどこそは「ほんとうの愚行」（同対談中澁澤発言）だとは気付かなかったろう。では、じっさいにその大愚行が実行された時の二人の反応はどうだったか。しょっちゅう行き来のあった澁澤さんは、ではあの時の愚行うんぬんはぐらいには思ったろうが、稲垣さんはたいして動じた様子もない。

それどころか、「三島ぼし隕《お》つ」という追悼文で「あの顔はどうも最初から生首であり、獄門台の予想すらそこになかったとは云えない」「罪人の特徴は何よりも死を厭うことの上にある」「死なども初めから相手にしなければよいのに、彼らにはそれが出来なくて、いつも死に追い付こう追い付こうと焦《あせ》っている。三島由紀夫の場合は、怖さの余りに我から死に飛び付いたようなものだ」とまでいっている。

稲垣さんが「男性の秘密を知ってい」たのは事実だろうが、その上で三島さんの死にかたを「男性の秘密」から遠いと断じているのだ。明敏な三島さんにそれしきのことがわからなかったか。重重わかった上で修辞として「ただ一人わかってくれる人が稲垣さん」といったのだとしたら、よくよく呪われた人だといわざるをえまい。

（一九九二年七月）

対談　三島と歌舞伎と

対談者　細江英公

実験的歌舞伎

高橋　『椿説弓張月』を御覧になって、細江さんはどういうふうにお感じになりましたか。

細江　僕は、初演の舞台は見ていませんで、今度ビデオを見たのですが、非常におもしろいと思いました。たとえば高間夫婦の入水の場面など普通には考えられないような効果をもっているし、一番最後の高まりは非常に劇的で、すごくおもしろかった。歌舞伎特有の大掛りな演出は、ある意味ではバカバカしいと思う気持と同時に、そのバカバカしさがものすごくおもしろくてね。歌舞伎って自由なんだなって感じましたね。

それともう一つは、重要なある言葉よりも、その前後の、形容詞であったり助動詞であったり助詞であったりというところが、言葉の上ですごく誇張されているんですね。それはやはり演じ方なんでしょうが、あんなにみごとに言葉として印象的になるものかなあと、つくづく感じました。

高橋　もし細江さんが劇評家だったら、三島さんが一番喜びそうな劇評ではないでしょうか。

いわゆる日本的なものに二つあるとして、仮に能的なものと歌舞伎的なものに分けると、もちろん能の文章はきらびやかな言葉の継ぎはぎ細工みたいにもとれるのですけれども、劇の形としては骨である名詞と動詞で構成されている。ところが日本的なものにはそうでないところが一方にあって、それを極度に誇張して、むしろそっちのほうに本筋を置いたのが歌舞伎でしょう。

三島さんはその両面を持っていたんだと思うけれども、作品として残っているものには歌舞伎、あるいは歌舞伎的なもののほうが多いですね。亡くなり方も、一種の歌舞伎をやってのけたようなところがあって、そういう意味で、細江さんがおっしゃったのは、わが意を得たりと三島さんが喜ぶことではないかと。

細江　たとえば「けれども」とか「そして」とか、その言葉自身にはあまり意味がないようなものでも、それがものすごく意味があるように聞こえて……。

高橋　事実、意味があるんだと思います、歌舞伎の場合は。

細江　台本の上では重要な言葉がスッと語られて、そしてその次の言葉がものすごく大きくなるという感じを受けたのですよね。あるいはひょっとして、昔の人はそのような言葉つきでも、重要な言葉と把握し得ていたのかなと、一方僕は疑問に思ったのです。

高橋　久保田万太郎さんの言い方だと、歌舞伎は庶民の教養だそうですから、把握されていたんでしょうね。ただ三島さんが作・演出の言葉として「歌舞伎劇を歌舞伎様式で書くことが何か「実験的」なことであるとは、日本的近代のふしぎな現象である」と言っています。今日、ヴァーッとひと通り三島さんの歌舞伎作品あるいは歌舞伎に準ずる作品を読みとおしたのですけれど、やっぱり非常に実験的なんですね。歌舞伎を知り尽くした人ですから、ト書に至るまで言葉が非常に滑らかなので、一見そのことに気がつかないんですけれど、よく見てみると、すべてが過激なまでに実験的だと思います。

細江　それはどういうところが実験的なのでしょうか。

高橋　たとえば『芙蓉露大内実記《ふようのつゆおおうちじつき》』について言えば、おそらく思いつきは、今年十月国立劇場で上演の『合邦』がラシーヌの『フェードル』に似ていると言われている、では逆に『フェードル』を歌舞伎にしてみようじゃないかということが発想だと思うんです。それはある意味で論理の逆転であるけれど、歌舞伎の精神から言えばまさに歌舞伎の発想です。でも、現代においてそういうことを思いつく人はいなかったわけで、そういう意味ではきわめて実験的。

では『弓張月』についてはどこが実験的なのか、ということになります。馬琴の作品は荒唐無稽な点では歌舞伎的ですけれど、とにかく日本で最も散文的と言われる馬琴を、歌舞伎という全く逆のものに仕立てたことが、一つあると思います。

けれど、それよりもっと重要なことは、歌舞伎というおよそ志《こころざし》とは関係のない、まるで反志的な演劇の中で、実は三島さん、志を述べている。三島さんの晩年何年かの作品には、一種の遺言のようなところがあると思うんです。たとえば『太陽と鉄』という長篇エッセイ、また『豊饒の海』の特に第二部『奔馬』、第四部『天人五衰』でも志を述べているけれども、自分のこれから、あるいは死後を歌舞伎の中で遺言するということは、歌舞伎の歴史から言って、あり得なかったことです。それを敢えてやっている。小説とかエッセイで述べるのは当たり前のことでしょうが、演劇で述べているのは画期的なこと、かつてなかったことです。それが、僕は一番の実験ではないだろうかと思いますね。

細江　『弓張月』の中でいくつか切腹の場面が出てきますが、これは話の前後からして必然性があるわけです。しかしこれが初演されたのが昭和四十四年十一月で、三島さんが亡くなるちょうど一年前のことです。そして現在、十数年経って舞台を見る時に、今高橋さんがおっしゃったことの一つ一つが、全く他の演劇では考えられないような重み、あるいは大変な意味のあることとして観客の胸を打つと思います。だけど、どうやって見たらいいのかなって、相当な心構えが必要になるのではないかなと、僕は思いましたね。だから、恐ろしい作品という印象も受けました。

磨き上げるということ

高橋　三島さんは、台本の「はじめに」の中で、「私はこの作品が、できれば何百年も生きのびて、洗い上げられ、その末に、真に舞台芸術として完成されると思っている」と言っていましたね。亡くなられて十七年。文楽では上演されたけれど、歌舞伎では死後初めて演《や》られるわけです。これでまた、三島さん自身への記憶も磨かれていく構造に、どうもなっている気がしますね。

初演の時に三島さんが「本当に役者っていうのはすごいと感心した」とおっしゃったことがあっ

て、鴈治郎さんの阿公《くまぎみ》のことです。鶴・亀の兄弟が夫婦《めおと》にやつして来て宿に入ったあと、鴈治郎さんの阿公は、脱がれた二人の履物をまとめて捨ててしまった、それはもちろんト書にない、彼の工夫なのです。つまり、もう殺してしまうんだということをその動作で表わしている。「これはすごいよ」って三島さんが言われたのを記憶しています。

むしろ枝葉末節のような細かいところにそのような工夫が積み重ねられて、これまでの古典も磨かれてきたし、この『弓張月』も磨かれていく。そのことがまた、三島さんの像を磨いていくことに、おそらくなるんではないかなと思うんですけれど。

細江 今のお話にある鴈治郎さんの演技は、決定的に重要な演技ですよね。

高橋 ただこの台本には、ちょっと三島さん、急いでいるなっていう気持は、僕の中にあるんです。構成も言葉も実にちゃんとしているんだけれど、もうちょっとくどく、本当はやりたかったのではないかという気がするんです。たとえば「木原山中」の武藤太を木釘で打つところなどね。

しかし、もう三島さんは亡くなるまでのスケジュールがビッシリ自分の中で出来ていて、あれだけしか時間が取れない中で、できるだけのことをやったということだろうと思います。そういう意味でも後世にゆだねられていて、演出や役者の肉づけによってもっともっとくどくしてほしいという思いが、僕はあると思うのです。さっき僕が言った志というところも関係があるけれど、ちょっとさわやかすぎるかなというところがありますね。

細江 ビデオを見ていても、ふとそういうことも感じますね。こちらがこう出ていく、それを受けて動きます。その間《あいだま》の間が、とても大事ですよね。やることは最初から想像がついているようなものであっても、その間《ま》によって、非常に演劇的興奮を感じますでしょ。そこが間《ま》が詰まっているような、さっぱりとしすぎているような。たとえば白縫姫が、自分の夫が連れられてきたのを見て、わが夫と驚きますね。夫もそれに応えて語りますね。そんなことは起こるのが当たり前のようにどんどん、どんどん進んでいるような感じがしたので、あの辺は、歌舞伎って随分サッパリしているものなのかななんて思ってしまいましたが。

高橋　それは演じる側にも、高名な、当代最も過激な作家である三島先生がお書きになったものという意識があったでしょうね。

幸四郎（白鸚）さんが詩劇ということを言っていられる。それは間違いではないのだけれど、僕はやっぱり歌舞伎の人が詩劇という言葉を一遍でも使って、そういう意識のもとに演ったら、どこかで歌舞伎でなくなる部分はあるだろうと思う。そういう言葉が浮かばないところで演って、その結果詩劇になるのが望ましいな、という気はしますね。

細江　その辺は今後、一つも二つも磨かれるのではないですか。

高橋　くどくね。ただ、磨かれるという意味は、非常に注意しなくてはいけない。磨くとだいたい余計なものが落ちて、サッパリ、スッキリするんですけれど、その、サッパリ、スッキリしないで磨くことによってくどくならないといけない。

細江　まあ、磨き方なんだろうね。そうするとやはりこれは、作・演出三島由紀夫と新しい台本にも書かれていて、かつて演出したものをそのまま踏襲というか、忠実に再現をするということのようですけれども、本来、歌舞伎の役者ひとりひとりが持っている存在感みたいなものが、もっと入り込んできた時に磨かれたということになるのでしょうね。

高橋　そういうことでしょう。ただ、そこに根本的な歌舞伎劇の、他の演劇とは違う矛盾がありますんでね。そこは大いに注意を要します。

細江　なるほど。ツルツルに、いわゆる玉を磨くようなことではいけないんだ。

高橋　デコボコに磨くとか、ギトギトに磨くとか……（笑）。

細江　いろいろ、甲羅をたくさんつけていくことなんだね、きっと。こってりしたものが欲しいんですね。

高橋　どんどんくっつけていかないといけないんでしょうね。三島さんが感心された鴈治郎さんの例などはギトギトに磨いていますよね。そういうものが今回、どう出てくるか、本当に楽しみです。

それとは別に、三島さんの作品で一カ月特集を組んだら、おもしろいでしょうね。『芙蓉露大内実記』『鰯売恋曳網《いわしうりこいのひきあみ》』『むすめごのみ帯取池《おびとりのいけ》』あたり三本で、三島特集が一度できないかなと。

待たれる作家の出現

細江　話は変わりますが、高橋さんは、歌舞伎を書きたいとは思いませんか。

高橋　それはあります。ありますけれど、とにかく三島由紀夫という若い時からこれだけ歌舞伎を知り尽くした人がいるのを身近に見てしまいますと、やっぱりひるんでしまいます。しかしもう、こういう人はいませんね。

さっき細江さんがおっしゃったように、歌舞伎はものすごく自由でしょ。とにかく時間、空間、そして論理を、完全に跳びこえることができるでしょ。ところが跳びこえるためには、論理ともつかぬ規則を覚えなくてはいけないですよね。それを覚えてしまえば本当に自由自在で、ロートレアモンが言った手術台の上のこうもり傘とミシンとの出会い以上の出会いができるわけですよ、歌舞伎は。だから、ものをつくる人間はもっと歌舞伎を見直して活用すべきだと思いますね。そういう提言も、実はこの『弓張月』の中にあるような気が、僕はするのです。

細江 いろいろな資格を持っていなければ入っていけないという、一種の閉鎖的社会がつくられているように思うけれど、もっといろいろな人たちがもの書きに参加しないといけないんでしょうね。

高橋 何かに歌右衛門さんがいろいろな方の例を挙げて作者について言っていらっしゃる中で、やっぱり三島先生のような、本当の純歌舞伎を知っていて、歌舞伎の言葉で歌舞伎を書く人がほしいんだと言っていられる。まったく同感ですが、ではそういう人をどこから連れてくるのかということになると、とても大変です。僕はやっぱり国立劇場で演者のほかに作者も養成するのが大事だと思う。たとえば二重《にじゅう》が何だとか、千鳥の合方はこう使うのだとかを、志ある人に勉強させてくれるチャンスは、是非つくってほしいと思います。

三島さんが以前、久保田万太郎さんだったかを中心にした勉強会で、ト書の書き方から全部教わったのが自分にとってどんなに大きいことだったかと何かに書いていられます。歌舞伎のコンテクストを教えてくださる、そういう機会は、是非つくっていただきたいですね。

歌舞伎から他の作品へ

細江　他の歌舞伎を見た時の感じ方と『弓張月』を一所懸命見た時の感じ方とでは、随分違いますね。こんなに自由なことができるのかと。相当修業しなければ到達できない演劇の世界であることは当然だけど、単にしきたりとかきまりだけで成り立っているといった見方は間違ってますね。あまりにも特殊な世界だと思い込んでいるふしがありますが、表面だけ見ただけではわかりませんね。すごい演劇的な可能性をはらんだ素晴らしい世界なのですね。僕は全くの素人ですが、遅まきながら興味を持ち始めましたね。

高橋　今の細江さんの言葉を、僕なりにもう少し補足しますと、修練しなけりゃ出来ないその技術は、何だかわからないことをやるためでなくて、実は自由になるための技術なのだということです。私事で恐縮ですが、私が台本を担当しました『王女メディア』が、ことし何度目かの海外に行きました。今回は長い間主演してこられた平幹二朗さんがまだちょっと体が心配だというので、急遽、嵐徳三郎さんがなさった。どうなるんだろうと思って、発《た》つ前の日の最終的な稽古に行ったら、これがまた平さんと違って実におもしろいんです。歌舞伎の力ってすごいなと思いました。歌舞伎でいろいろと覚えこんだことは、充分ギリシア悲劇に通用するんだなと認識を新たにしたわけです。ではギリシア悲劇なり現代劇をやった人が歌舞伎に通用するかというと、これは絶対に通用しない。だから、自由になるための技術の対象は、何も歌舞伎に限ったことではない。他のところでも実に自由になれるんだということですね。それは演技だけでなくて、歌舞伎のコンテクスト自体がそうだと思うんですよ。したがって、歌舞伎のコンテクストをものを書く人間が勉強すれば、小説を書いても全く予期しないものがそこから出てくる、そういう自由になれる技術でもある。

細江　非常によくわかりますね。

高橋　たとえば、三島さんの最後の作品『豊饒の海』は、生まれ変わりという一つの形をとって、四代にわたる全く違った主人公が、それぞれ体の同じ場所に印があって生まれ変わっていく、一番最後になって、安永透という人物が出てきますが、そいつだけがどうも怪しい。偽者かもしれない。断言はしてないけれど、そういうことになっていくわけです。

あれも非常に言葉が巧みなので、実はスルスルッと読み過ごされてしまう――それはまた三島さんの責任でもあるのですけれども――しかしよく読むと実に実験的な小説です。そういうことが出来たのは、やっぱり三島さんが歌舞伎を知っていたからだろうと思うんです。もし三島さんが歌舞伎とかかわりがなかったら、『豊饒の海』という作品はできたかどうか。

われわれ、あるいはもっと若い世代の人たちがもっともっと歌舞伎を知ったならば、そのことで思いがけない、『豊饒の海』とは違ったいろんな作品が生まれる可能性があると思いますね。

細江　そういう意味で、歌舞伎ってすばらしい存在なんですね。

高橋　だから宝なんだと思います。

映像と歌舞伎

高橋　細江さん、ビデオをお撮りになったことは？

細江　あります。もっとビデオの画質が良くなれば、相当のめりこんでやりたいなと思います。これからはビデオで撮ったものをフィルムにして大劇場のスクリーンに映写する時代になってきましたからわれわれ写真家の出番がやっと来るかなという感じがありますね。

高橋　細江さんに歌舞伎のビデオをつくってもらったらおもしろいだろうなと思います。というのは、歌舞伎は、部分部分が一つの絵になっていないといけない演劇だし、歌舞伎自体が、部分が実は全体という珍しい演劇だと思うんですね。

詳しくは知りませんが、いわゆる現代高等数学の中では、実は部分が全体なんですってね。ですから、歌舞伎は前近代性どころか超現代性をもっているわけです。舞台装置とかを含めての点から言っても、非常に新しい、驚くべき自由さを持っているので、映像芸術、あるいは、もっと広げて視覚芸術全般に大きな影響を与えうると思います。

細江　それはあると思いますね。高橋さんがおっしゃったような意味でもし映画で撮るならば、テクニカラーとかパナビジョンとか、シャープな映像が出来るような装置をもちこんで、完璧なものをつくったら、歌舞伎も映像的にすごく人の心を打つのではないかと思います。

特に歌舞伎などの場合には、写真撮影は、極端に冷遇されます。消音ケースにいれたカメラで、まったく音のないような状態で撮ります。しかし、役者の人はどこにカメラがあるか、よく知っているようで、じっとのぞいていると、ほんの瞬間ぴしゃっとみますね。そういう自分の演じているものを残しておきたいという欲望が本質的にあると思います。けれども、真剣になって周囲の人たちが、そのための条件をつくって残すということが、あまり今までなかったようですね。

記録として、あるいは、記録を超えたすぐれた写真を残しておこうと思ったら、やっぱり観客席の中に、他の人の迷惑にならないように、カメラが持ちこめるような状況をつくって、その中で写真を撮っておくべきですね。難しいところですが。

高橋 撮る側がおっかなびっくり撮っていたんでは、絶対いいものは残りませんからね。いろいろ異論も多いところだろうけれども、今は意識的にも、はっきり映像という形で残すという時代にきていると思います。

細江 文楽を一つ例にとると、土門拳が、昭和十六、七年に文楽の写真を撮った頃のことを書いています。これから、爆撃も激しくなるだろう、これだけの古来の優れた芸能をなくしてしまうのは忍びえない。だから自分は写真でそれを残すんだ、と言って、関係者に全部手紙を書いて撮ることができるようになった。それで、撮影に行く時には背広のポケットの中に、五十枚ぐらいのし袋を用意しておいて、下足番のおじさん、おばさんなんかに、よろしくお願いします、と言って渡すんだそうです。毎回。誰もスポンサーがいるわけではない。でも自分でそういう状況をつくってやった。絶対に、これは後世に残さなければいけない、として、皆さんに頭をさげながら撮った写真。その一群が、あの土門さんの傑作『文楽』なんですよね。

今はあの当時に比べると、百倍も便利になっていますが、自分が後世に残さなければ、誰が残すんだ、というほどの緊迫した状況がありませんので、なかなかそれだけの写真は撮れませんね。だから、記録としての映像、あるいはもうひとつの表現としての映像を大事にする、劇場の側からの状況づくりが必要なんだと思いますね。

（一九八七年十一月）

神は細部に

森茉莉さんとの交遊の時期は、遅れて来た青年だった私の青春時代とぴったり重なる。

私が肺結核療養で二年遅れた大学卒業をすませて上京したのが一九六二年、その二年後の六四年四月、三好達治さんの通夜の席ではじめて森さんに会った。森さんは萩原葉子さんに誘われての三好さんの文章会のメンバー、私は少年時代に詩のノートを三好さんに送り返事を貰って以来私淑して来たという細い縁だった。場所は世田谷区代田の三好さん晩年の間借り住まいである。

通夜の例として三好さんの旧友たちは三好さんの柩を前に飲んでおだを上げていたが、森さんはそこにはいなかった。しかし、台所を手伝うでもなく、台所の入口辺の廊下にしゃがみこんで、その家の大きな猫を愛撫していた。私の勤め先の上司だった安西均さんが私を紹介して、彼はあなたのファンです、といってくれたが、印象に残ったわけでもなかろう。

私と森さんとの交遊には三島由紀夫さんの影響が大きい、と思う。一九〇三年生まれの森さんと二五年生まれの三島さんとでは、結婚適齢期の低かった昔では母子の年齢差だ。しかし、実際の人間関係は逆で、森さんはつねに三島さんを父親のように頼んでいたし、三島さんは三島さんで森さんを娘のようにあやしていた。

これは三島さんの中にも顕著にあった幼児性を考えると不思議な気もするが、自分の中に幼児性がある分だけ、森さんの中の幼児性もあきらかに見えたのではないだろうか。三島さんの小説家森茉莉への評価はまことに大きく、日本の女流小説家は森茉莉しかいない、とつねづね公言して憚らなかった。

それは森さんの幼児性が甘えっ子とか駄駄っ子とかにとどまらず、世間的な計らいで曇った大人の目を超えて、真実を見透す無垢無染の目に収斂していたからだろう。森さんがその目をどこで得たかといえば、「茉莉よ、お茉莉よ」とあやされて育った父鷗外林太郎の庇護の膝の上で、だろう。

鷗外の娘に対する鍾愛ぶりは妹の小堀杏奴さんの場合も同様で、この場合は「茉莉よ、お茉莉よ」に対する愛語は「パパっ子、杏奴子」だった。森さんの『父の帽子』と小堀さんの『父鷗外の思ひ出』を読み併せて興味深いのは、そのどちらにも風景の中に父親と自分だけがいて、ほかに誰一人いない雰囲気が濃厚なことだ。娘それぞれにこういう宇宙観を齎した鷗外という人物は、とくに当時としてはそうとうに稀有だった、といわざるをえまい。

その稀有の父親、その得がたい庇護の膝を喪ったのち、生得の性格の違いもあろうが、妹が幸福な結婚生活によって大人の目を得たのに対して、姉は結婚生活の破綻によって無垢の目を持ちつづけた。三島さんは時には森さんにとっての父鷗外を演じることで、森さんのその無垢の目を珍重した、ということだろう。ついでにいえば、三島さんはほんらい自分の中にない者を演じることに遊戯的愉快を感じる体《てい》の性格を持っていたようだ。

森さんと私の交遊が深まったのは、あのいささかアナクロニックなロココ趣味で知られた馬込の三島邸にともども招かれて以来のことだった、と思う。私は上京以前からの森茉莉ファンだったが、森さんにとっては数いる一ファンにすぎず、ただその一ファンが自分の信頼する三島さんにともに招かれたことで、多少とも容れる気になったのではないか。

とはいえ、その容れかたはあくまでも幼児のように無垢な、我儘な容れかただった。『甘い蜜の部屋』が発表された時も、これに続く『甘い蜜の歓び』が発表された時も、私は感動の手紙を書いた。私としては手放しで賞めたつもりだったのだが、森さんにはもうひとつ気に入らなかったようだ。三島さんなら理窟抜きで賞めてくださるのに、あなたのはむつかしすぎてよくわからない、というのが、私の手紙に対する森さんの感想だった。

私はそこでどんな理窟を捏《こ》ねたのか。いまは記憶もさだかでないが、『甘い蜜の部屋』、とくに『甘い蜜の歓び』を読んだ時の感想の再現ならできる。それを一言でいえば、アンリ・ルソーに代表されるナイーフまたはプリミティーフ絵画との親近性だ。説明上、アンリ・ルソーの作品から始めるのが、わかりやすいかもしれない。どれでもいいが、一般によく知られている『私自身、肖像のある風景 (*Moi-même, Portrait-Paysage*)』(一八九〇年) を例にとろう。

この絵の中の万国旗を帆にした船の碇泊する運河と運河に架かる橋、そしてその向こうの森と煙突のある建物群を背景にした、パレットと絵筆を持った人物は、背景との対比において異様に大きい。とくに運河沿いに立つ五人の人物と対比する時、極端だ。両面の中心にいる自分を強調したいのなら、背景をぼかせばよさそうなものだが、背景もどの細部をとっても異様に克明だ。

その結果として画面ぜんたいを見る時、ある種のアンバランスが生じている。しかし、そんなことをいっても、画家じしんには通じないだろう。彼にとっては全体は細部から成立しているのであって、細部を克明に描くことが全体を完成させることだ。同じことは森さんの小説、ことに第一部、第二部、第三部を含む『甘い蜜の部屋』全体にいえるだろう。作者は主人公藻羅《モイラ》の一瞬一瞬の心の揺ぎ、躰の動きを克明に描く、時として描きすぎることによって全体としてのアンバランスが生じている。

しかし、そこにこの小説の独自な魅惑もあるのであって、そこに魅惑されない人はついに森茉莉のファンにはなれない。そして、そのことは森さんが時間的には全生涯の細部にすぎない父の記憶やパリの記憶に異様にこだわることと一般だろう。表現者としての森さんのそんな特質を言いえている言葉があって、それはドイツの美学者アビ・ヴァールブルクの「神は細部に宿り給う」だ。

（一九九三年十月）

Ⅳ

在りし、在らまほしかりし三島由紀夫

講演に入る前に、いまからほぼ十五年前に三島さんの霊前に献げた祭詞《さいし》を読み上げることをお許しください。祭詞はまた誄《るい》、しのびごととも言い、神道で死者生前の功徳を称え哀悼する詞《ことば》を言います。

三島由紀夫大人命《みしまのゆきをうしのみこと》の御前《みまへ》に白《まを》す祭詞《まつりこと》

黄泉《よみ》なるや隠世《かくりよ》に坐《ま》す　三島由紀夫大人命《みしまのゆきをうしのみこと》の大御前《おほみまへ》に　骨鏤《ほねきだ》む詩文《うたふみ》の末弟《すゑのおとと》 高橋睦郎《たかはしのむつを》　畏《かしこ》み畏
みも白《まを》さく　去《い》んじ昭和代庚戌年《あきらけくなぐのみよかのえいぬのとし》十一月《とをまりひとつのつき》二十五日《はたちまりいつか》　汝命《みましみこと》　東都《ひがしのみやこ》　市谷《いちがやの》
駐屯地自衛隊隊員等《たむろなるみくにもるおほいくさくみつこら》の前に　唐突《たけそか》に　悲憤《かなしびいきどほり》を發《おこ》し玉ひ　み自《みづか》らにみ腹裁《はらさば》き　み従《とも》にみ首《かうべ》
斷《た》ち落《おと》させ玉ひて　早三十《はやみそ》の年《とし》　三百六十《みももまりむそ》の月《つき》を數へたりき　み心中止難《むねぬちやみがた》かりつらむみ悲《かなし》びみ
憤《いきどほ》りの經緯理由《ゆくたてことわけ》　猶審《なほつまひらか》にせずと雖《いへど》も汝命隠《かく》り玉ひてより此方《このかた》　年年《としどし》に此國《このくに》の心情《こころなさけ》　乾《かわ》きに乾

き廢《すた》りに廢りぬ　諸人《もろびと》悉《ふつく》に輕薄《かろくうす》き財《たから》のみを崇め　重厚《おもくあつ》き生《いのち》を尊《たふと》まず　精《くは》しき心には近からむ終《よの》
末《をはり》の兆《きざし》に脅えつつ　劣《ひき》き情《なさけ》の欲《ほり》する隨《まにま》に萬《よろづ》に貪《むさぼ》る事を休《や》めず　山林《やまはやし》は躙《にじ》られ海川《うみかは》は奸《をか》されぬ
天空《あまつそら》地底《つちつそこ》も例外《ためしのほか》に非ず　老いたる者敬《ゐやま》はるる事無く稚《をさな》き者顧《かへり》みらるる事無し　親は子を殺し
子亦親を害《そこな》ふ澆季《すゑつよ》とはなりにたり　茲《ここ》に冀《こひねがは》くは　汝命いのち生き玉へりし日　み習《なら》ひに殊《こと》に
愛《うつくしびな》撫で玉ひたる鏷《あらがね》の若き者等に　明《あか》く直《なほ》く強く潔《いさぎよ》き誠《まこと》を蘇らせ玉ひ　草木《くさき》水石《みづいは》も問《ことと》ひ言《ものい》ふ
瑞《みづ》の國土《くにつち》に戻させ玉へ　又願《ねが》はくは　麻束《あさつか》の亂れに亂れ　瓦礫《かはらいし》の荒びに荒びにし國語《くにつことのは》にも　幸《さきは》
ふ言靈《ことだま》言毎《ことごと》に呼び返させ玉へと　三十年《みそとせ》むかし　み自らの血潮の海に据《す》わりしみ首《かうべ》の俤《おもかげ》に　ま
なこ直向《ひたむか》ひ　鵜《う》じもの頸根《うなね》衝抜《つきぬ》きて白す　同じくは大人命《うしのみこと》のみ情《なさけ》に殉死《したがひみう》せ玉へる　森田必勝若《もりたのまさかつわく》
子命《ごのみこと》も懼《おそ》れ知らず憚《はばか》り知らぬ若大《わかおほ》み力《ちから》貸させ玉へと　恐《おそれ》み恐みも白す

さて、これから始めます私の講演ですが、三島文学についての学問的考察でもなければ、文学論でもありません。三島文学についてなら、ここにお集まりの皆さんのほうが、個々の作品について私などよりはるかに詳しく読み較べておいででしょうし、はるかに鋭く読み込んでいらっしゃいましょう。

私は三島さんの晩年、一九六四年十二月から七〇年十一月までのほぼ六年間、比較的身近にいた者として、自分の目で見、五感で感得した三島さんがどんな人だったか、また死後四十五年の現在から振り返ってどう生きてほしかったかを、述べようというのにすぎません。それが私の講演のタイトル、「在りし、在らまほしかりし三島由紀夫」のいわんとするところです。

もっとも、三島由紀夫という人は、かなり屈折した複雑な人でしたから、見る者・感じる者によってさまざまに見えさまざまに感じ取られたはずで、私の見かた感じかたも、私にとってそう見えそう感じ取られたというにすぎません。また、こうあってほしかった、こう生きてほしかったというのも、三島さんの死を鏡としてのその後の私自身のありよう、生きかたにおいてこうあってほしかった、生きてほしかったという以上のものではありません。

三島さんと私との付き合いのきっかけは、一九六四年の年末、三島さんから私の勤め先にかかってきた電話でした。その年九月に出した私の詩集『薔薇の木　にせの恋人たち』が複数の新聞・雑誌に取り挙げられ、homosexualityを主題にした卓れた詩集だとの評価を受けたのが目に止まったかして興味を持ち、会ってみようということだったのでしょう。三島さんの若者への関心は少年愛者（自分より年少の同性を愛するという意味での少年愛者）独特のもので、私以前にもシャンソンの丸山明宏、舞踏の土方巽、演劇の堂本正樹、笈田勝弘、音楽の黛敏郎、小澤征爾、短歌の春日井建、私以後にも美術の横尾忠則、写真の篠山紀信、演劇の中村哲郎、坂東玉三郎らに向かいました。

その日の夕べ、銀座二丁目の高級中華料理店の個室でご馳走になり、言葉を尽くして詩集を賞めてもらった上、次に出す予定の詩集『眠りと犯しと落下と』の跋文まで戴くことになりました。しかも無名同様の二十七歳になったばかりの若者を感激させたのは、これは自分が進んで書くのだから、君は菓子折一つ持ってきてはいけないよ、との一言でした。それから、三島さんと私との付き合いが始まりました。

私にとっての三島さんの第一印象はどうだったか。じつはその時より一年半近く前、私は三島さんをかなり至近距離から見ていました。一九六三年夏、所は銀座八丁目の日航ホテル裏の七、八人も腰掛ければいっぱいになりそうなカウンター・バー。日本航空のパーサー上がりのオーナーに誘われて飲んでいると、三島由紀夫が入ってきた。この段階では私にとって三島由紀夫はまだ三島さんではなかったので、三島さんとさん付けでなく三島と呼ぶことをお許しいただきたく存じます。

その時の三島はボディ・ビル・ジムの帰りらしく、ぴっちりしたスラックスを穿き、半袖・編み上げのポロシャツを着ていました。短かめの半袖からは自慢げな太い腕が出、広く開いた編み上げの胸もとからはこれ見よがしの胸板と胸毛が覗いていましたが、私にはいかにも拵えものの痛々しい印象が否めませんでした。この印象は付き合いが始まって、三島が三島さんになっても消えず、最後まで付きまといました。それはなぜでしょうか。

幼少年期の平岡公威がいわゆる虚弱児童だったことは、自他の証言からも知られるとおりです。しかし、アルバムの写真で見る公威少年は一種の美少年、すくなくともひよわな少年の魅力を持っていた、といえなくもありません。それが青年期に入ると、醜貌とはいわないまでも、ある種の異相に変わります。

この間に何があったのか。この間、公威少年は文学に目覚め、三島由紀夫を名乗るようになります。その過程でいつしか文学の毒が回り、容貌上の異相を齎したのではないでしょうか。その文学の毒は何処から来たか。外部からというよりは内部から、尋常でない肉体的劣等感、さらにいえば存在感の稀薄から来たのではないか。この存在感の稀薄を乗り超えるために内部で醸成された、いわば酵素ともいうべき毒が容貌上の異相を齎し、いっぽうで多彩な作品を生み出していったのではないか。

三島が三十八歳の時はじめて至近距離で見、三十九歳の時に付き合いを始めた私は、当然のことにそれ以前の、ましてや青年期の三島を知りません。青年期の三島を知らない私が何を証拠に青年三島の肉体的劣等感や存在感の稀薄を言うのか。私が至近距離で見た三島はボディ・ビルを始めた八年後、剣道を始めた五年後。一般的には肉体的に逞しく精神的に自信にあふれて見えた時期でしょう。

ところが私には、そう見えなかった。どこか拵えものに見え、痛々しく貧相に見えた。そしてその印象はその後亡くなるまで変わらなかった。それは三島さん自身がボディ・ビルというアメリカ育ちの筋肉速成法で拵えた筋肉を紛いものだと、剣道五段も世間的名声によって貰った名誉五段だと自覚していたから。すくなくとも私にはそう見えた。その実感から類推して青年三島の肉体的劣等感、存在感の稀薄を言うのです。

肉体的劣等感、存在感の稀薄を補塡・超克するかのように、三島はつぎつぎに作品を書き、人物を造型する。しかし、そのことをもってしても尋常でない肉体的劣等感、存在感の稀薄は補塡・超克できず、自らの完璧な肉体の造成に向かう。と同時に世間的に完璧な小説家像の確立に向かう。その第一歩は、結婚。八カ月ほど続いたボクシングを止めてボディ・ビルに戻り、剣道を始めた年が結婚の年と重なるのは示唆的ではないでしょうか。

三島にとってボディ・ビルと剣道が完璧な肉体への一段階なら、結婚は世間的に完璧な小説家像への第一歩だったのでしょう。私の見るところ、三島さんは基本的に少年愛者でした。三島さんは私に向かって問わず語りに言ったことがあります。自分がなぜ結婚したかといえば、この国では結婚しなければ一人前の小説家として認められないからだ。また、こうも言いました。結婚しないとノーベル賞は貰えないのだ。聞いていて当時の私が思ったのは、一人前の小説家と認められなくとも、ノーベル賞なんか貰わなくともいいじゃないか、それよりも自分に正直に生きたほうが健やかじゃないかということでした。

しかし、三島さんは世間的に一人前の小説家と認められたかったし、ノーベル賞が欲しかった。一人前の小説家という点については、結果的に一人前どころか大小説家と認められたといっていいでしょう。しかし、三島さんにとっては大小説家であることの保証の大きな一つがノーベル賞ということだったのでしょう。日本人で最初にノーベル文学賞を貰うのは三島だろうとの下馬評にもかかわらず、川端康成が受賞と決まった直後の三島さんの感想は微妙なものでした。

三島さんは自分の師でもある川端さんの許に駈けつけ、全身での祝意を献げましたがそれは表の顔。裏では私にこう言いました。今回俺ではなく川端が貰ったが、もし川端でなく俺が貰っていたら、日本の年功序列はガタガタになっていたろう、と。年功序列というような世俗的手垢のついた言葉が三島さんの口から出てくることなど、思ってもみなかった私は一瞬、耳を疑いましたが、後で考えるとそれほどまでノーベル賞が欲しかったのだ、と涙ぐましい思いがしたものです。

そして、これもまた三島さんに本質的な存在感の稀薄から来ているにちがいありません。三島さんはつづけてこうも言いました。これでもう俺にノーベル賞の目はないよ。次に貰うのは大江だよ。その予言が見事に当たったこと、ご承知のとおりです。それほど欲しかったノーベル賞ですが、もし貰ったら三島さんの存在感の稀薄は補塡・超克できたでしょうか。私の答は否《いな》！　です。三島さんの存在感の稀薄はそんな生やさしいものではありませんでした。

その存在感の稀薄は言い換えれば、自分がいまここにいるというのは虚妄で、ほんとうはいないのではないかという、冷え冷えとした自らへの疑問です。自分自身を三島さんと並べるのは気が引けますが、同じ傾向が自分にもあるので、よくわかるのです。三島さんが自分はいないのではないかと感じていたように、いま三島さんについてしゃべっている私はいないのではないか、だからいま私はしゃべっていないし、いま皆さんは聞いていらっしゃらないのではないか。こう考えることはきわめて三島的であり、三島文学的です。

こう申しますと、皆さんは三島さんの遺作『豊饒の海』最終巻『天人五衰』末尾の老門跡の言葉と、四巻を通しての副主人公、本多繁邦とのやりとりを思いおこされるのではないでしょうか。


「記憶と言うてもな、映る筈もない遠すぎるものを映しもすれば、それを近いもののやうに見せもすれば、幻の眼鏡のやうなものやさかいに」

「しかしもし、清顕君がはじめからゐなかつたとすれば」と本多は雲霧の中をさまよふ心地がして、今ここで門跡と会つてゐることも半ば夢のやうに思はれてきて、あたかも漆の盆の上に吐きかけた息の曇りがみるみる消え去つてゆくやうに失はれてゆく自分を呼びさまさうと思はず叫んだ。「それなら、勲もゐなかつたことになる。ジン・ジャンもゐなかつたことになる。……その上、ひよつとしたら、この私ですらも……」

門跡の目ははじめてやや強く本多を見据ゑた。

「それも心々ですさかい」

この後にはさらに駄目押しのように、門跡に案内されて本多が見た南の御庭の印象が述べられます。

これと云つて奇巧のない、閑雅な、明るくひらいた御庭である。数珠を繰るやうな蟬の声がここを領してゐる。

そのほかには何一つ音とてなく、寂寞を極めてゐる。この庭には何もない。記憶もなければ何もないところへ、自分は来てしまつたと本多は思つた。

庭は夏の日ざかりの日を浴びてしんとしてゐる。……

ここを読んで、この結末は四部作起筆以前から用意されていたのではないかと考えるのは、私だけでしょうか。そもそも、三島作品は小説も戯曲も結末が最初に用意されて、それから起筆された趣きがあります。『豊饒の海』創作ノートを私は読んでいませんが、この作品に限っての計画では用意されていなかったにしても、三島文学全体を見渡したところではやはり用意されていたといえるのではないか。それは事実上の処女作『花ざかりの森』の末尾です。

そこには「ゐなかのひろい地所に純和風な家をたてて」「ひとり身の尼のやうなくらし」をする

老いた元「伯爵夫人」があり、「そのへやには気のとほくなるやうにないてゐる蟬しぐれがかすかにきこえ」る。老夫人はまらうどに「なぜか唐突なくらゐに庭をごあんないいたしませう」と「いざな」う。

まらうどはふとふりむいて、風にゆれさわぐ樫の高みが、さあーつと退いてゆく際に、眩ゆくのぞかれるまつ白な空をながめた、なぜともしれぬいらだたしい不安に胸がせまつて。「死」にとなりあはせのやうにまらうどは感じたかもしれない。生がきはまつて独楽の澄むやうな静謐、いはば死に似た静謐ととなりあはせに。……

この老夫人を老門跡に、まらうどを本多に置き換えれば、そのまま『天人五衰』の末尾になる。老夫人は元伯爵夫人であり、老門跡の前身聡子は綾倉伯爵令嬢です。そう考えれば、『天人五衰』の末尾は二十九年前の処女作に用意されていたことになります。ついでにいえば、三島さんの死もこの処女作末尾の「死」という一語に用意されていた、とさえ強弁したくなります。

死の用意といえば、後で考えれば三島さんの死の用意は私にも及んでいました。あれは死のほぼ二カ月前の九月二十九日でしたか、森田と三人で会おうという呼び出しがあり、その頃私の勤めていたオフィスから十分ほどの銀座の割烹、第二浜作に駆けつけました。私が着いたとき、すでに三島さんも、森田君もかなり飲んでいたらしくまっ赤で、私は遅れた詫びを言って、二階和室の用意された席に坐りました。長方形の和式食卓の片方に三島さんと森田君が並び、それと向きあう位置です。

私が坐るなり三島さんは居ずまいを正して言いました。いまここにいる二十五歳の森田必勝は間もなく死ぬかもしれないし、のんべんだらりと生きのびてつまらない老人になりさがるかもしれない。しかしとにかく、ここにいる森田はある価値のある男だと思う。そんな森田を誰かに記憶してもらいたいと、ずいぶん考えたが高橋以外にはいないようだ。そこで、今日は俺も一度も聞いたことのない森田のこれまでの生いたちをしゃべってもらうから、よく聞いてほしい。

森田君は沈痛な面持で話しはじめましたが、私はふぐのひれ酒をがんがん飲み、何も憶えていません。三島さんはつねづねふざけがちでしたから、またおふざけが始まった、こんどは森田君まで巻きこんだおふざけか、くらいにしか思っていなかったのです。ふぐ料理をご馳走になった後は、三人で六本木のサウナ・ミスティというサウナ風呂に行きました。三島さんと森田君はコガとかチビコガとか、楯の会の会員の名前と性根について話しあっているようでしたが、やはり私は上の空で何も憶えていません。

憶えているのはサウナを出て三人三方に別れた道の上の星空が美しかったこと、森田君が「自分は高橋さんのような人に会ったのは初めてです」と言ったこと。森田君の言葉の意味するところはその後四十五年考えつづけていますが、いまもってわかりません。森田君について記憶してもらうには高橋しかいないという三島さんの評価は、全くの買いかぶりにすぎなかったのです。

三島さんからはその後も電話があり何度か会ったと思いますが、最後に会ったのは十一月十七日の帝国ホテルでの『中央公論』一千号記念と谷崎潤一郎賞・吉野作造賞贈呈祝賀パーティーの席。

壇上の審査員席から降りてきた三島さんは、私を見つけるなりやってきて、壇上から見ると会場は白髪頭と禿頭ばかり、こんな老人どもに日本が牛耳られているかと思うとうんざりだ、何か食いに行こう、と言い、私の隣にいた画家の金子國義に、金子さんもいらっしゃい、と誘いました。

行った先はホテル地下の鮨屋のなか田、鮨をつまみながら三島さんは、戦前の雑誌から抜き出したと覚しい紙きれを金子に見せました。私はすでに何度か見ている、西郷隆盛の最期をうたった勝海舟作の薩摩琵琶歌『城山』の文句で、「唯身一つを打捨てて、若殿原に報ひなん」というところを指して、この心境で若者たちと密会を重ねていますよと言って、豪快に笑ってみせました。これも死の用意、死の予言と申せば申せましょう。

そして八日後の十一月二十五日です。私はオフィスで仕事をしていました。事務机を背部分で二つくっつけて向きあった同僚の、机の境界部分にあった携帯ラジオから音楽が流れていたのが、突然臨時ニュースに変わり、作家の三島由紀夫が東京新宿区市ヶ谷の自衛隊駐屯地東部方面総監室に乱入と告げ、繰り返しました。いつもなら三島由紀夫氏とか三島さんとか言うところを、三島由紀夫、三島と呼び捨てで言うのが、いかにも異様でした。オフィスの誰もが沈黙のまま耳をそばだてている雰囲気で、私が立ちあがって近くの席の常務取締役の顔を見るともなく見ると、彼も私を見ていて深く頷きました。オフィスでは三島さんと私との関わりは知られていましたから、いいよ行っておいでということだったのだと思います。

私はオフィスのビルを飛び出して地下鉄に乗り、四谷三丁目で降りて市ヶ谷駐屯地のほうへ歩きました。雲一つなくよく晴れた日で、空気は痛いほど澄んでいて、道路脇の溝を霜どけの水が輝き流れていたのを忘れません。駐屯地の前は警察や報道陣の車がつめかけていたのでしょうが憶えていません。ヘリコプターが中空低く飛んでいるほかは、いやに静かだった気がします。駐屯地の塀に沿って歩き、その辺にあった公衆電話から、写真家の篠山紀信に電話しました。篠山はその年さかんに三島さんの写真を撮っていて、私も篠山とは親しかったからです。電話のむこうの篠山は終わったよと言いました。三島さんの死と割腹が報道されていたのでしょう。

六本木の篠山のオフィスに寄り、そこから遠くない、三島さんの写真をかなり以前から撮っていた、やはり写真家の矢頭保の自宅兼スタジオに寄り、矢頭の用意してくれたウイスキーを、三島さんの等身大の裸体写真に献盃して矢頭と二人、沈黙のまま飲みました。そのまま勤務先のオフィスには戻らず、成城の自宅に帰りました。深夜ひとりになって三島さんの最期を思うとこみ上げるものがありましたが、同時にほっとしたのも事実です。ああ、これで三島さんもやっと楽になれたのだ、と思ったのです。

私が知っている晩年六年間の三島さんは、自分を取り巻く世間を意識した緊張の連続に見えました。仕事場でも、家庭でも、外でも、つねに緊張。私とプライベートに待ち合わせをした夜に、サングラスで現われるので、どうして？　と問うと、自分はこうしないと目立つからという答。夜なかにサングラスをしたりするから目立つのですよと言ったのですが、後から考えると私にはわかっていなかったのです。三島さんは世間の目を意識し、緊張しつづけていないと、自分はほんとうは存在していないのではないかとの恐怖に耐えられなかったのではないでしょうか。

つぎつぎに世間を驚かせる作品を書き、衆目を瞠《みは》らせる行動を起こす。それらに対する外からの反応のみがその根源的恐怖をつかのま忘れさせてくれた。しかし、その効果は一時的にすぎないので、休む間もなく書きつづけ、行動しつづけなければならない。それだけ緊張しつづけても、自分はほんとうは存在していないのではないかという根源的恐怖は去らない。この堂々めぐりに四十五歳の三島さんは疲労の限界にあったのではないか。

その緊張の連続から、疲労の限界から逃れる方法はないか。それが同時に存在感の獲得でもある、そんな方法はないか。その方法が割腹だったのではないでしょうか。この割腹についても、三島さんにとっては思いつきではなく、長い時間をかけて用意されたものだった、と思います。三島さんは二十歳代のいつごろか、切腹研究会なるいささかいかがわしい会に入ったことがあるようです。その会の腹切り刀はゴム製で、腹をかっさばいて力を入れると、刀先からドロドロの血糊状の濃汁があふれ出る仕掛けになっていたとも聞きました。

これに続く用意としては小説『憂国』があり、その映像化があります。『憂国』は雑誌『小説中央公論』一九六一年冬季号に発表されていますが、三島さんは前年六〇年十一月一日に夫人同伴で世界旅行に旅立っていて、その直前『小説中央公論』編集部にいた井出孫六に原稿を渡しています。つまり死の十年前の作品ということになります。この作品は周知のとおり、新婚ほやほやのゆえに二・二六事件決起から外された若い陸軍中尉が挫折した同僚たちの討伐を命ぜられるのを予測し、若妻と殉死を申しあわせ、最後の性の営みをし、その後切腹と自害を遂げるというのが大筋です。

この小説の異様さは、最後の営みの描写が通り一遍なのにひき替えて、切腹の描写が克明を極めていることとです。まるで性の営み自体は前戯で切腹こそが本番、刃ものと筋肉の交合に思えてきます。これを読む限り、性交そのものにオルガスムスはなく、切腹による死の苦痛にこそオルガスムスがある。作品の主人公と作者とを同定する危険には留意しなければなりませんが、それでもなお生身の三島由紀夫、いや平岡公威には対異性、対同性に拘らず、現実の性交にオルガスムスはなく、想像上の自死、具体的には切腹の中にしかオルガスムスはなかったのではないかと思いたくなります。

ところで、『憂国』にはその前身としての同性愛小説があることは、三島文学の研究者なら誰もが知っていましょう。日本でもまだホモセクシュアルがアンダーグラウンド的だった一九五〇年代から六〇年代にかけてひそかに出されていた同好誌『ADONIS』の別冊『APOLLO』第V号（一九六〇年刊）に榊山保の筆名で書かれた『愛の処刑』。大友隆吉という三十五歳の中学校の体育教師と今林俊男という美少年の生徒との屈折した性愛の物語ですが、そこには性の交わりはいっさいなく、少年に命令されての教師の切腹の酸鼻を極めた過程と、それを見届けた上で愛の告白をし、やがて少年が青酸カリを服んで後追いする予告が、その内容のすべて。少年に命令されての教師の切腹とそれを見ている少年の歓びが性愛に代わるもの、いや性愛それ自体。だから、これを踏まえた『憂国』の性交そのものにオルガスムスがなく、切腹による死の苦痛にこそオルガスムスがあるのは、当然なのです。

『APOLLO』所載の『愛の処刑』には、三島剛なるアンダーグラウンドの画家の達者な挿絵が入っています。三島剛は筆名で本名は西村鉄次、この筆名には三島さんが絡んでいるにちがいなく、その挿絵は三島さんの意に適っていた確信があります。挿絵の隆吉は毛臑もあらわな大男、俊男は痩せぎすの小柄な少年。陰部は褌とズボンに隠されていますが、俊男のそれがギリシア彫刻のように小さな包茎なら、隆吉のそれは北斎か歌麿の春画のように巨きな露茎と想像されます。三島さんは本質的に俊男的心情を持ちながら、自ら隆吉的になりたかった。その矛盾撞着を孕んだ変身は切腹という秘儀を通過しなければ成就しない。『愛の処刑』はそうも読めそうです。

なお、『ADONIS』および『APOLLO』には塚本邦雄も菱川紳、中井英夫も碧川潭の変名で同性愛小説を発表。塚本作品は彼の短歌世界の解析、中井作品は彼の代表作『虚無への供物』の習作とも読めますが、切腹の場面など皆無。他の無名の作者たちの作品に切腹を主題にしたものがないわけではありませんが、いかにも他愛ない興味本位のもの。その点でも『愛の処刑』は特異というほかなく、『APOLLO』の読者がこれを読んで性的に昂奮したかどうか。むしろ、反撥・萎縮のほうが強かったのではないかと思われます。

想像上ではなく実際の割腹においてはどうだったか。これは三島さんに聞くほかなく、聞くべき三島さんは割腹直後にいないわけですが、ただ以下のことだけは言えるのではないでしょうか。すなわち、割腹の過程の短時間の現実的な苦痛において、ただいま自分は存在感を獲得した、自分は疑いもなく生きている、と。しかし、介錯の剣により首をはねられるとともに苦痛は去り、同時につかのまの存在感も喪われるわけです。

その日の新聞夕刊第一面の三島さんと森田君二人の首の写真から私が覚えたのは、世にデジャ・ヴュといわれるもの。中学二年生の時だったか、はじめて読んだ三島作品『日曜日』の結末、行楽の帰りにプラットホームの混雑から押し出されて転落、入ってきた臨時列車の車輪に轢かれて砂利の上にきれいに並んだ恋人同士の首の記憶と重なったのです。私にとってそれは衝撃というよりは安堵感に近いものだった、と思います。

では日本という国体のため、その顕現としての天皇のために死ぬという大義名分はどうなるか。小説『憂国』の主人公武山中尉の二・二六事件からの疎外者の殉死という設定が設定にすぎず、本質は好漢淑女の、とりわけ武人の肉体の切腹における性のオルガスムスの描写にあったと同じく、三島さんは割腹の苦痛における性のオルガスムス、あるいは存在感の獲得のために、国体のため、天皇のために殉死する、という設定をした。じじつ三島さんは私に、今上天皇はどんな意味でもエロティックではない。もしアイドル歌手の三田明が天皇なら、いまこの場で天皇のため死ねるんだが、と何度も言いました。もちろん個人的な今上天皇のためではなく、抽象的な天皇制のため死ぬということもありうる。しかし、三島さんの場合、肉化されない制度のため、インカーネートされない制度のために死ぬということは考えられない。むしろ以下のように考えるべきではないか。

こういう政治的、散文的な夾雑物が加わることによって、エロスとタナトスの結合という詩、ポエジーは逆説的に輝くのだ、と三島さんは考えたのではないか。そう、三島由紀夫という表現者は、『詩を書く少年』で自分の詩人性を否定してみせましたが、本質的に詩人だったのではないか。ただし、いわゆる詩というかたちにおいてではなく、散文というかたちではじめて発揚する詩性の持主だったのではないか。

ただ、その散文もほんらい美文というべき詩的散文、これを克服するために三島さんは森鷗外やトーマス・マンの文体に準《なら》うなど、ずいぶん試行したようですが、最終的には美文的文体から逃れられなかった。三島さんの最晩年、私は自分の少年時代の自伝を書いていて、散文を学ぶのにどんなものをお手本にすべきか、三島さんにたずねたことがあります。三島さんがそくざに挙げたのは、二・二六事件の生き残りである末松太平の『私の昭和史』と野坂昭如の『エロ事師たち』。これが単に散文を学ぼうとしていた私に向けられただけのものか、三島さんが自分の文体に生かしたいと思っていたものか、考察に価する問題かもしれません。

私の見るところ、三島さんは自分の美文的文体の限界を自覚し、改造を考えていたふしがあります。『太陽と鉄』以降の文体にそれを感じます。結論からいえば、それは叶いませんでした。それを妨げたのは、一つには自分は特別だという優越感、他に対する差別意識だったのではないでしょうか。ある時三島さんは、自分が松本清張や水上勉と並べて小説家と呼ばれるのは我慢がならないと言ったことがあります。では、あなたは水上の『越後つついし親不知』のような泥土に這いつくばった小説が書けますか、と私はひそかに問うていました。触れる対象がすべて黄金になってしまうギリシア神話のミダス王さながら、三島さんの文体では、泥土を描いても黄金の泥土になってしまうのです。

さて、本論に戻り、三島由紀夫は国体のためではなく、肉体のために死んだ、こう申しても三島さんの死を貶めることにはなりますまい。日本という国体はかりに皇国史観を取るにしても僅僅二千七百年足らず、肉体は生命発生以来、ひょっとしたらビッグ・バン以来百三十八億年の歴史を持つ。いわば国体は肉体という生物の形、人の形を国の形に拡げた比喩。肉体のために死ぬことは、国体のために死ぬことより、生命体として、人間存在としてはるかに正統ということができましょう。

三島さん自身、自分の死の本当の意味を明かすなまなましい資料を残しています。それは死の年の忙しいスケデュールを割いて自らモデルとなり篠山紀信に撮らせていた「男の死」というシリーズ写真で、見せられたその中の一枚を私は忘れることができません。時代劇でお馴染みの法被・半股引・白足袋姿の一心太助が地べたに尻をついて両脚を投げ出し、晒布を巻いた腹に出刃包丁をつっ立て、放り出した天秤棒を通した盤台から夥しい魚が跳び出している状景です。こんな国体への殉死がどこにありましょう。これは明らかに肉体への殉死、存在感の獲得のための殉死と言わざるをえないのではないでしょうか。

また、三島さんの残した辞世の歌が紋切り型だとはよく言われるところです。私の正直な感想を申しますなら、紋切り型という以上に、感動がない。古来辞世に紋切り型はつきものです。しかし紋切り型を超えて読む者を感動させる何かがある。三島さんの辞世にはそれがない。辞世の歌にも、自衛隊員への「檄」にも、『文化防衛論』にも、あえていえば『英霊の声』にもない。ないのは真実がないからです。真実はどこにあるか。小説『憂国』に、さらにいえば『愛の処刑』に。『愛の処刑』こそが死の十年前に書かれた真の辞世、すくなくとも遺言書というべきではないか。

切腹研究会以来の切腹ごっこが、最後には自衛隊東部方面総監室を舞台にし、国家、社会、ジャーナリズム、さらには後世までを巻き込んでのごっことなった。その意味では四十五年後のこの国際三島シンポジウムも三島さんのいのちがけのごっこに巻き込まれた一環ということになりましょう。ただし、ごっこを低級と考えるのは間違いでしょう。ごっこは鷗外のいう文学理念、遊びに通じるもの。しかも三島さんは文字どおり、いのちをかけて存在の意味を問うた。それが三島さんのごっこだったと思えば、四十五年後の私たち、甘んじてごっこに巻き込まれても致しかたがないという気にもなります。

ここでもういちど『豊饒の海』に触れますと、三島さんの四十五年の生涯最後の五年あまりをかけた長篇小説は、明治以降のこの国の、そして世界の時間・空間を擬似形而上的に取り込んだ壮大な世界小説の試みであるとともに、自らの生涯を辿りなおしての自己批評とも読めます。第一巻『春の雪』の松枝清顕は虚弱時代の平岡公威＝三島由紀夫、その生まれ変わりである第二巻『奔馬』の飯沼勲は肉体改造後の三島由紀夫、では、さらにその生まれ変わりである『暁の寺』のジン・ジャンは何を意味するのか。肉体改造によっても精神的本質は変わらなかったということが女性性という極端において表出されているのではないか。

そして、最終巻『天人五衰』の安永透です。透は清顕＝勲＝ジン・ジャンと続いた生まれ変わりのしるしである脇のほくろを持っているにもかかわらず、やがて生まれ変わりの贋者だったことが判明します。ということは振り返って清顕、勲、ジン・ジャンの生まれ変わりも、じつはなかったということではないか。そのことを言っているのが、末尾の老門跡の言葉ではないか。

では最終的に平岡公威＝三島由紀夫を表わしているのは誰か。四巻を通しての副主人公、伴走的傍観者とも言えれば、狂言廻しとも言える本多繁邦。ここに到って三島さんは、自分は結局のところ、語られる者ではなく語る者にすぎなかった、と告白しているのではないでしょうか。ことここに到ったのなら、以後は語る者に徹して、生きられる限り生きて語りつづければよかった。じじつ、三島さんは『豊饒の海』完結後のテーマは歌人藤原定家を主人公とする神になりそこねた人間の物語だ、とくりかえし言っていました。神になりそこねた人間、これを言い換えれば語られる者になりそこねた語る者ということになりましょう。

晩年の三島さんはしばしば究極の小説は芸術家小説であり、その内容は芸術家である自分と市民である自分の対立葛藤であると言っていました。穿って解釈するなら、少年愛者である正直な自分と、世間的にそのことを否定して生きている不正直な自分との矛盾撞着ということになるかもしれません。私はひそかに、そうではないだろう、芸術家小説の内容は作者である「私」と主人公である「彼」との対立葛藤だろうと考えていましたが、その可能性は二十歳代の問題作『禁色』『秘薬』の先にあったかもしれません。もしそうだとしても、その可能性は三島さん自身の同性愛卒業宣言によって断たれてしまいました。

いずれにしても、三島さんは最終的に語る者に徹することを選ばず、語られる者として死ぬことを選んだ。語る者として生きつづけるには、根源的な肉体的劣等感、存在感の稀薄が強すぎたと、結論はまたそこに戻りましょうか。

私はポール・ヴェルレーヌのひそみに倣って三島由紀夫を呪われた詩人と呼びたい衝動に駆られます。もしヴェルレーヌが十九世紀後半のフランスにではなく、二十世紀後半の日本に生きていたら、『呪われた詩人たち』の中にかならず三島を挙げたでありましょう。詩人にとって「呪われた」という形容は栄光の別名でしょうが、三島の場合、栄光と呼ぶにはためらわれるきらいもあります。彼の場合、「呪われた」の内容はアルチュール・ランボーの場合のように純一とはいえず、世間の目を意識しすぎた不純が「呪われた」の内容を異様に世俗化しているからです。

＊

以上は私の講演タイトル「在りし、在らまほしかりし三島由紀夫」のうち「在りし三島由紀夫」、もちろん前にも申しましたとおり、私から見た「在りし三島由紀夫」です。では「在らまほしかりし三島由紀夫」はどうか。これまでがやや長すぎたかと存じますので、以下はかいつまんで申しましょう。

三島由紀夫の文学的出発点が肉体的劣等感、そして存在感の稀薄だったとすれば、それらを否定によって超克するのではなく、むしろ肯定することによって負の力とすることはできなかったのか。平岡公威少年の最初の文学的先達だった清水文雄は、同人誌の会合のため伊豆修善寺に向かう途中、平岡少年の筆名を案じていた国鉄東海道線車中で、たまたま静岡県三島駅に近い車窓から望んだ富士山頂の白雪に、ミシマユキオ！　と閃いて付けた、と言っています。

とすれば、この筆名の意味するところは、その名を名告る当人が富士山頂の雪のように眩しく仰ぎ見られる存在、ということではなく、三島の町のような低い位置から富士山頂の雪のように輝しい存在を眩しみ仰ぎ見る者ということではないでしょうか。そこにはまた古代以来の大嘗祭でト《ぼく》定《じょう》された地方の国が新穀を贄《にえ》として献《たてまつ》る悠《ゆ》紀《き》・主《す》基《き》のニュアンスもあろうか、と思われます。ここで思いおこされるのは、富士山をあいだにおいて静岡県のちょうど反対側の山梨県、古い呼びかたでは甲斐国の酒折宮を舞台とする古代日本神話の代表的英雄であるヤマトタケルノミコトとミヒタキノオキナの物語です。

『古事記』中巻によりますと、父帝の命令によって西方の遠征から都に帰る間もなく東方の遠征に赴いた皇子ヤマトタケルノミコトは、遠征からの帰途、甲斐国の酒折宮で誰にむかってともなく、

新治《にひばり》　筑波《つくば》を過ぎて　幾夜か寝つる

と問いかけます。遠征の果て新治・筑波まで行ったが、それからこの酒折宮までいったい幾夜の旅泊を続けたろうか。

するど、夜伽のともしびの火を焚いていたミヒタキノオキナが、

日々並《かがな》べて　夜には九夜《ここのよ》　日には十日《とをか》を

と答えます。日夜を並べますと、夜の数では九夜、日の数では十日になります。皇子はこの答をめでて、老人を国造《くにのみやつこ》にとりたてた、とあります。私はここに語られる者と語る者の原型的構造があり、作品の主人公と作者の関係がある、と思うのです。

生得、肉体的劣等感の持主であり、存在感の稀薄の人だった平岡公威＝三島由紀夫は、その特性に殉じて語る人になり、語る人に徹するべきだった。ところが彼は語る人に徹することに耐えられず、語る人でありつつ自ら語られる者になろうとした。そのためのボディ・ビルであり、剣道だっ

た。出発点が肉体的な動機だったからです。語る人の寿命は長いが、語られる人の寿命は短い。肉体的な意味での語られる人の場合はなおさらです。三島由紀夫の場合、寿命のぎりぎりが四十五歳だった、ということでしょう。

もう一つ、結婚の問題があります。語られる者として完璧であるためには、完璧な肉体の持主であるだけでは足りなかった。適齢期を過ぎて独身者であってはならなかった。この点では古代ギリシアの例が思い合わされます。古代ギリシアにおける少年愛の一般的風習は周知のとおりですが、同時に適齢期を過ぎて妻帯しないと奇異の目で見られた。有名な少年愛者であるソクラテスがすくなくとも二度の結婚をし、何人かの子持ちだったことは知られるとおりです。

少年愛が普通の習慣だった古代ギリシアにおいて、その日のうちに死を控えた獄舎のソクラテスが、幼な子を抱いて泣き叫ぶ妻クサンティッペをなだめて帰し、愛する若者パイドンの頭髪《かみのけ》を弄びながら信奉者たちと語る光景はまことに自然です。対する三島由紀夫の、家族に偽って楯の会の若者たちと市ヶ谷の自衛隊駐屯地東部方面総監室に押し入って腹を切り首を落とさせる、ついでに介錯者が追い腹を切る、これは不自然そのものです。

ソクラテスと三島由紀夫は一見似ています。プラトンの中期対話篇『饗宴』のソクラテスがマンティネイアの巫女的婦人ディオティマの言葉として語るエロス——術策の神ポロスと窮乏の女神ペニアのあいだに生まれたエロス——「ごつごつしていて、汚らしく、跣足で家無し、他の一方では、いつも美しい者と善い者とを待ち伏せており、勇敢で、猪突的で、豪強で、非凡な狩人であ」るというエロス像はソクラテスに似ているとともに、三島由紀夫にも似ています。しかし決定的な違いは、ソクラテスが自然なのに対して、三島由紀夫が不自然なことです。もちろんこれは三島さんの一方的責任ではなく、責任の一半は少年愛を許さないわが国の明治以降の社会にあります。

ソクラテスも若年から異様なほど体育に勉み、老年になっても真冬も跣足で、氷の上を平気で歩いた、といいます。しかし、ソクラテスにはもともと肉体的劣等感はなかった、と同時にそれが転じてのエキセントリックな優越感もなかった。筋肉造成後の三島さんはある時、さるスポーツ店でポロシャツを需める痩身の福田恆存と出くわした。三島さんが、おや福田さん、あなたがまたどうしてスポーツ店などに用があるんですと言うと、福田は僕がスポーツ店に来てはいけないのですかと怒った。私にこの話をした時の三島さんの優越感は明らかにかつての劣等感の裏返しでありましょう。しかしソクラテスにあったのは自然な自己認識のみ。その自己認識に立って知者とうぬぼれている者たちの無知を暴き、若者たちを真の知へと導いた。その産婆術とも、対話法とも呼ばれる無私の行動はある意味で語る者に徹することに似ています。

三島さんも語る者に徹するためにボディ・ビルや剣道を続けていけば、ソクラテスの死の年齢を過ぎても頑健で、語りつづけ書きつづけていられたかもしれない。しかし、『中央公論』一千号記念パーティーの際のエピソードからもわかるとおり、三島さんの老人嫌いは異常なほどで、自分の老いを見、自覚することには耐えられなかった。それは一つには、自分の老いのモデルとして、自分と容貌的にそっくりの父親平岡梓氏が身近にいたせいもあるかもしれません。

老人嫌いといえば、雑誌『新潮』（一九六五年一月号）に発表した明らかに折口信夫をモデルにした短篇小説『三熊野詣』があります。折口は因習的ともいえる国文学の世界にありながら、少年愛者であることを匿さなかった勇気ある学者であり詩人でした。彼は弟子である藤井春洋と同居し、彼の出征後、自分の籍に入れ、硫黄島で戦死したのちはその故郷に自分との父子墓をつくっています。また、彼は「倭《やまと》をぐな」、つまりヤマトタケルとして彼を語るミヒタキノオキナに自分を位置付けた感がある。しかし三島さんは、『三熊野詣』では折口をモデルにした主人公を「化《ば》け先《せん》」と呼ぶなど終始意地悪です。三島さんは自分が老いて折口的になることが耐えがたかったのでしょう。しかし、その折口像はあくまでも外面的な折口像、折口はその一見女性的な風貌にもかかわらず内面的にはソクラテス的剛毅の人。太平洋戦争中、文学報国会短歌部会の席上、国賊にされかかった常任理事久米正雄を、敢然と立ちあがって救ったことはよく知られています。私はこの時の折口に、ペロポネソス戦争敗戦後の三十人政権によって無辜の一人物サラミスのレオンが弾劾されようとした折、身の危険をも顧みず断乎として反対を貫いたソクラテスを重ねたくなるのです。

　私としては三島さんに、貴種ヤマトタケルノミコトを語る草莽のミヒタキノオキナとして、あるいは老いさらばえた覗き屋の本多繁邦として生きのびて、覗きの表現を深めてほしかった。文芸というものの本質はつまるところ、神か無目的の自然の意志かがつくり出した世界の秘密をさぐる覗きのわざです。その秘密が、結果的に虚無に過ぎなかったとしても、それを覗きつづけ、書きつづけることが、語る者として選ばれた人間の義務だ、と思うからです。

　加えて申せば、語る者に徹するためには、社会通念が妻帯者の少年愛を許さない明治以降のわが国に生きている以上、三島さんにとって不自然の第一である結婚は、すべきでなかった。結婚二年後の一九六〇年、榊山保の匿名で書いた少年愛切腹小説『愛の処刑』をアンダーグラウンドの雑誌別冊に発表し、その登場人物の体育教師と生徒の少年を、新婚の陸軍中尉と若妻に置き換えて、『憂国』を書きあげ、その原稿を渡した直後に夫人と事実上の新婚旅行である長い海外の旅に出発しているところからも、三島さんの結婚の不自然は明らかです。

一般的に申しても、結婚は本質的に他人どうしの共同生活という不自然を基盤としています。その不自然を自然に持っていくのが、当事者相互の育む愛情でありましょう。三島さんは傍目《はため》にも家庭を大事にした。しかし、大事にすればするほど不自然に見えた。傍目に見えるほどですから、当事者である夫人にはお見通しだったでしょう。最晩年の三島さんは夫人を極端に怖れ、怖れることに疲れ果てていましたが、これは自ら蒔いた種と申すべきでありましょう。

悦子や鏡子や聡子のような女性像を創出しながら、三島さんは現実的にはしばしば女性蔑視を表明しました。マルグリット・ユルスナールの『ハドリアヌス帝の回想』の多田智満子訳が評判になった時、三島さんはこの多田智満子というのは本当は男性だろうと言うので、歴とした女性ですよ、だって僕の親しい女友達ですからと答えても、いいやこんな文章を女が書けるわけがないと言い張る。女流小説家の中で唯一森茉莉を認めていたのも、彼女が少年愛小説を書いたことと、さらにもう一つどんな劣った男でもどんな優れた女より上だという男女観の持主だったからではないか。

三島さんは世間的には健全なヘテロセクシュアルの生活を営みつつ、心情的にはホモセクシュアルのネットワーク、ゲイワールドに生きていたふしがありますが、そのホモセクシュアルのネットワーク、ゲイワールドから女性同性愛は完全に閉め出されていました。しかし、その女性蔑視は女性恐怖の裏返し。ゲーテのいう「永遠に女性なるもの」の前で自分がひよわな少年にすぎないことが露見する恐怖がつねにあったように思います。

ある日、ボディ・ビルその他の所用をすませて自宅に帰ると、一階の応接テーブルに、かつて関わりのあった男性が夫人となにごとか話しこんでいた。二人は振りむいて入ってきた三島さんを見たが何の言葉も発せず、また何事もなかったように話をつづけた。三島さんはいたたまれなくそのまま階段を上って仕事場に入った。男性はそのうち辞去したようだが、夫人からその後、何日経ってもその話題はいっさいなし、うわべは何ごともないようだが、内実は薄氷を踏むような毎日だったようです。

当時、私の勤めていたオフィスの非常勤重役に小説家の開高健さんがあり、三島さんへの伝言を頼まれたことがあります。ご承知のように開高さんはベトナム戦争に従軍記事などで深く関わっていて、ゴ・ジン・ジエム大統領の弟嫁の、悪名高いゴ・ジン・ヌー夫人をヒロインに戯曲を書いてほしい、文学史上類例のない強烈な女性像が出来上がるに違いないから、と言うのです。私がその旨伝えると三島さんは、あのアーティクル・ライターがそんなことぬかしたか、と笑殺したきり。

後で考えると、三島さんにとっては現実に強烈な存在である夫人があり、それが大作家と認められるための第一条件としての不自然な結婚がもたらした結果の、三島さんの作品ともいえる存在でしたから、わざわざゴ・ジン・ヌー夫人をモデルに新しい人物典型を創りあげるまでもなかった。三島さんの没後に、夫人が三島さんの数数の醜聞を封印して平岡家の名誉を守り、三島文学を管理する非の打ちどころのない墓守を全うし、五十歳代の若さで亡くなったのは知られるとおり。夫人こそは三島さんの不自然な生と死とに巻き込まれた最も深刻な犠牲者だったと、改めて同情に堪えません。

三島さんと夫人とのあいだのお子さんがたも犠牲者と申すべきでしょうか。親子関係については、忘れられない言葉があります。「親と子とはほんらい無関係だ。二人の男女が性の交わりにおいて全く無関係の魂をさらってきて自分たちの子にするのだ。だから生殖には原質的な罪があり、親は子に責任があるのだ」。私の畏敬する先輩詩人、鷲巣繁男の言葉で、私は深く共感するものです。お子さんがたは、戸籍上の平岡公威の子女としてはともかく、小説家三島由紀夫とは全く無関係の魂として自由にいきいきと生きていただきたいものと、余計なお世話ながら願ってやみません。

さらに申せば、国体のため、天皇のためというフィクショナルな設定に、若者たち、ことに森田君のような無染の魂を巻き込むべきではなかった。事実は三島さんが森田君らを巻き添えにしたのではなく、森田君らに三島さんが引きずられたのだという説がありますが、もしそうだとしてもそうなるためのシナリオを書いたのは、三島さんにほかなりません。私の考えをいえば、三島さんは自分の個人的な存在感の稀薄の超克、死の成就のために、若者を殉死させるべきではなかった。三島さんの場合とは逆にソクラテスは自分が若者たちのために殉死した。これこそが、三島さんが死のしばらく前から持ち歩いてしばしば人に示した薩摩琵琶歌『城山』の「若殿原に報ひなん」の真意ではないか、と強く思うのです。

＊

ことしは三島由紀夫生誕九十年、今月二十五日には死後まるまる四十五年。しかし、九十歳の三島翁像は私には想像だにできません。自分が七十八歳を直前にした現在も私にとっての三島さんの年齢は、当然のことながら亡くなった時点の四十五歳のまま。では永遠に四十五歳の三島さんを現前させるとき、三島さんに対応する私自身の年齢は？　といえば、現実に三島さんの死を前にした時点のまま永遠に三十二歳。しかし、それを語っている私は、皆さんの目にされるとおりの頽齢七十八歳直前。皆さんを前に三島由紀夫について語りつつ、私はいま、はじめてその事実に気づきました。奇怪なことですが、それが死者と生者、ことに自ら壮絶なかたちで生を絶った死者と生き残って年齢を重ねた生者とのあいだの、生き残った生者が持つ偽らぬ時間感覚だと申すほかありません。

私もまた三島さんの生と死の犠牲者のひとりなのでしょうか。しかし、最大の犠牲者は、生まれついて死すべき者である人間誰もが持っている原虚無の最も尖鋭な感受性として生まれた三島さんその人かもしれません。ユルスナールやアンドレ・マルローのような外国人、日本人でも生身の三島由紀夫を知らない後世の読者は、その作品よりもその血なまぐさい死のありようから三島由紀夫像を立ち上げる。それは表現者としてはやはり不幸なことではないでしょうか。

否、三島は表現者として死んだのではなく表現される者、記憶される者として死んだのだ、という反論もありえましょう。もしそうだとしても（おそらくそうでありましょうが）その記憶はあの大詰の舞台、市ヶ谷自衛隊東部方面総監室床上の、目と鼻とを覆わしめる血なまぐささから、永遠に浄まることがない。それでもなお、残された者は、祓い清めるという絶望的な行為を、続けなければならない。そしてそれこそが三島さんの窮極の望みだったとしたら、誰あって世界文学史上、三島さん以上に呪われた人を想像することができましょうか。三島文学に関心を持つ者、少なくとも私の三島由紀夫への哀悼の思いは、ついに終わることがないのです。

（二〇一五年十一月十四日）

対談　詩を書く少年の孤独と栄光

対談者　井上隆史

初期詩篇をめぐって

高橋　僕は晩年の六年間ぐらいですが三島さんにわりあい頻繁に会っていたということもあって、三島さんの文学とはかなりいい加減につきあっているかもしれない（笑）。井上さんは本当に精緻に読んでいらして、それも本人に会わずに読んでいらっしゃる。そういう意味では僕とまったく対蹠的なわけです。今日は面白い話ができるかもしれないと思っています。詩を書く少年がどのように小説家になっていったのかという話を中心にお話しできればと思います。

井上　高橋先生は、詩・散文といったジャンル意識が三島の中でどのようにあったとお考えですか。

高橋　未発表初期詩を多数収める『三島由紀夫詩集』（以下『詩集』）が、三島由紀夫文学館から刊行されましたね。前の全集に入っている詩と併せて読んだのですが、正直に言って詩はつまらないですね。年齢よりも凝った言葉を使っていますが、後に短篇『詩を書く少年』で自分で批評していいるとおり、実体がない。

井上 たしかに、実体の裏付けがないということが一つ言えますね。

高橋 裏付けはなくても、その作品が何か言葉としての実体を感じさせてくれればいいのですが、そういうものがない。その中では「防空演習」が一番いいと思いました。

井上 『詩集』の中には前の全集に入っている詩の異稿のようなものもありますが、この「防空演習」は初めて収められたものですね。

高橋 これはなかなかいい作品だと思いました。でもある意味では、三島の中では異色の詩ですね。

井上 もう少し抒情的に流れる感じの詩が多いですね。

高橋 もっと気取った詩。

井上 「防空演習」のどういうところが印象に残ったのでしょうか。

高橋 これは銅版画のようなくっきりした実体があると思うんです。公威少年にとって防空演習というのは実感があったのでしょうね。他の詩は頭の中の産物でしょうけれど、これには実感がある。ただ、少なくとも当時の三島は自分ではこういうものは好きではなかったのではないでしょうか。

もう一つ採るとしたら、以前にも発表されていますけれど、「桃の樂《がく》」という詩。はっきりと近景と遠景があって、近景に桃の実がありそれに黄金虫が近づいていて、遠くに槍投げをする男たちがいる。この桃の実が途中で少女の頬に変わるわけですが、これは三島の好みでもあり、しかも実感もあるという感じがしました。

井上　作品としての出来不出来を考えますと、少年時代の作ですからなかなか優れた作品とは言いがたいものが多いのでしょう。しかしその一方で三島由紀夫の原質みたいなもの、その後の小説にも通底しているような傾向が表われている作品が見受けられる気もして、その辺が面白いと私などは思ってしまうんです。

今回新しく出てきたものの中に「幼なき日」という連作があって、「窓硝子」「獨樂」「おるごる」というものですね。「窓硝子」の第一連では、「誰が割つたのか高窓の硝子に／大きな穴があいてゐた」。それで、穴からいろんなものをいつも見ている。ところが、最後に窓自体が張られてしまって、ステンドグラスを通しては光だけしか入ってこなかった、とやるわけですね。「おるごる」では、子供の頃からオルゴールの音楽に親しんでいたことが書かれていて、十年後に再びネジを巻くと、オルゴールの音色は灰色の怒濤が逆巻くようで、過去の十年に向かってあらゆる呪詛を投げつけてみたかった、と。十二、三歳で書いていますから、十年というとほとんど全人生ですよね。となると、三島の人生は出発点からどういうものだったのかとつい思ってしまうんですね。

高橋　しかし、どこまで自覚があったんでしょうね。一つの詩的なポーズという気もしないでもない。おっしゃるように深読みすることもできるとは思いますが。

井上　一方でそういうテーマを描きながら、他方ではそういうものとまったく触れ合わないような詩的な世界を自分の言葉で創って、両方が並列していると言いますか。それを踏み越えるようなこだわりとか意識的な取り込みというのは、あまり感じられないかもしれませんね。

高橋　そのことを自分自身もどかしく感じていて、それで結局散文のほうに行ってしまったとも言えると思います。自分は詩人ではないことに気付いたと三島は言っていますが、僕は日本の小説家の中では稀に見る詩人的資質の人だったという気がするんです。ただ、三島の詩は「詩」のかたちではなく、「散文」というかたちをとったときに、初めて実現したと思っているんです。

井上　三島にとっての詩は、「散文」なり「戯曲」のかたちで展開したとのお考えですね。それではその「詩」とはどういうものであったと思われますか。

高橋　自分の詩への感受性を表現するための、過渡的なかたちだったのではないでしょうか。そして本当に詩に対して感じていたものを表わすことができたのは、「散文」に辿り着いたときだったのではないでしょうか。非常に敏感な才能ですから、日本における「詩」がどれだけあやふやなものかを無意識のうちに感じていたんじゃないですか。

日本には詩は本当の意味では存在しなかった。ずっと「詩」と呼ばれていたのは漢詩です。明治以降に新体詩が出来るわけですが、これは内容的にはヨーロッパのポエムの翻訳ですが、形式的には和歌の五七調や七五調を基本にしたものです。しかしいろいろヴァリエーションを試みたあげく、行き詰まり、いわゆる自由詩が興ってきますが、その自由詩だって行の分け方一つ取っても、なんら必然性がないわけです。だから、本人たちが「これは詩だ」と言っているから、詩ということになっているというだけで（笑）。本当に詩であるかは怪しいものですね。もちろん、詩というものは本来怪しいもので、ポエジーとポエムにわけるならば、ポエジーをかたちにしたものがポエムでしょうけれども、そのポエムは、どこの国のものだって、ポエジーを捉え得たものがあるかは怪しいわけです。ただ、従うにせよ反抗するにせよもともと形式がきちんとありますね。日本にはその形式がないわけですから、「それは詩だ」と暗黙の了解のうちに言っているだけで、それが詩であるかどうかは二重に怪しいものです。その辺で三島の潔癖な感受性が、「詩」を何年か書いていくうちに、やはりこれは違う、もどかしい、ということがあって、「散文」のほうに移行していったのではないかと僕は憶測しているんです。

だから、もともと三島は詩歌に関心がないわけではない。春日井建君の第一歌集に熱烈な讃辞を送ったり、わざわざ僕に電話をくれて、詩集に長い跋文を書いてくれたりする人でしたから、関心は十分にあったでしょうけれど、自分自身の「詩作」は、「詩」のかたちではできないと感じていたんじゃないでしょうか。

井上　日本における詩が形式的に非常にあやふやで、むしろ短篇小説などが詩的なものを代表していると、三島自身も言っていましたね。

土建屋小頭　三島由紀夫

高橋　僕がとても落ち込んでいた時期に三島さんがくれた手紙があるんですが、その中に、「詩と短篇は空中に全体が浮かんでいる球体だか空中楼閣である、それで全体が見える」というようなところがあります。「長篇小説は土の上に建てた、ある意味では無様な建築物である」とも。詩は素晴らしいものなんだから、もっと自信を持ちなさいというような手紙だったんですが、一番最後に「土建屋小頭　三島由紀夫」と書いてあった。

井上　それは非常に面白いですね。三島は中村光夫との対談では、詩あるいは戯曲は小さい鏡の中に太陽を写し取る、そういうかたちで世界をキャッチするのだ、小説はそうではなく、少しずつ手を広げていって、写し取るのではなく、太陽自体を包み込んでしまいたいというものなのだ、と言っているんですね。空中楼閣は言葉の力によって詩的な宇宙を創ることだとすると、「土建屋小頭」は、散文的な記述を展開しながら世界を少しずつ包摂していく、それは詩とは全然違うジャンルだという考えが三島にあったように思えます。散文における世界の包摂と、鏡に太陽を捉えるということは大きく違っていますね。

高橋　「人生を捉える」ということはあっても、「世界を包摂する」という考えは、漱石にも鷗外にもないでしょう。三島が日本の小説家の中で最も尊敬していた谷崎にもないと思う。谷崎はある時期、バルザックのようにいろんなものを描きながら全体としての社会を捉えようとしていましたが、世界を捉えるという考え方はない。「世界を捉える」という考え方はほんらい詩人的なものだと思いますね。もっとも、日本の詩人に「世界を捉える」タイプがほとんどいないのも事実ですが。

井上　三島由紀夫は、小説家になって以来、世界を解釈し、世界を包摂するようなものを書きたかった、それが『豊饒の海』なのだと言っていますね。

小説において世界の全体を捉えるという発想は、たしかに日本の近代小説をさかのぼってもないわけですけれども、三島由紀夫が孤独にそういうことを始めたかというと必ずしもそうではないという側面があって、戦後の長篇小説家、たとえば野間宏や武田泰淳などは全体小説というかたちで散文において世界を包み込んでいくことを意図していたわけですね。

高橋　ただそれは世界の包み込みというより社会の包み込みですね。三島の場合は、もっと宇宙論的なものを含んでいますから、そういう意味で、やはり気質として詩人的だったと思います。

井上　野間の、人間を社会も含めて全体として捉えるということにはマルクス主義的なものがあるので、そういう意味では社会ですね。しかしその一方で、野間にもサンボリスム、マラルメなどに対する関心がずっとあったわけですから、たしかに世界を捉えるという発想は詩に基づくものなのかなとは思うのですが。

高橋　野間の場合は、三島とは違うものだと思いますね。宇宙論的な時間・空間の捉え方においては、三島はやはり孤立していると思うんです。「土建屋小頭」なんてことを言っていますけれど、本来三島は短篇、ないしは戯曲の人だと思うんですよ。三島の小説は長篇もみな短篇という感じがするんです。最後の『豊饒の海』にしても、僕は井上さんと同じように高く評価するんですけど、生まれ変わりというかたちをとることで、短篇を四つ繋いだという気がします。これは詩人の発想だと思います。詩人の発想で長篇を書けばこういう書き方しかないだろう、と。それを三島以前にやっているのは紫式部、折口的に言えば『源氏物語』の作者でしょうね。一つ一つが完結した短篇としてあって、それを繫ぎ合わせて長篇としているという点で。

井上　日本における長篇の成り立ちが短篇を繫いでいくことで出来上がることはたしかに一つのパターンとして存在すると思います。高橋先生も小説をお書きになりますし、ジャンルを意識して書き分けることは三島の中にもあったと思いますが、先生としてはどういうふうにお考えになりますか。

高橋　僕自身はジャンルを書きわける意識は全然ないんです。もともと投稿少年だったものですから、その頃は、他の投稿少年と同様、詩も短歌も俳句も散文もなんでも書いていたんですよ。それもその後どこかに収斂していくのが通例なんですが、僕の場合は、それを全部続けているんですね。全部、自分の中で等値なんです。その時に書きたいと思う衝動が、自ずからかたちをとってしまう。だから、これは短歌にしようとか、これは俳句にしよう、詩にしようとか考えたことがない。それが長年やっていることの功と言えば功でしょうね。

井上　三島由紀夫の場合は、詩を断念して短篇小説を書き、戯曲を書くわけですけれども、それとは違う長篇小説の理想というか、何故長篇小説が必要かという問題意識は常にあったと思うんですね。長篇の中で世界を解釈し捉えるという大きな柱があるとして、もう一つ、なんらかの意味で主題を追究していくと、散文の場合には描写を費やし登場人物を登場させその中で問題を追究していくという考え方があったと思います。それは突き詰めて言うと、生きることと芸術との関係、三島の言い方だと「生」対「芸術」、生きながら何故に芸術に携わるのかということになると思うんです。

高橋　「市民である自分と芸術家である自分」ということをよく言っていましたね。それはトーマス・マンからきているものですが。

井上　そうですね。

高橋　僕はそれがいかにも借り物のような気がするんです。あまり切実さを感じないんですよ。三島さんをわりあい近くで見ていて、「この人は生きることの実感の本当にない人だなあ」と思った。

彼は自分がいまここに存在しているということの実感がまったくなかった人だと思う。だから、つぎつぎに奇矯な行動をとった。少年時代にませた詩を書いたことだってそうだと思いますが、それに人が反応するのを以て、つまり鏡に映った自分を見ることで、自分が生きているということを感じたのだと思うんです。ただそれは一瞬で雲散霧消してしまうので、また別の行動をしたり、新たな作品を書いたりしていかなければならないという繰り返しだったと思うんですね。

「ミダス王」の文体

高橋　結局三島の危機はずっと持続していて、その核は生きていることとの実感のなさだろうと僕は思うんです。それが最終的に得られたのは、三島が腹を切った瞬間だったと思います。その時の「痛い」という感覚、「自分が死ぬんだ」という感覚、そこで初めて自分は生きていたんだという実感を得たのだろうと。一瞬後には首を切り落とされて絶命するわけですが、そういうふうになることはわかっていただろうし、全部予定されていたことだという気がします。

井上　何故三島由紀夫に関心を持つかと聞かれた時、僕はニヒリズムの問題であると答えるのですが、そのニヒリズムとはいま先生がおっしゃったことと非常に重なってくることで、つまり生きるということとの欠如、その中には一方で生きたいという要素がある。しかし、矛盾しますけど生きたくないという要素もあるだろうと思うんですね。そういう地点に投げ込まれた状態で、一つのネガティヴな刻印を背負っている。

詩と散文の話に戻りますと、そういう状態にいながら一つの言葉によって世界を裏返すことができる、詩的な宇宙を創ることができればネガティヴな状態を引っ繰り返すことができる、と。ジャン・ジュネに関して、ジュネはいろんな意味で悲惨な状況にあるけれど、そこからの復権を言語芸術によって果たした、だから彼は小説家であるよりも詩人であった、と三島は言っています。必ずしもジュネとイコールで結ぶわけにはいきませんが、三島由紀夫も生の欠落という状況から出発したときに、詩がそれを裏返す力を彼にとっては発揮し得なかったことに気がついたのかと思うんです。

高橋　ただ、そのことは初めからわかっていたんじゃないかな。「生きたいという要素と生きたくないという要素がある」とおっしゃったけれど、同じことかもしれませんが、「生きたい」という気持と「しかし私は生きられないだろう」という気持があったように思いますね。

井上　私が「死にたい」と言うのは、死ぬことが初めて生きる実感に結びつくところがあったのだろうという意味です。

高橋　それは本当にその通りだと思います。だから、『金閣寺』の主人公が最後に、「生きようと私は思った」と言いますね。そんな感じで三島は何度もそれに近いようなことを繰り返すわけだけれども、しかし何度繰り返しても結局は駄目だったという気が僕はしますね。

井上　「生きよう」という台詞は、『邯鄲』とかいろんなところで出てきますね。生きようということが本当にものを書くことでできるのかできないのかを問い究めることが、三島の言う小説の主題としての「生きることと芸術」というところに重なってくると考えるならば、やはりそれは三島にとって一つの切実な問題意識としてあったのではないかと思うんです。それを突き詰めていくと、自分は生きているという実感がないにもかかわらずどうやって世界に関わっていくかということが、世界の中での自分の位置づけを捉えることに結び付いてきて、世界の包摂とか解釈ということと関わってくるんだろうと思っているんですね。

高橋　その場合、世界を包摂するためには問題があると思うのは、まず一つは三島の文体。それから、先を見てしまう目ですね。三島のあのあまりにもの美文、論理的美文と言ってもいいですが、それが綺麗すぎて現実に爪を立てることができない。生前、「この人はミダス王だ」と思ったことがあって、それを本人に言ったかどうか覚えていませんが、何を書いても、たとえば汚い家を描写しても、全部黄金になってしまう。自身途中でそれに気が付いていますね。特に『太陽と鉄』あたりです。そこでもっと違う文体を欲しかったのでしょうが、それはもう無理でしたね。僕が「これから散文を書いていくのにどんな本を読んだらいいですか」と訊ねたら二つ挙げて、一つは野坂昭如の『エロ事師たち』、もう一つは末松太平の『私の昭和史』。この二つの文体は三島さんから非常に遠いんです。

井上　およそ対極ですね。

高橋　野坂さんの文体がそうですし、末松さんにしても、あれは軍人の文章、つまり実際を生きる人の文章です。それを勧めたということは、自分もそういう文体が欲しかったんだと思うんです。自分でも多少そういう試みをしたのが『太陽と鉄』ですが、あれも美文に終わっていますね。文体自体が現実と関われないんです。

す。そして三島は先が見えてしまう人だから、『豊饒の海』の結末も最初から見えていたと思うんです。最後の『天人五衰』の終わりは、「創作ノート」にはあれこれ書いてあるのでしょうが、本多繁邦が最終的にああなることは最初から見えていたような気がするんです。覗きをしたりして汚辱にまみれるのは途中から入ってきたものだと思うんですが、あのラストに関しては、一番書きたかったようになっていったんだと思います。

あの人は戯曲を見ればわかりますが、最後の台詞が最初に出来る人ですね。「どうして私が滅びることができる。夙《と》うのむかしに滅んでゐる私が」という『朱雀家の滅亡』の終幕なんかはその典型的な例ですが。そのことの非にも気が付いていたから、できるだけ先が見えないように自分で目隠しをしていたと思うんです。特に『豊饒の海』の場合はね。

井上　『豊饒の海』の結末が見えてしまうことは、自分のニヒリズム、つまり生きていることを体現できないことから逃れようがないのを、自らに突きつけることにもなるわけですね。

高橋　それはわかっていたと思います。わかっていて、しかしそのニヒリズムを生きるということがあるわけですね。日本の仏教者は、西行なんかもそうだと思うんですよ。唯識的に説明するかどうかは別として、この世が全部虚妄だということはわかっているけれど、幻ゆえに能く生きるということだと思うんですね。三島は仏教者ではないけれども、そういう心情は持っていた人だろうと思う。自分を宗教的な立場に置くことはとても嫌った人でしたけどね。それは非常に潔癖であり、正しいことでもあったと思うんです。僕自身も、ある時期カトリックに近づいて、洗礼寸前まで行ったんですけれども、結局逃げてしまった。何故かと言うと、自分がもし宗教的な安心立命の境地を持つなら、その瞬間からもうものを書いてはいけない。ものを書く者は、自分をある安定した境地に置いてはいけないと思うんです。三島が『豊饒の海』をああいう終わり方にしたのは、最初から見えていたのをなるべく見ないようにしたけれども結局見えていたとおりになったと思うんです。最後にあそこに行ってしまって、世界をばらばらにして、そして自分はいなくなる。

井上 見えているところを逃れて違うところに行こうとするので思い出すのは『太陽と鉄』で、先程おっしゃられたようにいろんな模索をしようとしていますね。冒頭の部分を読むと、私という言葉に還流できない残りの部分があると言いますが、私とは他者なのだという要素が出てきかけるんだけれども、「それをこそ私は私と呼ぶ」と言い、しかも「それは肉体の言葉なのだ」と環が閉じてしまうんですね。もしそこで私には還元できないものをどのように開いていくかという方向に行けば、また違っただろうと思うんです。

高橋 それはやはり死にたかったからだと思うんです。さっき言ったことと矛盾するみたいだけれど、三島はつねにこの世での生を閉じたかった人だと思います。若い時からそうだっただろうと。ただその時に、人が一番驚くようなかたちで自分の死を提示して、いなくなりたかったんだろうと。

詩と小説、戯曲

井上 三島は生涯の中に何度か揺れがあって、『仮面の告白』を書く以前は、不安定というかネガティヴな状態です。『仮面の告白』を書いて自分は散文作家としてやっていける、昔溺れていた詩は抒情の悪酔いであったという言い方をしていて、小説家として生きる、とちょっと上向きになりますね。ところが『金閣寺』『鏡子の家』と書くと、どうしてもそれでは立ち行かないものがあることがだんだん明らかになっていきます。『仮面の告白』を書く前、『豊饒の海』を書く前は、自分の中に生の欠落が拭い難くあるのを突きつけられていた時期ではなかったかと思うんです。

高橋 『仮面の告白』のあとは、『禁色』の問題が大きいと僕は思います。『禁色』の方向がもっとどうにかなっていたらずいぶん変わっていたのではないかという気がするんです。『金閣寺』はあまり面白いと思わない。

井上 出来すぎだとおっしゃっていましたね。

高橋 『禁色』は壊れていますからね（笑）。そういう意味で、あそこからもっと壊れていったら、ひょっとしたら現実と触れることができたかもしれないと思うんですね。ただ三島はそれをどこかで恐れています。

井上 前半と後半でずれがある。自分の青春をあそこで塗り込めてしまったということを言っていますね。あそこで一つ次のステップに行くと考えていたみたいですね。

詩ではなく散文で行くということを、自分自身に言い聞かせ、他者にもそれを訴え、『禁色』のあと『詩を書く少年』で自分がかつて溺れていた詩は偽物だったと言いますが、一方では、自分は告白をする場合に詩が一番告白できる、戯曲がその次で、小説は一番告白には不向きだと、ちょっとレトリカルな物言いですが、そう言っているのをどのようにお考えですか。

高橋 まず最初に「詩に溺れた」という言い方をしますが、あんなのは溺れたうちに入らないと思うんですね。詩的なものの近くまで行ったかもしれないけれど、あんなものは詩でもなんでもないし、溺れたなんてところまで行っていないじゃないかと。溺れることができたのは、散文という器を見つけて初めて「溺れる」に近いところに行ったのではないか。『禁色』を書いたときは相当溺れただろうと思うんですね。溺れるということはある意味で無様なことで、その無様まで行ったんだけれども、三島は一方で無様であることがとても嫌な人だから、そこで立ち直るわけですね。

戯曲ですら出来すぎという気がしますが、その中ではわりあい破綻のある『近代能楽集』が、僕としては面白い。

井上　『近代能楽集』に関しては、『卒塔婆小町』は詩人と老婆が対になっていて、若き青年詩人が死んでいく一方、芸術家としての老婆が生き残る。やはり三島が溺れていた詩的なものとは偽物であって、老婆のようなしぶとい散文家が自分の生きる道であると、そのように『卒塔婆小町』は読めるんですね。

高橋　ある芸術論として読めばそういうことなんだけれども、そこに死んだ若い詩人がいることによって老婆が際立つわけだから、三島の中には少年のまま死にたいという部分と老婆として生き残りたい部分があって、その兼ね合いが四十五歳という享年にあらわれるのかとも思います。

井上　老婆が生き残るわけですけれども、青年詩人への憧れというかポジティヴな気持というのもあるわけですよね。

高橋　芝居として実際に舞台の上で成功しているかは別として、一つの読物として『近代能楽集』というのは非常に好きな作品です。

最後から読む『豊饒の海』

高橋　『豊饒の海』は『天人五衰』を書いたことで完結するわけで、安永透が出てきてぐちゃぐちゃになり、「生まれ変わり」という構想がめちゃくちゃになることによってリアリティを持ってくるので、一般に『天人五衰』の評価は低いけれど、僕は大変高く評価します。『天人五衰』がなければ全体を認めない（笑）。

井上　幸福なことに、私は最初に『天人五衰』を読んでいるんです。自宅の書架にたまたま『天人五衰』だけが手に取りやすい位置にありまして、全体のことはよくわからないまま読んで、「生きていない」ということがどういうところへ突き詰められていくのか、生の空白というか、人工的な生き方がどんなものであるかを見させられた、それで非常に面白いと思ったんですね。後から『豊饒の海』全体を見直すような感じですが、高橋先生が「『天人五衰』から読むのが正しい」みたいなことをどこかでお書きになっていて、我が意を得たり、と（笑）。

高橋　とにかく『天人五衰』がなければ『豊饒の海』全体が成立しないと思うし、『春の雪』の書割みたいなきれい事があそこでバラバラになったことで、振り返って初めてリアリティを持ってくる。それは『奔馬』だってそうだし、井上さんが論文の中で書いていらっしゃるけれど、要するに『暁の寺』で破綻する、そこも僕は非常に肯定的なんですね。それはやはり破綻しなきゃいけないわけでね。

三島さんは『豊饒の海』の頃、ジン・ジャンが久松慶子とレズビアン関係になるのを覗くところ、あの時にものすごく得意気でした。ああいうところはリアリティが凄くあるんですよ。

井上 別種のリアリティですよね。

高橋 あの人は、否定的にものを書いたときにリアリティがあるんです。

井上 本当にそうだと思います。

高橋 他にも、色気たっぷりの蓼科という老女もよく描けています。

井上 老女、あるいは女性は、独特の存在感がありますね。

高橋 短篇『江口初女覚書』なんて、本当によく出来ていると思う。それからイヤーな爺さんも実に上手いですね（笑）。

神になりそこねた男

井上 『天人五衰』がああいう結末を迎えず、その後に定家で小説を書いていたらどうなっていたでしょうね。定家は紅旗征戎は吾事ではないわけですから、戦《いくさ》ではなく文学に生きる。そういう生き方が本当に幸福なのかどうか、武ではなく文だけで生きることが本当に自分にとっていいことかどうかを探ってみたいというのが定家に対する私の小説家的な興味なのだと三島は言っています。

高橋 僕が聞いた範囲で覚えているのは、定家のことを「神になろうとしてなりそこねた男」として書きたいと。

井上　神になろうとしてなりそこねたというのも、つまり武の死に方をせずにものを書くことで本当に自分はやっていけるのか、定家はやったかもしれないが本当にそうなのかという問題意識だと思うんです。そうすると、生きることと世界をどう捉えるかということがやはり繋がってきますし、死にたいが小説を書くことによってその問題を問い続けていきたいという気持は三島の中にあり続けたと思うんです。昭和四十五年一月頃にはまだ「定家を書きたい」と言っていますから、様子が変わってくるのは三、四月くらいからですね。高橋先生はその頃お会いになっていていかがでしたか。

高橋　その頃、もうちょっと後かな、彼がよく持ち歩いていたのが薩摩琵琶歌。西郷隆盛の一件を勝海舟が書いたもので、「若殿原に報ひなん」という箇所を覚えていますが、西郷は自分のためにではなく若殿原、若い人たちのために死んだのだ、と。つまりは自分がこれから死ぬのは、森田のような若い殿原たちのために死ぬのだと言いたかったのだと思うんですが、それもどこまでが本気かという気がするんですね。

井上　森田必勝とは一度会っていらっしゃるんですか。

高橋　三回会っています。一度はお正月に三島邸で、もう一度は市ヶ谷の自衛隊に行って演習帰りか何かの三島さんに、僕の最初の小説の帯にいただいた推薦の文章のゲラを持って行ったか、あるいはその文章をいただきに行ったのかでした。三度目は三人で飲むことになって、あの人が大好きだった銀座の割烹、第二浜作でふぐを食べよう、と。僕は会社の用か何かで遅れて行ったら、すでに二人は飲んでいてかなり赤くなっていました。

僕が行くと三島さんは居ずまいを正すので何だか変だと思ったけれど、いつもそういうお芝居をする人でしたからそんなに重要にも思っていなかったんですが。今ここに森田必勝という二十五歳の男がいる、この男は近近死ぬかもしれないし、のんべんだらりと生き延びてつまらない老人になるかもしれない、しかしいずれにせよ今ここにいる二十五歳の森田という男は、ある価値のある人間だと自分は思う、この二十五歳の森田を誰かに記憶して欲しいといろんな奴を考えたけれど、お前しかいないようだ、だから今日は森田が生まれてこの方の生い立ちを洗いざらい話してもらう、というようなことを言うんです。「また悪ふざけがはじまった」と思った。僕を選んだのは大変な眼鏡違いで、森田も沈鬱な表情になっていろんな話をしましたが、僕は酒を飲んでいてほとんど覚えていないんです。

その後、お風呂に行こうということになって、六本木の裏にあった「サウナ・ミスティ」に三人で入ったんです。僕が「森田って魅力的な人ですね」と言うと、「でもあいつ、でぶっているだろ」と、「でも、でぶっていても魅力的じゃありませんか」って言った。その時は、同志の話もしていて、「あれは信じるに足りるか否か」とか、そんな話をしていましたが、僕はそれもあんまり覚えていなくて。サウナから出たらとても星が綺麗で、森田と僕が話しながら歩いていて、森田が「僕は高橋さんみたいな人に会ったのははじめてです」って言ったんですが、それがどういう意味かいまだにわからないんですね。

井上　それは何月頃でしたか。

高橋　九月の終わり、二十九日とかですね。だから死ぬ二カ月くらい前です。

井上　すると『天人五衰』の最後を下田で書き上げた後になりますね。

高橋　たしかに井上さんが書かれているように、ああいう若者たち、とりわけ森田必勝に会うことで三島は死を決意したと思うけれど、「彼らに引きずられて」というよりむしろ三島さんは、自分の死というものを完全にするために彼ら、特に森田が必要だったという気がするんですね。三島さんの死は究極的に言えばエロティシズムの死だと思います。これは単に表層的な意味ではなくてもっと形而上的と言ってもいいけれど、そのエロティシズムの死を完成させるためには、反エロティックなもの、それは政治、特に日本における政治だと僕は思います。政治はある意味ではエロティックなものでもあるでしょうけれど、現代日本における政治は見事にエロティックじゃないですからね。つまりそれを持ってくることによって、自分のエロティシズムの死というものを完成させるんです。

三島の生き方には反対原理を持ってくるという考え方が根本にあった。非常に邪悪なものがあった、だから非常に澄んだ人として振る舞う事ができた。非常に公正でない部分があった、だから本来公正な人よりももっと公正に振る舞うことができた。あまり男性的な人ではなかった、だから本来男性的な人よりもっと男性的に振る舞うことができた。いろんな反対原理で生きることがあった人だから、その死に政治的な理由を持ってきたことは、自分のエロティシズムを完成させるためには反対のものが必要で、その雑駁なものを持ってくることによってエロティシズムとしての死を純化するところがあったような気がします。

井上　つまりニヒリズムとエロティシズムの両方の極があるのだと思いますが、単なるエロティシズム、ナルシスティックに終わってしまうのではなく、そこにいろんな枠なり型なりをつけていく、それを探ってくプロセスがあったと思うんですね。『文化防衛論』もそうでしょうし、例えば『朱雀家の滅亡』は承詔必謹が忠義であるというテーマですが、今ひとつピンとこないところがある。しかしこれは、傍観するだけの滅びている人間が、忠義と名付けうるような行為の中に入っていけるのかという可能性を探るようなところがあったのではないでしょうか。すると『朱雀家の滅亡』がその時期書かれ、あるいは『「道義的革命」の論理』、磯部浅一をどう理解するかという論文が書かれ、『文化防衛論』が書かれたのは、一本の線として見えてきますね。

高橋 そうですね。

井上 そういうかたちで、単にナルシシズムで終わるのではなく、ニヒリズムとエロティシズムの問題を社会的にも意味づけられるような枠をどんどん作っていくのが昭和四十年代ですね。

高橋 ニヒリズムの問題をエロティシズムの反対に持ってくるならば、その間に雑駁なるものを持ってくることが必要だったのだと思います。ニヒリズムも非常に純度の高いものですから、そこに行ってしまうとエロティシズムは屹立しないんですよ。

井上 確かにそうだと思います。

高橋 そしてそれを体現しているのが若い人たちならば、彼の四十五歳という年齢は、若さという点ではかなりギリギリの、それを「若さ」と言ってよいものか悩みますが、そこに若者が来ると、その人たちに支えられて一種の「若さ」が成立するわけですね。あの年齢を少し過ぎたらもう駄目でしょう。

「現実」と関わる文体

井上　先生の『友達の作り方』はとても面白い本で、一九六〇年代ということがテーマとして浮かび上がってくると思うんです。それと三島由紀夫にとっての六〇年代が、どのように重なるのかと考えているのですか。

高橋　三島さんは六〇年代にいても、六〇年代の向こうを見ていたでしょう。僕らはそんな向こうは見ていなくて、それこそ「溺れていた」んじゃないでしょうか。ただ、もし三島さんとパラレルなことをおこがましくも言うならば、僕は六四、五、六年と、東京に出てきてから詩集を三冊続けて出したんですが、その後十五年間の沈滞期に入っているんです。その十五年くらいは全くの危機でしたね。それが三島さんが亡くなったこととどう関わるのか考えたことは一度もなかったけれど、もしかしたら関わっているかもしれませんね。その間、詩をいつ止めてもいいような状態でした。止めなかった理由は実に形而下的ですが、他にやるべきことが何もないし、自分と同じ頃出発した同輩たちに負けたくない、ただそれだけの理由で書き続けてきたんです。

その間も実はものすごく仕事をしていて、詩集も何冊も出しているし、評論集も小説も出している、けれども本当に索漠たる日々ですよ。その長いトンネルから出ることができたのは四十四歳の時に交通事故に遭ったからなんです。ぶつかった車の運転者が病院に連れて行ってくれたんですが、死んでいたかもしれないと思うと、それまでさんざん悩んだことがふっと馬鹿らしくなって、悩んでもしょうがないと思うようになったんです。そうしたらすごく楽になって、詩を書くのが楽しくなったんですね。そして、そこで文体がちょっと変わったのかもしれません。

僕は三島さんの文体に対しては生前から批判的で、「これでは現実と関われない」という思いがずっとあったんですが、それは実は自分自身の文体に対してだったのかもしれない。そしてそれがそこで少しとれたかもしれない。そこで楽になって、詩を書くことに、以前よりはるかに時間がかかるけれど、そのかかるということが楽しくなったんですね。

井上 先生の詩集『薔薇の木　にせの恋人たち』を三島由紀夫がどう読みとったかを考えると、あるネガティヴな状態を言葉の力によって全く逆転させて、一つの詩的な宇宙を創造する。それができるからには、自分が置かれている状態を認識している必要があるでしょうし、出来あがる詩的宇宙についての認識も必要である、そういう言葉の力というものを、三島は先生の詩を読んで感じたのでしょうね。

高橋 ただ、その後それがパターン化してきていたんです。もう全くパターン化していて、そういう何か反転するような効力は持っていませんでした。それでも書き続けていることのたまらない嫌さがありましたね。本当につらかったです。

「詩を書く少年」の孤独

井上 新しい資料として三島の詩がたくさん出てきたわけですが、やはり小説の出来ばえからすると、総体として面白くないということになってしまうのでしょうか。

高橋　そのまま書き続ければどうかとは思いますけれど。二十歳過ぎて書いた詩もいくつかありますが、全然つまらないですね。やはり十歳代のものの方がまだ何かあります。

井上　研究サイドから見ると、前の全集に収められている詩は雑誌に発表されたものですね。新しい資料が山中湖や三島家から出てくると、実際に雑誌に発表される半年前、一年前に、たくさん書いている中から自分で選んだり、少し表現を変えたりしていることがわかるんです。「光は普く漲り」という詩が『詩集』にありますね（一六頁）。それなどは前の全集にも収録されている作品ですが、『詩集』では第二連の「雛罌粟の赤き花は／青き巨穹《おほぞら》によりて限られし／地平線の果てまでも咲き乱れ」とありますが、雑誌に発表されて全集に収められたものは「雛罌粟の赤き花は、／しなやかなる、その茎を、／危ふく支へて開きぬるらん」と、視点をひなげしの方へ持ってくるんです。

高橋　それは発表された方が駄目になっていますね（笑）。やはり恰好をつけているんです。もともとこの詩はドイツ・ロマン派の引き写しみたいで嘘っぽいけれど、まだ『詩集』の方が言葉として実感がありますよ。

井上　『詩集』の方が原形だろうと思うんですが、視点をどんどん外の方に開いていって、空間の中に光がありますね。

高橋　発表した方はもう少し言葉を整えた感じがありますね。しなやかになった分だけつまらなくなっている。表現というやつは、いわゆる「綺麗」になればいいかというとそんなものでもなくて、ゴツゴツしている方がいい場合もあるし、いわゆる「上手・下手」ということでもないし、微妙なものですね。

井上 いろんな資料が出てくると、既に発表されているもの以外の姿がわかってきます。昭和十五年頃に川路柳虹を訪れて、しばらく指導を受けるわけですが、「君の詩には抒情がない」といったことを言われるらしいんです。それ以前は、「光は普く漲り」あるいは「秋」とかでも、三島なりに一つの完成を感じていたのでしょうが、「抒情がない」あるいは「スタイルがない」と言われた後に、バランスを崩すように思えます。

高橋 まあ、先生が悪かったんですね（笑）。「自由詩」を最初に書いた人ということになっていますが、散文ともいえないつまらない詩です。その後、伊東静雄のところに行ったのはいつ頃でしたっけ。

井上 実際に訪れるのは昭和十九年ですね。三島は伊東静雄の作品に触れたのは昭和十五年に河出書房から出た『現代詩集』がはじめてであったと言っていますが、詩を本当に読み始めるのは『春のいそぎ』くらいからではないでしょうか。それに関連して言うと、『詩集』に入っている「夜の蟬」（一七三頁）の冒頭は、「眠りがたいまゝに人は夏の夜《よる》の／あの熟れづいた空虚のはうへ耳を傾けます」ですが、これには発表されたものもあって、前の全集だと「夜の蟬かしこに啼きすぎ候ひけむ」と、全然変わっているんです。こちらの「夜の蟬」は少し伊東静雄などの感触がありますよね。山中湖から出た方は、文体も全然違うし伊東静雄体験以前と考えられます。そういうところをかなり細かく辿っていくと、僕らにはとても楽しいんですね（笑）。

高橋　この詩に関しては、伊東静雄体験の後の方が作品はよいですね。伊東静雄に出会ったことは、よかったと思います。ただ、伊東が三島を嫌ったんですね。

井上　三島のことを日記で「俗人」と書いています。三島は非常に複雑な心境で、あれだけ言葉の力で詩の世界を作ることのできる人が、会ってみると全然自分を受け付けてくれない。

高橋　伊東静雄の作品はいわゆるなめらかな詩ではないですから。『わがひとに与ふる哀歌』なんてゴツゴツしているでしょう。萩原朔太郎は高く評価したが三好達治は認めなかったわけです。

井上　三島の場合は、『春のいそぎ』などの方から入って行ったわけですね。

高橋　『春のいそぎ』は、そういうゴツゴツを通り過ぎてああいう形になった時期の詩集であって、だから最後の詩集『反響』ではまた違うところに行くでしょう。伊東静雄のああいう柔らかい綺麗なものは、ゴツゴツした岩か何かを通ってきた水みたいなところがあるけれど、三島さんのは何だか最初から水道をひねって出てきた消毒済みのような水ですからね。

井上　「ゴツゴツ」というのは全然ないですね。

高橋　それはやはり違うから、伊東静雄は拒否反応を示すでしょうけれど、それでもなお伊東静雄の詩を読んで、読むということで親炙はいくらでもできるわけですから、それで続けていればどうでしたでしょうね。しかし資質的に違います。伊東静雄はおよそ人工的ではない人ですから。

井上　三島が伊東静雄のどの詩を挙げるかというと、「燕」を挙げていたと思います。でも、あそこからだけでは、伊東静雄のゴツゴツした部分というのはすぐにはわからないですね。

高橋　わからないですね。ただ、あの「燕」も、そういうゴツゴツしたところから見ないと。素晴らしい作品だけれど、ただ綺麗なものとして出てきたものではないですね。僕も伊東静雄から一篇選ぶとしたらあれを採ります。素晴らしい、折口が言う「雪を握ったら溶けてそこに雪があった記憶しか残らない」という類の、日本語としては最高の詩だと思う。

井上 ゴツゴツと言ってよいのか、何かそういうものが根底にあるという点で保田與重郎と伊東静雄はどこか通じ合うところがありますね。伊東静雄と三島の資質が違うのと同じように、保田と三島も違います。そのことを三島はわかっているにもかかわらず、あんなに綺麗な詩を作る伊東静雄を好きだけれど気に入らないというような屈折した感情をずっと抱いていたように思うんです。

高橋 少し違った意味で、稲垣足穂にもそういうことがありましたね。稲垣さんのことを推賞してやまなかったけれど、一度も会おうとしませんでした。

井上 それは面白いですね。

高橋 ジャン・コクトーもそうですよ。昭和三十五年に一度会うには会っていますが、それは朝吹登水子さんに舞台稽古に連れて行かれたので、ほとんど会話もなく、最晩年にコクトーが三島由紀夫が誰かということをちゃんと認識してコンタクトして来た時は、先方から何度も会いたいというプロポーズがあったにもかかわらず、会わなかったと言っていました。

井上 三島にはコクトーを意識している部分がずっとありますね。文学作品ばかりでなく、映画とか他メディアとの関わりも含めて。その辺の三島とコクトーの接点はどのように考えますか。

高橋 三島さんはコクトーをすごく意識していたとは思いますが、コクトーという人は、そのあり方においてすごく自然な人です。三島さんはすべてがすごく不自然です。

井上　三島が関心を持った詩人は他には佐藤春夫などがいますね。

高橋　詩人の好みでは、彼は蔵原伸二郎を相当高く評価していました。「土建屋小頭」の手紙の中に、蔵原伸二郎のことが少し書いてあったと思います。「そういうのが一つの方向だ」と書いていたけれど、僕はまったく興味がなかったので全然ピンとこなかった。「えーっ？」という感じで、でも結局は「ああ、そうか」と納得して（笑）。

井上　川端ではなく佐藤春夫に師事しようと考えていた時期もあったようですが、そうやって出てきていたらまた全然違っていたかもしれません。

高橋　川端さんとも、実に不思議な関係でしたね。その辺のことは後に松本清張が「面従腹背」と表現している。

井上　やはり資質という面でも川端とは違いますね。

高橋　ただあの人には一つの道徳というか美学があって、いったん師と選んだからには、その人にあくまでも師弟として対する人ですから。

井上　戦争中から戦後すぐの時期に、三島は川端を師と選ぶわけですよね。人を通じて紹介してもらうわけですが、接点があるとすれば、終戦間際の頃に一種の中世ブームというか、末世の中でどういうふうにものを書いていくかという空気があって、川端の中にそういうものを探り当てようとしていたのかという気はします。ただ、川端は、末世を書いているわけでもないし『みづうみ』みたいな小説を書いてもいる。三島は『みづうみ』のあのアモルフな感じが嫌だったようで、嫌悪感は作品の中でも感じていたのではないでしょうか。

高橋　三島さんが川端の作品で一番好きだったものは『眠れる美女』かな。谷崎の『瘋癲老人日記』を推賞するのと同じ線で。

井上　ギリギリの閉塞空間みたいなものですね。

言葉の「白蟻」性

井上　三島は先生の詩集『眠りと犯しと落下と』の跋文で、言葉の作用はエッチングで硝酸がものを溶かしていくようなもので、詩と小説では言葉の現われ方が違うということを言っています。「詩における言葉の作用は、(たとへば散文における川端康成氏の、「眠れる美女」における見事な達成と全く逆な作用によつて)、対象を怖ろしい自己破壊へみちびくのだ。小説「眠れる美女」における死が、ひたすら言語による肉感の成就であるなら、高橋氏の詩「眠り」における死は、言語それ自体であり、「白蟻」の作用そのものであり、肉感は人間の深層意識の奥底へ無限に堕ちてゆく」と書いています。ここにはいろんな問題が入っていて、言葉の白蟻性、『眠れる美女』という小説をどう評価するかという問題もあるし、散文と詩の違いの問題もあります。言葉の「白蟻」とは確かにその通りで、マラルメもブランショも、言葉を発することによって存在を壊していく、そのことによって詩的なものが立ち上がっていくと言います。

高橋　三島さん自身にそういう部分がかなりあったわけでしょうね。『天人五衰』などはまさにそういうことをやっているわけで、ただ一つ問題なのはやはり最後、聡子をあんなふうに予定調和にしていいのかというところがあって、あれは最初からあったのではないかと思うんですね。いかにもあれだと、三島の戯曲になってしまっていると思うんですね。「どうして私が滅びることができる」というのと同じで、「心々ですさかい」と言ってしまっていいものか。それだったら始めから出来ていたじゃあないかと思ってしまうんです。あそこはもっと他の壊れ方をした方がいい。しかし、あれが三島さんなんです。あれがもう少し壊れていたら……でもそれは僕が「白蟻の作用」に蝕まれているせいかもしれないけれど。

井上　三島がここで先生の詩について言っているのは、まさに蝕む白蟻そのものの蝕む音が聞こえるようだと。では、三島は蝕むことからもう一つの実在を本当に立ち上げたのか。つまりマラルメなら詩的な言語がそこから生じてくる。三島は『太陽と鉄』で似たようなことを言っているんですが、どうも違うという感触があるんです。

高橋　『太陽と鉄』は一つの詩論として置いておいて、その成果としての『豊饒の海』を見るならば、あの最後で門跡があぁ言うのはいただけないなあ。

井上　あまりにも出来すぎの、造花ではありますね。

高橋　そこで「ああ、「三島由紀夫」をやっちゃった」という気がするんです。僕は最終的に三島さんと自分の違いをどう考えるかというと、三島さんは「三島由紀夫が存在した」ということを残したいのですね。

井上　「なかった」からこそ残したいのかもしれませんね。

高橋　そう、僕も本当に実在感のない人間なんですが、表現というのは自分から離れるのが理想だという気がするんですね。たとえば僕の書くものがまかり間違って将来に残るとしたら、僕という名前と全然関係なく残ってくれたら嬉しいだろうな。

井上　つまり個性よりも個性を超えていくものの方が大事である、と。

高橋　そう。三島さんもそれに近いところはあるんですが、やはり「自分」にこだわるんですね。

井上　つまり個性を超えていこうと思っても、ネガティヴな刻印から逃れられないという形でどうしても個性を引きずってしまうのか、そういうものに対するこだわりが意識的に断ち切れないものとしてあったのか。

高橋　「こんなすごいものを書いた人だ」という結果としてその人の名前が残るのはある意味で褒美だからしょうがないと思うんです。だけど、それを目指すことは、書くこととの目的ではない。だから、そこでやっぱり三島由紀夫をやっちゃっているなというのが門跡の台詞にあるわけで、あれがなかったらもう少し開かれるのではないかと思うんです。あそこで閉じてしまうんですね。

井上　『太陽と鉄』の冒頭でも他者が出ようと思っても封じ込めてしまいますね。「私」と名付け得ないものがあるというところから始まっていけば違う展開ですけれど。

高橋　僕は『豊饒の海』を高く評価するし、ああいう「破綻」と言われる形になったのは本当によかったと思います。日本の明治百年をあそこで集約し、そしてそこでバラバラにしたと思うんですね。その後はどんどん明治百年の言語が壊れていますね。三島さんの亡くなってからの三十年は、明治百年に作られた「日本」なり「日本語」が、どんどん破砕されていく時期だと思います。そしてそれは今かなり極限に近いところまできているのではないでしょうか。

井上　三島は、「日本語を知っているのは俺の世代で最後だ」と言いきっていますね。

高橋　『天人五衰』の最後の聡子の台詞は、「私は日本語を知っているよ」という終わり方なんです。けれども書くということは「私」ではなくて、「私」ではないものが「私」を道具にして書いていることだと僕は思っているんですね。そうだとしたらあそこで「私は知っている」なんて言わない、バラバラに開いてどんどん壊れるにまかせて、場合によっては自分も作品も壊れていいのだとしたら、もっとすごい作品になったでしょうね。あれだけ一巻、二巻で作ったものを、三巻から壊し始めて、四巻でめちゃくちゃにするのですから。「あれは時間がなかったからだ」という説もありますが、そうだとすると時間がなかったことが幸いしているとも言えるでしょうね。

井上　創作ノートの研究はこれから進むと思いますが、昭和四十五年の四月頃でしょうか、まだ結末をどうするか、いろいろ考えているようで、数字が書かれていて計算をしているようなんです。八百枚を毎月五十枚ずつ書くと十六カ月近くかかるという意味らしい。そうすると実際よりもかかることになりますね。だからいろんな結末を模索していて、しかし十一月二十五日に死ぬとはまだ決まっていない時期がある。あそこのところの研究が進んでいくと、『豊饒の海』の現行とは違う可能性がいろいろ出てきます。まだ研究はそこまで進んでいませんが。

現行のは、中身は空虚で虚ろだけれど建物だけは立派な建築が表向きは立っている。本当だったらその表向きの部分ももっと壊してしまうのが一つの方法だったかもしれないということですね。

高橋　僕はそう思っています。結末をどうするか決まっていないというより、むしろ過程がどうなるかが決まっていなかったのであろうと思います。

井上　ああなってしまうのではないかと。そうならずに行く方向があるか探れるなら探ってみようということでしょうね。

高橋　安全弁としてあの最後はあったと思います。それはいかにも、そこで壊れているかのように見せることもできるわけでしょう。同時に完成していると見せることもできる、そういう方法です。最後になって三島由紀夫をやっちゃったわけで、僕はそれが残念なんです。まあ、三島さんの最高傑作、かつ戦後文学の至れる形だと認めた上での、僕のないものねだりなんですが。

（二〇〇〇年十一月）

三島由紀夫のエラボレーション

二十世紀の終わりの年、二〇〇〇年は三島由紀夫没後三十年に当たり、二十一世紀の初めの年、二〇〇一年は武満徹の没後五年に当たる。その二〇〇一年二月の中旬から下旬にかけて、四日にわたり、武満徹没後五年特別企画「夢窓 DREAM/WINDOW」という演奏会が、東京オペラシティで開かれた。

その三日目、大江健三郎さんの「武満徹のエラボレーション」という講演があり、深く感動した。その内容は親交のあった武満のエピソードを交えながら、エドワード・W・サイードの言説を借りて、武満をエラボレーション型の芸術家と捉え、個人的な表現をくりかえし磨きあげることによって、祈りにまで高めた人とするものだった。ついでに大江さんは自分をエラボレーション型の小説家と位置づけ、日本の小説家にいかにエラボレーション型が少ないかを言い、三島由紀夫も美文家だが美文をつぎつぎに新作に振り撒いていただけで、けっしてエラボレーション型ではない、と付け加えた。

私は大江さんの三島観にほぼ同感だったが、すこしだけ補足したく思った。それは三島もほんらいはエラボレーション型なのに、処世術として反エラボレーション型を選んだ、その資質と処世術の乖離が最終的に到達した結果があの血なまぐさい最期だ、とそういう捉えかたもできるのではないか、ということだ。私が大江さんの講演から受けた感動と三島観への小さな補足とを自分の裡《うち》で反芻しているうち、それは詩のかたちを取ってあふれ出た。「雪の中の魂二つ」と仮に名付けたその詩稿を、ここに掲げることをお許しいただきたい。

雪　雪　雪を産み出す天にむかって
伸ばした手に　黒い傘を高く差し上げ
踊るように　歌うように　こちら向き
歩いて来る魂について　あなたは語った
何年かのち　ふたたび天いっぱいに雪が舞い
その魂は　同じように黒い傘を差し上げ
歌うように　踊るように　こちら向き
同じ通りを歩いて来たと　あなたは語った
声をかけては悪い気がして　道をよけたと
なつかしげに　つつましやかに　あなたは語った
それが　あなたのいうelaboration《みがきあげ》だとしたら

降る雪が　踊る魂を磨いていたのか
歌う魂が　舞う雪を磨いていたのか
壇上のあなたの立ち姿の全体に重ねて
降る雪と踊る人のかたちを　私は見たが
同時に　見ないわけにはいかなかった
それは　雪の中に踊らず　歌わない黒い影
その影はつのる白さの中　傘もささず向こうむき
頭部を喪《うしな》った後ろを見せて　消えて行く
（断ち落とされた頭部は　向こうむき
見えない両手に運ばれているのではないか）
その雪は影を磨かず　その影は雪を磨かない

この詩稿の中の「あなた」とはもちろん講演者である大江さん、「歩いて来る魂」は武満、「黒い影」は三島だ。大江さんの講演に触発されてこんな詩を書いたのには、遠い伏線があった。その伏線とは私が一九六六年、上梓した第四詩集『汚れたる者はさらに汚れたることをなせ』贈呈に対しての大江さんの礼状だ。その中で大江さんは自分は三島＝澁澤＝高橋的世界は苦手だが、今回の詩集には共感した、と言っていた。

大江さんの手紙を読みながら、少し違うのではないか、と私は思っていた。澁澤（龍彦）、高橋についてはここでは措く。三島はほんらい詩人的資質の人、それが小説家を選んだため、処世的に自らの詩人的資質を否定し、小説家的・散文家的生きかたに自分を持っていった。もちろんここで小説家的・散文家的生きかたとは世間常識的にそう考えられていると三島が考えたもので、三島はその世間通念に自分の生きかたを重ねようとした。その結果がつぎつぎに書かれた趣向の違う小説で、共通する美文は詩人的資質の遺物のようなものだろう、と思ったのだ。

ついでにいえば、私は大江さんもまたほんらい詩人的資質の人だと思ったし、いまも思っている。ただし、大江さんは世間通念に自分の生きかたを重ねようなどとは考えず、自らの資質を生かした小説を書こうと努め、それは結果的にエラボレーションのかたちを取った。大江さんから見れば、自らの資質を否定してまで世間通念に自分の生きかたを重ねようとした三島が不純に思えたのではないか。

そのことを私は大江さんの「武満徹のエラボレーション」で再確認した、と思った。それは私の思い込みかもしれないが、思い込みなら思い込みに乗っかって、三島の救済はどこにあるかと考えた。それは三島に代わって読者それぞれが三島の生きかたをエラボレートしてみること。私の拙い詩稿もその貧しい試みの一つだ。

（二〇〇一年五月）

日本・神道・大和心をめぐって

私の日本のルーツに関する小考察を、今回の日仏対話の企画提唱者である竹本忠雄さんの一体験から始めることをお許しください。

あれはいまから四十四年前、日本ペンクラブ主催「日本研究《ジャパノロジー》」の国際会議が開かれ、これに出席すべく竹本さんは滞在中のフランスから七年ぶりに帰国、数カ月を故国で過ごしました。その夏、竹本さんは所用あって京都の織田信長を祀る建勲《たけいさお》神社に参拝しました。

参拝した竹本さんは拝殿でしばらく待たされました。正坐して待つ竹本さんの前にあるのは神鏡とお供えの榊だけ。感に堪えた竹本さんは、しばらくして現われた宮司と初対面の挨拶を交わしたのち、受けた印象を言葉にしました。「ここには何もないんですね」。「そうです、神道には何もないんですよ」。それが宮司の答でした。

この話を竹本さんから聞いて感銘を受けた私は、その後間もなく三島由紀夫さんに会った時、そのまま伝えました。黙って聞いていた三島さんは「そうだよ、日本には何もないんだ」と、宮司の言葉の中の神道を日本に変えて答えました。「日本にはオリジナルなものは何一つないんだ。だけど、その何一つない中に外からいろんなものを吸いこんで、吸いこんだ時点とはまったく別のものに変えて吐き出す。その何もない無の坩堝《るつぼ》の変成力こそが日本なんだ」。三島さんが自衛隊市ヶ谷駐屯地東部方面総監室で総監を縛り、集まった自衛隊員たちに露台から檄を飛ばし、自決したのはそれから三ヵ月後、十一月二十五日のことでした。

三島さんの四十五年の生涯最晩年の六年間、比較的近くにいてしばしば会っていた私にとって、その自決事件が衝撃的だっただけに、事件のわずか三ヵ月前に聞いた日本＝無の坩堝説は三島さんの一種の遺言、自分がその後の人生において考えつづけなければならない、重い宿題として残されました。それから四十三年数ヵ月後の今日まで、この宿題に対して私は答え得ていません。これからおこなおうとする考察は、それに答えるための小さな試みにすぎません。

さて、私が三島さんの日本＝無の坩堝説を思い出す時、思い合わせる同じ一九七〇年のもう一つの記憶があります。この記憶の中核はその年の春、竹本さんに誘われてはじめて伊勢神宮を訪ねた折、直接自らの目で見たことと、当時の神宮神宝装束部長村瀬美樹《よしき》さんから教わったこととの合成された、なかば形象的印象ともいうべきもの。その印象が消えないうちにと直後に書き、雑誌に発表したおかげで形象を得た、ともいえます。その印象的形象というのは以下のとおりです。

伊勢神宮の核心である内宮正殿は板垣《いたがき》・外玉垣《とのたまがき》・内玉垣《うちたまがき》・瑞垣《みずがき》に護られている。四重の垣に護られた正殿の御扉《みとびら》の中には玉奈比《たまなひ》の座がある。玉奈比の中心には御床《みゆか》があり、錦の御被《みふすま》が幾重にもかかっている。御被の裡には御舟代《みふなしろ》と称する蓋付の箱があり、箱の中にはさらに円筒形の御桶代《みひしろ》、御桶代の中には一まわり小さい黄金《おうごん》の御桶代が収められている。そして、この最後の黄金の御桶代の中に入っているのが御神体としての八咫鏡《やたのかがみ》と伝えられます。

伝えられますと伝聞形で言うのは、その本体を見た者がないからです。伊勢神宮の二十年ごとの式年遷宮の際、御殿《みあらか》とともに御舟代、御桶代も造り変えられますが、黄金の御桶代は造り変えられることがない。したがって裡なる御鏡も見られたことがない道理です。専門家の推定では、円形に近い多等辺のおそらくは白銅の鏡であろうか、と言われています。数えることも不可能な遠い昔から円筒形の闇の底に鎮められて、この国に独特の水蒸気の作用で、その面はいちめん銹を生じ、いまや何ものも映さないのかもしれません。

古代においてはどうだったのでしょうか。これはあくまでも私の恣意の想像ですが、黄金の御桶代に鏡が入ったのは比較的新しい出来事ではありますまいか。それ以前には黄金の円筒に五十鈴川の澄んだ水が湛えられ、その揺れやまない水のおもてを覗き込むことが神を見ることだったのではないでしょうか。鏡と書き、かがみと訓みます。中国において鏡の古字は鑑であり、金属の盤に湛えられた水を覗きこむことをさした、といいます。そして、日本語でかがみとは真澄の水のおもてに身をかがめて覗きこむことでした。

……と私はここに四十四年前に書いた文章をほとんどそのまま引き写し、この文脈の古代を天照信仰の草創期、五十鈴川の澄んだ水を単なる澄んだ水に訂正しなければいけないな、と思っています。おそらく先進中国の水を湛えた鑑が金属の鏡に変えられたのに準《なら》って、黄金の御桶代の中の水は捨てられたのでしょうが、かつての信仰の遺制として黄金の御桶代のみは残り、その中に水の代わりに鏡が入れられ、伊勢神宮創建ののちにもその形態が伝わったのでしょう。

その上で黄金の御桶代に水が湛えられた原型を考えれば、そこから三島さんの無の坩堝まではそんなに遠くはありません。水を湛えた黄金の御桶代を火の上に置けば、沸騰して坩堝状態になろうからです。そう納得しながらも、自決を三カ月後に控えた当時の極度の昂揚状態にあった三島さんにとって、日本は高温で沸騰する坩堝でなければならなかったのだろうが、本来の日本のありようはやはり金属の盤または円筒に湛えられた真澄の水のほうがふさわしいのではないか、と思うのです。そのヒントを私は『日本書紀』巻第二神代下《かみのよのしもつまき》天孫降臨章《あめみまあまくだりのふみ》第二の一書《あるふみ》に見ます。

「是《こ》の時に、天照大神《あまてらすおほみかみ》、手に宝鏡《たからのかがみ》を持ちたまひて、天忍穂耳尊《あめのおしほみみのみこと》に授《さづ》けて、祝《ほ》きて曰《いは》く、「吾《わ》が児《こ》、此の宝鏡を視《み》まさむこと、当《まさ》に吾《われ》を視るがごとくすべし。与《とも》に床《ゆか》を同じくし殿《おほとの》を共《ひとつ》にして、斎鏡《いはひのかがみ》とすべし」とのたまふ」。「是の時」というのは天照大神の子の天忍穂耳命が高天原から葦原中国にまさに降らんとする時。天照大神が手に宝鏡である八咫鏡を持って、「わが子よ、(この天上から地上に下ったのちは)この宝の鏡を見ること、さながらこの私を見るようにしなさい、あなた自身と同じ床《ゆか》の上、共《ひとつ》の殿《たてもの》に置いて、聖なる鏡としなさい」とのたもうた、というのです。これをどう解釈すればいいか。

天照大神はわが子にむかい「この鏡を私と思いなさい」と言い「この鏡をつねに身近において、生きていく上での鑑としなさい」と言う。そう解釈していいのではないでしょうか。こう言う主体の天照大神とは誰か。のちの国家的神階では至高なる太陽女神ということになっていますが、原初の混沌から生じた神々の最後に生じた伊奘諾尊《いざなきのみこと》・伊奘冉尊《いざなみのみこと》から生まれていることといい、その名が太陽神の妻を意味する大日孁貴《おほひるめのむち》という別名を持つことといい、太陽男神の妻なる大巫女というのが本来のありようでしょう。これを形象化すれば太陽を映す鏡ということになりましょう。すると、「この鏡を私と思いなさい」とは、「太陽を映す鏡を私と思いなさい」ということになり、「この鏡を生きていく上での鑑としなさい」とは「太陽を映す鏡のように生きていきなさい」ということになるのではないでしょうか。

天照大神、じつは大日孁貴という名の大巫女が葦原中国の支配者となるその子に生きかたを教えたとすれば、それは帝王学といえましょう。『日本書紀』の記述では天照大神の子である天忍穂耳尊《みこと》がまさに降臨しようとする時も時、天忍穂耳尊の子、つまりは天照大神の孫の天津彦火瓊瓊杵《あまつひこほのににぎの》尊が生まれたので、子ではなく孫を降臨せしめたとあり、これを『古事記』『日本書紀』編集当時の、持統女帝が後継を企てた草壁皇子が夭折したため、その子の軽皇子を立てて文武天皇とした経緯を反映しているという説があり、たぶんそのとおりなのでしょう。とすれば、「太陽を映す鏡のように生きていきなさい」は、大日孁貴的女帝持統の、子草壁皇子への、さらに孫軽皇子のちの文武天皇への帝王学的教訓ということになりましょう。そして、そのおおもとには黄金の御桶代の裡なる鏡、その原型の円筒型の盤に湛えられた水鏡があったのでしょう。

帝王は国家・国民の統体的象徴です。太平洋戦争敗戦後発布された日本国憲法によってはじめてそうなったのではなく、基本的に古来そうだったのではないでしょうか。その見地から言えば、帝王のあるべき生きかたは、同時に国家の、国民のあるべき生きかたでありましょう。日本という国家は、そしてその国民は、太陽を映す水鏡のように生きる時、最も国家らしく、国民らしく自然に生きることができる。そういうことではないでしょうか。

この時、水鏡に映る太陽とは何でしょうか。水鏡が日本だとすると、水鏡に映る太陽は日本という水鏡の外なるものです。この解釈にあたって、日本という国号の定義についていささか考えなおす必要があろうか、と思います。その根拠に挙げられる、中国との百二十年ぶりの国交に際しての、わが国の推古女帝から隋の煬帝に当てた国書の「日出《ヅル》処《ノ》天子、致《ス》書《ヲ》日没《スル》処《ノ》天子《ニ》」の文書は、当時の東アジアの国際的な力関係の中での、超大国隋に対する極小国倭のせいいっぱい背伸びした外交的比喩でありましょう。客観的事実としても、太陽は日本から出るのではなく、日本の東方の海から、さらに正確にいえば地球の外から出て、中国のはるか西方の地球の外に没する。そこで、この外交的比喩に不快感を示した大国の帝王に対して、小国の女帝は次の国書では「東《ノ》天皇、敬白《ス》西《ノ》皇帝《ニ》」と改めています。これらの事実から考えなおすべき国号日本の定義は、ユーラシア大陸から見ての東端の海上、太陽の上る方角に位置する国、といったところでしょうか。

地質的にいえば、日本の国土はかつてユーラシア大陸と地つづきだったのが、のち地殻の変動により大陸と切り離され、現在の列島島嶼群になった、と説明されます。ユーラシア大陸の東端にありながら、大陸とは切り離された島嶼群というこの微妙な位置が、その後の日本の、そして日本文化のありようを決定づけた、といえましょう。ここにはほんらい文化の名に価するものは何もなかった。三島さん流にいうなら「オリジナルなものは何一つな」かった。太平洋に浮かぶ日本という無の島国は水鏡がその無色透明に太陽を映したように、その無の力によって大陸の文化をきりもなく引き寄せたのです。

三島さんに準って「日本にはオリジナルなものは何もない」と言うと、「神道があるではないか」との反論がありましょう。私はこの反論にかならずしも反論するものではありません。ただし、それは建勲神社の宮司が竹本さんに言ったように「神道は何もない」ということを確認した上でのことです。神道の根本は何もない。天文学史にいわゆる宇宙を生んだビッグ・バン以前の無と等しく何もない。その意味では、神道は通念上の宗教には当たらず、前宗教あるいは超宗教と言うべきではないでしょうか。

前宗教または超宗教である神道はつぎつぎに神神を産み出します。『日本書紀』によれば、太初の混沌から国常立尊《くにのとこたちのみこと》、国狭槌尊《くにのさつちのみこと》、豊斟渟尊《とよくむぬのみこと》、つづいて泥土煮尊《うひぢにのみこと》・沙土煮尊《すひぢにのみこと》、大戸之道尊《おほとのぢのみこと》・大苫《おほとま》辺尊《べのみこと》・惶根尊《かしこねのみこと》、伊奘諾尊《いざなきのみこと》・伊奘冉尊《いざなみのみこと》を。これらの神名は第一から第六の一書において微妙に異なります。また『古事記』ではこれらの神神以前に天之御中主神《あめのみなかぬしのかみ》、高御産巣日神《たかみむすひのかみ》、神産巣日神《かみむすひのかみ》、宇摩《うま》志阿斯訶備比古遅神《しあしかびひこぢのかみ》、天之常立神《あめのとこたちのかみ》が出現します。ほんらい何もない神道が産むのですから、生まれる神神が何であっても差し支えないわけです。とくに最初の三神は中国の道教的宇宙観の影響のもとに造作された神名かといわれますが、それもまた神道の無の力が引き寄せ吸い込んだ結果と考えれば差し支えありますまい。

それどころか、この無の力は中国を通り越して、インド起源の仏教まで吸い寄せます。古代日本の帝王はじめ周辺の為政者たちがいかに熱心に仏教を冀求し、政治の上に採り入れたかは、『古事記』『日本書紀』以下の史書のくりかえし伝えるところです。もちろん、これを排斥しようとする勢力はありました。推古朝における蘇我氏プラス聖徳太子らの推進派に対する物部氏らの排斥派です。結果は排斥派の敗北となりますが、それを単純に仏教に対する神道の敗北と考えるのは短絡というものでしょう。物部氏の敗北の理由は神道の無の力を正しく認識しなかったことにあり、神道の無の力は必然的に外なるもの、かつては道教を吸い寄せたように、このたびは仏教を吸い寄せたのです。

伊勢神宮の建築構造に道教的要素が濃いことは、これまで指摘されているとおりです。ほんらい何もない神道は社殿も神門も持たなかった。それらの建築構造を持ったこと自体、神道と道教の融合といえましょう。それ以前に神神の名さえ神道本来のものではなく、道教と限定しないまでも大陸的要素との融合と考えるべきではないでしょうか。このたびは神道と仏教の融合が起こります。神仏同体、仏本神迹、また逆に神本仏迹というのが、それです。中世に入ると、この考えのもと、すべての神社で祭神の本地《ほんじ》としての仏尊名が定められました。伊勢神宮の内宮と外宮の関係を仏教の胎蔵界・金剛界の両部曼荼羅の二元論をもって説く伊勢神道の発生もこの流れにありましょう。

これを不純と見てその神道純化の立場から、明治維新後の廃仏毀釈運動が荒れ狂ったこと、知られるとおりですが、この純化の立場が古代の物部氏と同様、神道の本質の認識不足に起因していることは、言うを俟ちますまい。その結果、損害を被ったのは仏教の側よりむしろ神道の側ではなかったでしょうか。仏教は弾圧を梃《てこ》にして立ちあがることもできたのですが、神道は前宗教または超宗教であることを止めて、制度となってしまった。前宗教者または超宗教者から官吏に成り下がった神職たちが軍人たちのお先棒を担いで、この国を意味のない戦争と敗戦に至らしめるのに力あったことは、記憶に新しいところです。

その萌芽はすでに江戸時代の国学の中にありました。それも後期から幕末の急進神秘主義的な平田篤胤一統にではなく、中期の中庸実証主義を言われる本居宣長その人にです。国学のテーマを一口にいえば大和心の探求にありましょう。この大和心はこれまで見てきた神道、日本に通じます。宣長の師の賀茂真淵は『万葉集』をテクストに大和心を「ますらをぶり」と捉えました。もともと『新古今和歌集』『源氏物語』の「たをやめぶり」から出発した宣長は師の説に疑問を感じ、『万葉集』より前の『古事記』研究に向かい、三十余年を費します。その結果は「凡て神代《カミヨ》の伝説《ツタヘゴト》は、みな実事《マコトノコト》にて、その然有《シカア》る理《コトワリ》は、さらに人の智《サトリ》のよく知《シ》るべきかぎりに非《アラザ》れば、然《サ》るさかしら心を以て思ふべきに非ず」と言うに至る。これはもう学問でなく信仰、それも狂信のたぐいというべきでしょう。

この立場から『古事記』の天照大神を物理的存在の太陽と一体とし、この日神が世界で最初にわが国に出現したのだから、わが日本国は世界で最も尊い国だと説くのに対し、日神神話は世界のどの民族にもあるものだから、日本のような小国が日神の本貫《ほんがん》を自称しても、他民族には受け容れられない、としごく真っ当な批判をしたのが加藤宇万伎を通して馬淵の孫弟子に当たる同じ国学に連なる上田秋成です。これに対する宣長の回答は独善的でおよそ説得力を欠いて、果ては秋成の論旨を「小智をふるふ漢意《カラゴヽロ》の癖」「なまさかしら心」と貶め、「たゞ一点の漢意の雲だに晴《ハル》れば、神典《シンテン》の趣はいと明らかなるものを、此《コノ》一点の黒雲に障《サ》へられて、大御光《オホミヒカリ》を見奉ることあたはざるは、いとも／＼憐むべきこと也」と罵っています。この硬直した態度は彼の出発点の直《すなお》を旨とする大和心から遠く、ここから百数十年後の太平洋戦争、いわゆる「大東亜戦争」における「神国日本」の「撃ちてし止まむ」まではまさに一道《ひとみち》でありましょう。

さて、学問の徒として直に問いかけたにもかかわらず、宣長から教祖の傲慢さで足蹴にされた感の秋成は、どうしたか。時に戯文の中で罵り返すことがあったがそれはご愛嬌、真剣な答はフィクションのかたちでなされたのではありますまいか。すなわち、死後に稿本のかたちで残された読本『春雨物語』、なかんずくその第一篇「血かたびら」です。主人公は人皇第五十一代平城天皇。天皇の善政のもと世は平らかだったが、天皇は生得善柔の性で、人となり聡明で、父帝桓武天皇の寵愛めでたかった皇太弟神野親王に早く譲位したいみ心でした。側近の藤原仲成・薬子はこれに反対、譲位直後に復位を企てて叛乱を起こし、仲成と薬子とは成敗され、上皇は頭を丸め失意のうちに五十二歳まで生きます。

中に「みかど独ごたせ給ふ」として「皇《み》祖《おやの》［尊《みこと》］矛《ほと》とりて道ひらかせ、弓箭《ゆみや》みとらして、仇《あだ》うちしたまふより、十つきの崇神《すじん》の御時までは、しるしに事なかりしにや、養老の紀に見る所無し。儒道わたりて、さがしき教にあしきを撓《た》むかと見れば、また枉《ま》（げ）て言《ことば》を巧みにし、代々さかゆくまゝに静《しづか》ならず、朕《われ》はふみよむことうとければ、たゞ直《なほ》きをつとめん」とあります。「太弟聡明にして、君としてためしなく、和漢の典籍にわたらせたまひ、草隷《さうれい》もろこし人の推（し）いたゞき乞もてかへりしとぞ」というのと並べれば、秋成が平城天皇に大和心、神野親王に漢意《からごころ》を見ていること、明らかでありましょう。

同じ秋成の壮年期に『雨月物語』あり、やはりその第一篇に帝王を主人公とする「白峯」があります。その帝王とは胤を異に胎を同じくした弟後白河天皇との闘いに敗れ、讃岐国に流され憤りのうちに死んだ崇徳上皇の怨霊で、墓に詣でた西行法師との問答はここでは省きますが、「白峯」における敗者崇徳上皇と勝者後白河天皇の関係が、間に宣長との論争を置いて「血かたびら」の敗者平城上皇と勝者嵯峨天皇との関係に止揚されていることがわかります。そして、後の敗者対勝者に大和心対漢意の図式を見、大和心は敗れることによってのみ、発揚するとしたところには、すでに鬼籍に入っていた宣長への秋成の最終的回答があるのでしょう。大和心が漢意に勝とうとするあまりに褊狭になる時、大和心は漢意以上の漢意になる。まことの大和心はひろびろと寛容で、漢意さえ受け容れて大和心の一部としてしまう……秋成はそう言っているようにも思えます。

ここで三島さんに立ち戻れば、三島さんの自衛隊東部方面総監室乱入は、あらかじめ敗者となることを覚悟しての乱入だったのではないでしょうか。総監を縛り上げ露台から飛ばす檄に、集まった自衛隊員たちが応えようとは、楯の会の若者たちはいざ知らず、三島さん自身は万が一にも信じていなかった。そのことを確認して室内に戻り、縛られた総監の制止を無視して割腹し、隊員に介錯させる段取りも、その後の醜聞的にしか受け取らない社会の反応にも、三島さんにはすべて見えていたのではないでしょうか。

思えば、少年時代このかた、三島さんほど外からさまざまなものを貪婪に吸収してやまなかった人はないでしょう。その根にはおそらく自らの中にオリジナルなものが何もないという、ひりひりするほどの欠落感があったのでしょう。三島さんが「日本には何もないんだ」という時に、三島さんは原質としての自分について語っていたのだ、といまにして思います。原質としての平岡公威少年という無の坩堝は、止むことなく外からさまざまなものを吸い込んで、小説家三島由紀夫という複雑体を造りあげ、原質としての何もない自分に帰るべく、割腹した。

あの時の檄の匿された本意は、複雑体になった日本も、日本人も、もう一度何もない原点に帰るべきだ、ということだったのではないか。その予言的警告を人騒がせな譫言としか聞かなかった日本および日本人は、さらなる複雑肥満体となり、身動きもままならないところにまで来てしまった。遅蒔きながらそのことに気がついて、何もない原質に戻れるでしょうか。その覚悟はあるでしょうか……。以上をもって三島さんから出された宿題へのとりあえずの回答として、稿を終えます。

(二〇一四年三月十二日)

鼎談　三島由紀夫と私と詩——講演の後に

鼎談者　小林康夫・中島隆博

三島における実在と虚

小林　〔……〕生きるために死ぬ。生きるという実感を得るために死ぬという構図が潜在的にあるわけですが、彼の死の中には、歴史に対する彼なりの感覚もあったのではないでしょうか。四十五歳という美しく死ぬにはいまここしかない年齢だから死ぬということだけなのか。そこには同時に日本の戦後に対する何かがあったのではないでしょうか。

高橋　それはいろいろな解釈ができるでしょう。ただ、基本的にこの人は国体のために死んだのではなくて、肉体のために死んだと僕は思うのです。肉体と国体だったら、肉体の方が古い。肉体はアメーバ以来あるわけです。国体というのは生命史、人類史の上ではごくごく最近作ったものということになります。だから肉体のために死んだことの方が国体のために死んだことよりずっと正統性のあることだと、僕は思っています。

小林　三島は生きている実感が全然なかった人だったということを、高橋さんのお話を聞いて私はとても納得できたのですが、実際に近くで見ていた高橋さんがなぜそう思われたのか、もう少し聞かせてください。

高橋　近くにいて、そうだなって思ったとしか言いようがないんです。あの人は基本的に虚弱児童なんですね。その上にボディ・ビルで肉体を作ったのですが、それはあくまでも虚妄の肉体です。結局彼にとってはフィクションがすべてで、フィクショナルなもの以外に何もなく、存在はフィクショナルなものなのです。これはある意味では日本古来の「もののあわれ」や仏教の色即是空とか空即是色とかにも通じるわけですし、数学の虚数という考え方にも通じるかもしれない。とにかくわれわれがここにいるのは嘘かもしれないという実感が、彼には自分の虚弱な体、肉体的なコンプレックスにおいてあったのだと思います。

小林　生きている実感が持てないという感覚と、ゲイであるという感覚は重なるものがあるのでしょうか。それともそれは関係ないでしょうか。

高橋　いや、重なる部分があると思います。というのは自分が虚であるから、同性における虚ではないものを求めるわけだから。だから彼にとって実在だと思われるものは、『仮面の告白』に出てくる汚穢屋ですね。そして『愛の渇き』の三郎ですね。ひょっとしたらその窮極が森田必勝だったのかもしれません。

小林　同性の実在的な「実」の肉体に、自分は「虚」の肉体しか持てないために惹かれていくということでしょうか。

高橋　だけど、それだけではどうしても満足できないわけですよ。自分自身もその愛の対象に似たものになろうとして、体を鍛えていった。だけどそれは嘘ですから、どこかで決着をつけなければいけないという解釈も成り立つわけです。

小林　その場合の決着というのはやっぱり腹を切ることでしかなかったんですかね。

高橋　そうだと思います。

小林　僕にはそこに何か飛躍があるようで、わからないところがあるのです。

高橋　つまらない老人になって生き延びるという方法がもう一つありますよ。それは無惨に壊れていくことですが、でもそれだと嫌なんですね。

小林　自分が醜い老人として老いていくことを受け容れられないのはどうしてでしょうか。ひね若衆のギリギリのところの美で自分の人生を完結させなければならず、そのために膨大なエネルギー、人を犠牲にしてまでそれをやり遂げるという、そのエネルギーはどこから来るのかが、僕もとっくにそういう醜い老人なのかもしれませんが（笑）、いまひとつわからない。そこが僕の限界かもしれませんけれど。

高橋　それはやっぱり彼のインフェリオリティ・コンプレックスの強さがエネルギーだったのではないでしょうか。

小林　あれほどの名声とこの世で享受できる贅を自分のものにできた人間がですか。

高橋　そんなことはないですよ。毎日銀行家のように働いていただけですからね。一緒に新宿二丁目のゲイバーとかに飲みに行っても、「ああ君たちは明日会社だろう。時間の許す限り楽しめばいい。僕はもうこれから仕事だから」と帰って、銀行家のように小説を書くわけですよ。そして判でついたように二時頃起きて、シャワーを浴びてそれからボディ・ビルに行ってというふうにきちんとした毎日。内心は自堕落なゲイの生活をしたかったんだけど、やっぱり顔がさすというか、自分は有名人だからという、それは半分自慢で言っているんですけれどね。例えば僕との待ち合わせに、三島さんは夜なのにサングラスをかけてくるんですね。どうしてですかと僕は訊いたことがあるんです。そしたら、「サングラスかけないと人にばれるから」と。サングラスかけるからばれるんですよ（笑）。

三島は詩に到達したか

中島　実は今日の講演は最初に予告したタイトルに後から「詩」という言葉を加えられたんですね。今のお話をうかがっていて、一つどうしてもお聞きしたいことがあります。講演の前に少しお話をしていた時に高橋さんは、「私は詩を書くことができた。それによって三島さんとある種のバランスをとることができた」というふうにおっしゃったんです。そうするといまのお話の中で、ある種コンプレックスの塊であり、フィクションを生きるよりなかった三島にとって、いったい詩はどうなっているのでしょう。つまり三島由紀夫という人が詩を書かなかった、あるいは書くことができなかったのはどういうことなのでしょうか。そして、高橋さんにとって詩の問題というのは、いまの三島に対する議論を通過して、どこに位置できるのでしょうか。ぜひそれをうかがえたらと思います。

高橋　最初に小林先生から頂いたタイトルが「三島由紀夫と私」でしたが、それに対して僕は「と詩」というのを付けなければと思ったのです。やじろべえというものがありますけれど、そのようにバランスがとれてやっと僕は立っていられるのです。三島さんは怪物ですからね。僕に詩がなかったら彼と付き合っていられなかっただろうと思うんです。

三島さんには、『詩を書く少年』という短篇があります。若い時には詩を書いていましたし、なかなか悪くはないんです。しかし自分は詩人ではないとある時見切りを付けて、小説の方に行く。そして自分がもし文芸雑誌の編集長だったら、俳句も短歌も詩も大弾圧をすると。もうあんなものは生かしておけないというようなことを書いた文章もあるように、それくらい彼にとって厳しい断念だったのかもしれません。しかし実際には詩を書く僕をすごく大事にしてくださった。あるいは短歌を書く春日井建をすごく大事にした。三島さんにとっては、詩は自分の果たせぬ夢だったのかもしれません。

僕にとって詩というのは何かと言うと、わかりやすくするために、詩というものを二つに分けて考えます。ポエジーとポエムです。ポエジーというのは、これは僕にとっては「詩＝実在」とでもいうべきものです。これに対してポエムは「詩＝作品」です。僕が詩を書くというのはどういうことかと言えば、実在である詩、つまりポエジーから何かが送られて来るわけです。それを僕が受け取って書く、それを言葉にしたものがポエムなんですね。このポエムというのはポエジーの受け止め損ないです。そこには必然的に誤差が生じるというか、正確に捉えることはあり得ない。これは何も僕のような貧寒たる詩人の問題だけではなくて、ボードレールにおいてもそうであろうし、萩原朔太郎においてもそうであろう。ポエムというのはポエジーの受け止め損ないです。

ですから、詩において「私」が主体であるはずがない。僕も受け身、受動態です。向こうから来たのを受け取るのが僕なんですね。僕はそう理解しています。ところが、三島さんは全てにおいて自分が主体性を持たないと駄目なんです。それは辛いと僕は思うんです。僕はすべてが受動態です。生き方も全部です。三島さんは自分が受動態であることをやめたというか、自分が主体でありたかったし、そういう生き方をした。それは自分のコンプレックスを跳ね返すためにも、そうしなければいけなかったのかもしれません。

小林　『豊饒の海』四部作の第三巻で破綻があり、それ以降の第四巻では完全に破綻していくわけですよね。私自身の三島さんに対する考えを今の高橋さんのお話と接合しながら言うと、あの破綻は、自分が主体であり続けることができなくなってきた小説において、作家自身も主体であり続けることができなくなってきた惨状をものすごく露骨に書いてしまっているように僕には見えるのです。もし高橋さんがおっしゃるように、どうしても自分が主体的でなければならないとすると、それがもう文学的に立ちいかなくなってきているのではないでしょうか。

高橋　それはありますね。ただ僕は『豊饒の海』は、第四巻『天人五衰』が滅茶苦茶に壊れたが故に大小説になりえたと思うのです。

小林　僕もそう思っています。

高橋　あれがあったが故にユニークで、どこにもない小説になった。三巻までは全部ロマネスクですからね。

小林　そう、計算されて本当に見事に出来た構築物ですよね。第四巻になって完全に構築物がなくて、自らディコンストラクションしていますからね。

高橋　今まで築きあげたものを全部そこで壊しちゃう。アンチロマネスクになることによってあれは比類のない大小説になったと思っているんです。

小林　そこに彼の内的欲望と合致して、小説家つまりフィクションを書く小説家三島由紀夫の最期というものが見えてくるのでしょうか。

高橋　それは小説の世界を、壮麗な世界を壊すことと、それからボディ・ビルで作り上げた自分の肉体を壊すことがパラレルなんですね。

小林　でも今の中島さんの問いを逆に言うと、詩に立った場合は、そういう崩壊とか、初めから自分が作るという主体性のないところから始まっているのではないでしょうか。

高橋　そこまで行ったと言えるならば、ある意味三島さんはその終わりかたにおいて詩に達したと言えるのかなとも思います。

中島　実は最終的には詩に到達したのではないでしょうか。

高橋　そうかもしれません。

中島　壮絶な仕方で到達したと。

小林　でもその場合のポエジーはどういうポエジーになるのですか。

高橋　ポエジーというものは捉ええないものだということの宣言ですね。

小林　ポエティックに言えば、まさにそこで日本の歴史がポエジーと化すのである、とこうまとめたいように思いますね。

アルカイックな時間と詩

中島　高橋さんの詩自体もそうですが、ある種アルカイックなものに対する目配りがすごくあると思うんですね。私はそれをいつも中国の詩論みたいなものを重ね合わせて考えてしまうんです。ポエジーとポエムについてなら、例えばこの世界はある意味すべてが「情」という言葉で捉えるしかないものになる。そして、私たちは何に感じて、心が動かされて、情が発生するかというと、「文」なんですよ。ある種の実在ですね。それに私たちは感じて、情が発生する。それを私たちは詩にするしかない、と。すごく素朴な言い方をしていますけれど、これは非常に面白い詩論だと常常思っているんです。文というのはすでに言葉ですから、言葉に関して言葉を発するという構造が出来てしまう。詩の場合は微妙なリアリティとの関わりがあって、詩はフィクションといってもすごく変わったフィクションだと思うんですよ。僕は高橋さんは、この詩論を非常にうまく継承しているのではないかという気がします。

他方で三島的な小説はどうかと言うと、まさに近代の物語であり、それがある種の限界まで行った果てに自分が本当に主体の後に心を動かされていくものは何かと言うと、目の前に広がっているまさに「無」としか言いようのないものです。でもそれは一番最後の瞬間に、奇妙な仕方で回帰というか到達するものです。そういう意味で高橋さんにとっての詩は、「三島の後にどうするか」という問いと結び付いているように思ったのですね。今回の新しい詩集『何処へ』（書肆山田）も、三・一一のことをお考えになって編まれたと思うのですが、そこには何か重なり合いがありますでしょうか。

高橋　それは自分では何とも言えませんね。

小林　高橋さんの日本の現代詩における位置は、非常に不思議な、誰も真似ができないものだと思います。党派性がないというか、非常に大きく言えば、いわゆる戦後詩とか、戦後の日本の現代詩というモダンな位相の詩とは違うところで言葉を発想しているというか、言葉が出てくるように見えるんです。そこには中島さんが言ったように、アルカイックなものに対する非常に強い思い入れがあるのかもしれません。そうすると、高橋さんにとって「詩＝実在＝ポエジー」というのは時間論的に言えばどういうものになるでしょうか。

高橋　その答になっているか……ちょっと話がずれるかもしれませんが、日本では詩人のことを西洋乞食と言うことがあります。僕は今度岩波書店から『詩心二千年』という詩論というか、詩史論を出すのですが、その副題は「スサノヲから3・11へ」というのです。

　日本の詩の歴史には、先ずうたがあるんです。その段階でのうたというものは非常に素朴なものです。この素朴なものに対して、はるかに発達した詩というものが入ってくる。それはうたに対してからうたと言われるわけですね。からうたに対して今度は、うただけでは弱いので、今度はやまとうたと呼ぶ。このやまとうたをいつも立たせるのがからうたなんです。しかしやまとうたは自らを立たせるからうたのことが厭わしくなってきて切ろうとする。そうするとやまとうたが今度は痩せるわけですね。そうするとまたからうたを入れるという。

その繰り返しが日本の詩の歴史です。これは古代に『文選』とかそういうものが入ってきた時点でからうたはいわゆる漢詩だったわけですけれど、これが今度は明治以降になるといわゆる欧米詩になるわけですね。この欧米詩のことを、現代詩とか近代詩とかいろいろな言い方がありますが、それより漢詩に準《なら》って、なぜ洋詩としなかったのだろうかと僕はいつも思うんです。例えば洋楽、洋画、洋間、洋酒、洋食というのがありますね。要するにこれと同じレベルだったんですから洋詩と言えばよかったんですけど、これがなぜかそうは言わなかった。そこから日本の近代詩、現代詩は起こっているから、どう逆立ちしたって西洋乞食なんですね、詩人なんていうのはそれ以前は中国乞食だったかもしれません。いずれにしても日本で実体が感じられません。

どうやってそれを乗り越えたらいいのか。それには西洋でも日本でもない人間の原質であるような世界、そこに立たなければ駄目だと思い至って、いまおっしゃったようなアルカイックなものになったのだろうと思うんです。その途中にはギリシア・ラテンへの憧れがあり、またキリスト教に対する憧れもありました。しかしそれもどこかで乗り越えなければいけない。日本の古典を持ってきたとしても、それもまた乗り越えなければならないわけで、それも一つの借り着なんですね。そこからさらに人間の原質みたいなところに行かなければと思うんです。そのことは三島さんもよくわかっていたと思うんです。ただ身についた美文癖から脱けられなかった。

三島さんが亡くなる前に僕に言われたことで、本当に忘れられないことが一つあります。松原久子さんというドイツ語で小説を書いている作家がいまして、彼女は建勲神社、つまり信長を祀っている神社の宮司の娘でした。僕の親しい友人である竹本忠雄さんがそこに訪ねて行きました。松原さんのお父さんである宮司さんを待って、しばらく拝殿にいて見ていると、そこには何にもない。ああ何にもないいんだなと思って、宮司さんが出て来られた時に、「神道というのは何にもないいんですね」と言うと、宮司さんは「そうですよ。御榊とかね、そういうものはあるけれど、本当は何にもないいんです。何にもないいんですよ、神道は」と話してくれたそうです。僕はそれに非常に感動して三島さんに会った時にその話をしたんです。

それを三島さんはすぐ日本にすり替えました。「そうだよ、日本には何にもないいんだよ。日本は何にもない無の坩堝なんだ。オリジナリティがなんにもない無の坩堝なんだ。しかしその無の坩堝はものすごい勢いで、虚無の力で動いている。その中に外から、いろんなものを取り入れる。そして出てくる時にはまったく別のものにしてしまうんだ。その無の生成力が日本なんだよ」というようなことを言いました。おそらく自分自身はコンプレックスの塊で、それが潜勢力になっているんだと言おうとしていたのではないでしょうか。これは僕の中にずっと残っていて、僕の一つの創作原理というか、これから一生考え続けなければいけない問題だとその時に思い、いまなお考え続けているんです。

いま三島さんが生きていたらぜひ聞いてみたいことがあるんです。ある意味でいまの日本人はインフェリオリティ・コンプレックスを失っています。自分たちは優れた民族であるように思っているか、思いたがっている。しかし、もし優れているとしたらそれはインフェリオリティ・コンプレックスにおいて優れているはずなんです。そうでなければいけない。そのエネルギーにおいて外からいろいろと受け容れて、別のものに変えていく力がなければいけない。

三・一一がその契機になってくれるかもしれません。三・一一によって、日本人は本当に貧寒たる民族だ、貧寒たる個人だということがよくわかった。これはひょっとしたら、新しい出発点になるのではないか。いや、ならなければいけないというのが、いまの僕の感想です。これはそう簡単なことではなく、そのためには充分に時間をかけて模索していくしかないといまは思っています。

小林　手前味噌ですが若い時に僕が書いた三島論は「無の透視法」というタイトルでした。まさに無の構築というものをある意味では非常に美しくやってみせたのが三島だと思います。また、高橋さんがいまそれを受けて、いまのわれわれに対して、その無の力というか、無の自覚というのか、これは二重の意味でおっしゃっていると思うんですね。インフェリオリティ・コンプレックスが持つマイナスの要素を通ることで初めて、あらゆるものを引き受けながら、そこから何かが立ち上がってくるかもしれない。ある意味で、それをポエジーと言っていいかもしれなくて、日本におけるポエジーの可能性もそこにはあると思うんです。

無と美と崩壊

高橋　三島さんに沿ってもう少し続けますと、三島さんの中には美意識というか、もっとあからさまに言うと美文癖がもう出来上がってしまっていたと思います。三島さんの最後の頃ですが、これから散文を勉強するのに何を読めばいいか聞きました。すると二冊の本を挙げてくれました。野坂昭如の『エロ事師たち』と、もう一つは末松太平の『私の昭和史』という本です。これは二・二六事件の当事者の一人です。この人が事件のことを詳しく書いたものですが、しかし、何の飾りもない文章です。これが散文の至れるものだという意識が晩年の三島さんにはあったわけですね。自分ではどう転んだってそういう文章は書けない。必ず美がついて回るんです。泥の川を描いても黄金でピカピカ光っている泥の川なんですね。だからある時に僕が「三島さんは何を書いても全部綺麗になるんですね」と言ったら嫌な顔をされました。それが三島さんの一番の弱点だったのでしょう。彼はそれを『太陽と鉄』でやろうとしたけれど、あれももう一つ別の美文になっているし、素朴というのは絶対に無理なんです。だからこそ僕らに宿題を残してくれたのかなとも思います。

小林　高橋さんが受け止めたメッセージはやはり美をも超えていく、美の彼方にある、そういう感じですか。それとも、美が三島を、ある意味じゃブロックしている。美が壁になって彼はどうしても向こうに行けない。あるいは、超えるというのでもなくて、そこには全く別の道があったかもしれないと。

高橋　三島さんはわかってはいたと思うんですよ。実は彼には『豊饒の海』の後に、もう一つ計画していた小説があったんですね。それは藤原定家です。彼は定家に対してずっと興味を持っていました。それは人間でありながら神になろうとした人の話だと解説してくれたのですが、正確にはわからない。

例えば、三島さんには、定家の「見渡せば花も紅葉もなかりけり浦の苫屋の秋の夕暮れ」という歌をどれだけ正確に捉えられていただろうか。小林秀雄などは、西行の「鴫立つ沢の秋の夕暮れ」なんかに比べると、何て言っていたかな、片方が真実を追求しているとしたら、片方は美食家の感想に過ぎないみたいなことを言っているのですが、これは中途半端な解釈です。

「見渡せば花も紅葉もなかりけり浦の苫屋の秋の夕暮れ」は、西行が伊勢神宮に奉る歌を作ってほしいといろんな人に頼んだ時に定家が作った歌の一つです。ということは、これは定家が自分のことを歌ったのではない。二見が浦に苫屋を葺いて庵住まいしている西行の視点での歌のはずです。見渡したらもう花も紅葉もない。ただ夕暮れがあるだけだ。定家が言っているのは、もうこの貴族の時代は終わるよということです。貴族というのは花と紅葉を愛でるのが仕事です。その愛でることができるような体制を維持することが仕事です。でももうそれはできない。もう無しかない。はたしてそこまで三島さんが解って書こうとしたのだろうか。無について言うならば、無は美の彼方にあるということではなくて、無というものが僕らを取り囲んでいるというか、全てが無だと思うんですね。

中島　「願わくは」という詩の最後に私はすごくインスピレーションを得ました。やまとうたの背景に息づいていたのがまさに唐以前の六朝までの詩なんですね。それは無の形而上学と美学を徹底的に追求した。と同時に、その究極で無がなくなると言っていた。つまり、同時に無そのものがなくなるわけです。ですから、その世界は崩壊した。しかし、日本のやまとうたはこの崩壊した後の世界を引き受けて、しかも紀貫之が『古今和歌集』の「仮名序」で戦いの神であるスサノオに和歌の起源を求めて、ある種の歴史性を導入しながら作り上げるという非常に複雑な操作をしています。からうたというのは後に発明された別の美です。先ほど伊勢神宮の話が出ましたが、漢詩が再発見されていく背後にある種の神学的なものが回帰してくる。それなしには漢詩というのはなくて、それは唐以降の発明品です。日本の近代はその文学観の中に浸っているのですが、しかし、『新古今』は実はそういったものとは違う別の美のアプローチをした、あるいは無との関わり方をしたのではないかと思うんです。唐以降には無を矛盾した形で捉えるということが実はあまりありません。なぜならそれは終わった世界だからです。高橋さんの「願わくは」も、ある意味で、消されてしまった何か、それに触れているような気がしています。

高橋　定家という人は非常に重要な人だと考えます。彼は『百人一首』を残したわけですが、あれは人の作品を使った上で作った一つの世界というか、もう一つの作品ですね。そのことによってその中に、自分も含めて王朝時代というもののお墓を作って、その中に自分も一緒に入ったという作品なんです。

その前には紀貫之という人がいます。この人は非常に複雑で中島さんも言われた「仮名序」が面白いんですが、もう一つ『土佐日記』という奇怪な作品があります。これは「男もすなる日記といふものを女もしてみむとてするなり」と言って、男が女に化けて書いている。彼は小野小町も褒めていますから、女歌というものを非常に大事に思っていた人であった。それをある意味で受け継いだのが、『新古今』時代の藤原俊成です。俊成は有名な『六百番歌合』の中の判詞の中で、「源氏見ざる歌詠みは遺恨の事なり」と言っています。つまり、『源氏物語』を読んでいない歌詠みはだめだと言っている。『源氏物語』というのは実は光源氏という人の崩壊の物語ですね。ある意味では三島さんの『豊饒の海』はその繰り返しなわけです。しかしこれは源氏だけの物語だろうか。これはおそらく王朝そのものの崩壊の物語なんです。そしてそれがやまとうたの基盤ですから、やまとうたの崩壊の物語です。紫式部という天才は、最も王朝が盛んだったというように見える「この世をば我が世とぞ思ふ」という道長の時代に早くもそれを察知して書いている。そして、そのことを言ってくれるのは女だぞということを言っているのが、俊成なのかもしれない。

僕は詩歌についてこれから力になるのは男歌ではなく女歌であろうと思っています。結局、詩史二千年といっても全部男歌の世界ですよ。女歌というのはそんなにありません。しかし明治以降にはすごい女性が少なくとも三人いて、その一人が樋口一葉です。小説家ではないかと言う人がいるかもしれませんが、彼女は歌から出発したし、彼女の小説の文体は一種の詩的な文体だと思っています。もう一人は與謝野晶子です。これはもう本当に巨大な人です。そして、最後にこれは與謝野晶子と逆の形でどうしようもなく不幸な人ですが、これから注目しなければいけないのが杉田久女です。絢爛さにおいては晶子に匹敵する人ですけど、これは相手が高浜虚子という化物で『ホトトギス』から除名されて滅ぼされるわけですね。しかし、その詩は滅びません。

そして現代では僕が最も模範にすべきだと思う人は石牟礼道子です。『苦海浄土』を単なるルポルタージュとして読むことに僕は反対です。『平家物語』は英雄叙事詩ですけれど、これは現代の民衆さらに言えば生命なるものの叙事詩です。石牟礼道子について三島さんに聞いたらさてどんな反応をしたでしょうか。わかろうとしなかったかもしれない。でも本当はわからないはずはないんですよ。水上勉や松本清張のことを三島さんが、あんなものが俺と同列にされるなんて許せないと僕に言いましたけれど、ならば、あなたには『越後つついし親不知』や『ゼロの焦点』が書けますかと僕は逆に問いたかった。

それらは日本の最底辺を基盤に置いていているんですね。日本の芸能とか文芸をずっと支えてきたものは、最底辺の人たちです。例えば柿本人麻呂なんていうのはこれは卑官ですよ。貧しい卑しい官《つかさ》です。紀貫之の家は古くは名家なんですけれど、彼の当時は卑官ですね。それでその後にすごい詩人と言えば世阿弥ということになりますが、世阿弥は完全に河原乞食ですね。それから芭蕉も武士なんてものではなくて、もっともっと下の階級のはずです。そして彼が最初に世に出てきたのはおそらく主君である主計良忠に仕えるお稚児さんとしてだと思います。

そういうことから最も遠い人は誰かと言うと、後鳥羽院ですね。しかし彼が本当の詩人になるのは、隠岐島に流されて、そしてそこから帰れなくなった時でしょう。表現者は自分が偉いなんて思ってはいけないんで、一番下の下だと思っていなければならない。三島さんにもそこまで行って欲しかったですね。でも三島さんは自分が惨めな存在でいたくはなかった。誰よりも自分に惨めさを感じていたから。

小林　三島さんと高橋さんの非常に大きな差は、民衆の目というか、人人というか、そういうものと詩がどういうふうに結びつくか、あるいは、表現というものが非常に深いところでそういう名もない民衆たちによって支えられているという感覚を重要だと思うかどうかにあると言ってよいのでしょうか。

高橋　さらに言えば、民衆以下、人外《にんがい》によって支えられている、と。

表現の根源にあるもの

小林　そのエネルギーはやはり性的なものと決して無関係ではないですよね。その関わりを詩人として高橋さんはどう感じていらっしゃいますか。言葉のポエジー的なあり方と、エロスというか、性とは根源的に結びついていて、この結びつきの中で三島は形を作った。しかし、表現を支える「無」の力をエロスの力だと言っていいのでしょうか。そのあたりどういうふうにお答えになりますか。

高橋　単純に言うと、何のために性欲なんて面倒臭いものがあるのかっていうことです。そんなものなかったら楽だろうと思うんですけど。でも性欲がなければ僕らは誕生していないわけです。その性欲によって昂揚して何かをやりたくなるっていうこともある。性欲というのは、それこそ根源です。そこから生命は生まれてきているわけです。その性欲のおそらく最も根源にあるものが無であり虚である。そこから逃れるわけにいかないし、そのことをテーマにしていかなければいけない。三島さんはそれをある意味でやっていたわけですけれど、ただ自分を惨めな存在にしたくはなかった。

僕の考えを言えば、表現において大事なのは自分ではない。僕は個性というものには何の意味も認めません。個性からは何も生まれない。僕はよく喩えとして言うのですけれど、ここに林檎があるとします。ここに桃があるとします。これを表現する時に大事なのは、僕の個性ではない。林檎の個性であり、桃の個性です。そのために自分の中に存在するなけなしの個性を使うんですよ。ある意味では自分の個性を消すんです。それが表現ということであって、だからその表現によって自分を相手に託してしまうことによって、自分は救われるんです。自己主張というのは地獄です。お互いに自己主張するから世の中は滅茶苦茶になっていくわけです。家庭の幸福というのも地獄です。ですから太宰は「家庭の幸福は諸悪の根源」と言っているんです。幸福になっちゃいけませんよ、皆さん不幸になりましょう（笑）。そうすると幸せになれます。

小林　いつも思うんですけれど、三島由紀夫はものすごく頭がいいですよね。三島由紀夫の頭の良さというのは、本当に群を抜いていて、あれに匹敵する人はほとんどいない。

高橋　いないと思いますね。三島さんの中で一番いいのは批評です。その次が戯曲です。

小林　どうしてそういう人が日本に生まれたのか。

高橋　エイリアンとかというたぐいでしょうか。

小林　しかも和風のロジックではなくて、ヨーロッパ風のロジックを完全に通せる人ですよね。川端さんは意図的にかもしれませんが、あえて通さないふりをする。しかし、三島さんというのはヨーロッパのというか、非常にギリシア的な構築された論理を完璧に駆使できる。

高橋　しかもそれで日本の古典が説明できるんです。

小林　三島の知性というものの恐ろしさをきちんと評価しないといけないと思います。僕に言わせると知性というより頭の良さですが、それはぞっとするような恐ろしいものだと思います。

高橋　例えば、彼はいつも対抗原理で生きていた。三島さんは、本当は女女しい人なんです。だからすごく男らしく振る舞った。本当は非公正な人だから公正に振る舞った。非論理的な人だからものすごく論理的に振る舞った。

小林　それがまさに頭の良さですよね。

高橋　例えば具体的なことで言うと、「俺は右翼的な言表を決して右翼的な雑誌に載せないよ。左の雑誌に載せるんだ」と。そういうことを言っていました。

小林　最後に僕の正直な感想ですが、三島さんの創作について高橋さんの肉声を通じて伝わってきてとても感銘を受けたのですけれど、高橋さんは三島さんとのお付き合いを通じながらご自分の道を作って、自分の詩の道をずっと長く、決して切腹などなさらずに……切腹したいと思ったことはありますか？

高橋　全然！

小林　全然ないですよね。そういうものに全く惑わされずに、そばに居ながらある意味ではしたたかに詩の道を歩んできた。生活を犠牲にしたのかもしれませんが（笑）。しかし、詩人としてずっと生きていらっしゃっていることは驚くべきことだと思います。仕事においての身の捨て方がわれわれとは次元が違う。

高橋　いろんな捨て方があると思うんですけれど、僕はどんなに惨めになっても生きていたいんですね。寝たきりで糞まみれになって、棒で突かれながらでも、まだ表現力があれば生きていたいんです。

小林　この覚悟を聞いたところで、最後に締めくくりで詩を朗読していただけませんでしょうか。今日のお話では「無」「無の消滅」のところに行き着くので、詩人高橋睦郎の肉声を留めたいという思いがあります。よろしければ「願わくは」をお願いしたいと思います。

高橋　（朗読する）

　願わくは
正直に打ち明けようか
ほんとうは　日本が無くなっても
日本人がいなくなってもいい
人類が亡びはててもかまわない
ただ願わくは　恐怖に目を見ひらいて
一瞬の銃撃で倒されるようなことがないよう
落葉のように　しぜんに生命の幹から離れ
朽葉のように　ゆっくり分解するといい
その上に　澄みきった青い無がひろがり
その無も　自ら知らず消滅するといい

（二〇一一年十月二十五日）

三島由紀夫との五十二年——あとがきに代えて

顧みて私と三島由紀夫との付き合いは五十二年になる。こう言うと、三島の四十五年の生涯に照合して計算が合わないようだが、そうではない。私の生前の三島との交流は晩年のほぼ六年間、けれども死後今日までの四十六年間、交流はなお続いている。それは今後も私の生きる限り続こうし、今日までの交流の記録である本書が、幸いにも長く読み継がれていくなら、読者の読みの中でさらに長く続く可能性もあろう。

もちろん明界での交流は一九六四年十二月から七〇年十一月までの六年間、これが基になってその後の幽明境を異にする四十六年の交流もあるのだが、前の六年間に較べて後の四十六年間のほうが時間的に長いだけでなく実質的に濃いというのが、偽らぬ実感だ。理由を考えてみるに、両者が生きているあいだはお互い生身の思わく・感情の行き違いもあり、なにかと不安定だったのが、片方が死者となったことによって、もう片方の生者の中でかつての日日を繰り返し振り返り、その意味を問いつづけることにより、交流の内容が深まった、ということではなかろうか。

思えば私もこれまで八十年近い人生においてさまざまな他者に出会ったが、その中の最も重要な他者は較べる者なくこの人、三島由紀夫だった、と断言できる。それは人は何のために他者に出会うのかに関わる。結論を先に言えば、人は自己を実現するためにさまざまな他者に出会う。具体的に私の場合を言えば、私は高橋睦郎という自己を実現するために、これまでさまざまな他者に出会い、これからも出会っていくだろうが、これまでのところ出会った、そしてたぶんこれから出会うだろう他者の中の最重要の他者が三島由紀夫だろう、ということだ。

生きている三島は、比較的身近にいて天分の多寡はとまれ、同じく言語表現を生涯の仕事に選んだ後輩の私にとって、あまりにも大きな存在だった。それだけに、ときおり見せる欠点や弱点はこの人にもこんなところがあったかと、一時的にもせよこちらをほっとさせた。それにもかかわらずつぎつぎに成される大きな仕事を見せられると、ああまたやられてしまった、自分のやるべき仕事がまた一つ減ったと、身の程知らずにも嫉妬を通り越して絶望さえ覚えたものだ。

だから、三島の死の折の悲しみと入り混じった感想、ああこれで三島さんもらくになられたは、じつはああこれで自分もらくになったでもあった。ありていに言えば、自分にもやるべき仕事が残された、ということだ。だが、事実はそうは問屋が卸さなかった。私はスランプに陥ったのだ。スランプは一九六四年、六五年、六六年と三冊つづけて詩集を出した直後から始まっていたが、七〇年の三島の衝撃的な死のあたりから決定的になった。

とはいえ、猛烈に書いてはいたし、詩集のほか何冊もの新著を出してもいる。しかし、書けば書くほど索然と手応えがなかった。いつ書かなくなっても不思議ではない危機的な状況だったが、このスランプと三島の死とを結びつけて考えたことはなかった。ところが、今回これまでさまざまの機会に書いてきた三島論を読みかえし、井上さんの解説を拝読して、まんざら無関係でないようにも思えてきた。

一九八二年、私は能の廃曲の復活を企図する研究会からの帰途、原宿で交通事故に遭い救急病院に運びこまれた。ここで数日寝て天井を瞶《みつ》めつづけて、自分は瞬間で死んだかもしれないのに、長年何をくよくよ悩んでいたのだろうと考えているうち、嘘のようにスランプを脱出、らくに書けるようになった。かつてよりはるかに時間はかかるのだが、そのことが嫌でないどころか愉しくさえなった。

このことを井上さんは私が仮死体験を通して三島の魔の呪縛から解かれ、三島に対してもそれまでと違った対しかたができるようになったのではないかと指摘していられる。そう言われてみれば、たしかにそのあたりから三島への対しかたが、肩に入っていた力が抜けたような、自由なものになったような気がする。あの死を挟んでの三島と自分から、三島は三島、自分は自分と変わってきたのではないか。

それまでの私は、三島のすべて自ら主体でなければすまない生きかた・死にかたにどこかで疑問は感じつつ、おおどころでは準《なら》ってきた気味があった。それが事故をきっかけに、重要なのは表現されるべき対象であり、表現する自分はそのための道具にすぎない、表現の道具である自分は能う限り低くみじめな存在でなければならない、と思うようになり、そう思うようになると、生きることが自分でも驚くほどらくになってきた。そして、それこそが自分にとっての自己実現なのだ、と自覚した。

　こうなると、つぎには三島にもらくになってほしい、それがいまさら無理なら、らくになってほしかった、となるのは自然の勢いだろう。私自身の自己実現が自己解放なら、自己実現のための最重要の他者である三島が自己解放してくれなければ困る。私にとっての「在りし三島」は「在らまほしかりし三島」になってくれなければ落ちつかないのだ。こうして、二十七歳の若い私が書いた「三島由紀夫氏への答辞」の現時点での結論は、二〇一五年十一月の東京大学駒場九〇〇番教室での、生誕九十年・没後四十五年記念「国際三島由紀夫シンポジウム」における、私の七十八歳直前の講演「在りし、在らまほしかりし三島由紀夫」ということになる。

　講演の場は三島が死の前年一九六九年、東大全共闘との討論パフォーマンスをおこなった曰《いわ》くつきの場所、もしそこに三島の霊がいて耳を傾けていたとしたら、何と応えたろうか。お前の言う自己解放とやらも体《てい》のいい自己主張、結局はお前のエゴイズムに過ぎないじゃないか、と嗤ったかもしれない。それに対しては反論の言葉もない。結局のところ、死者の霊を宥め鎮めることは、死者の霊への生き残った者である自分の思いを鎮めることを出ないのだろう。

　願わくは本書の読者諸賢には、ごめいめいの読後感において、私の言う「在らまほしかりし」の内容をさらに深めてくださるか、あるいは修正してくださるかしていただきたいものだ。それこそが筆者である私を超えて、読者である諸賢ごめいめいの自己実現にほかならない、と信じるからだ。

二〇一六年深秋　高橋睦郎

解説

井上隆史

　高橋睦郎氏の第三詩集『眠りと犯しと落下と』（草月アートセンター、一九六五年六月）に、三島由紀夫は跋文を寄せた。高橋氏はこれに応じて「三島由紀夫氏への答辞」という文章を発表した。三島四十歳、高橋氏は二十七歳。このとき以来、高橋氏はさまざまな機会に三島について語ってきた。これを纏めたのが、本書『在りし、在らまほしかりし三島由紀夫』である。三島に関する書物は世に多くあるが、生前の三島と親しく接し、かつ文学の実作者として常に最前線で活躍し続ける書き手による著作は、今まで例がない。三島論としても三島文学研究としても傑出しており、私は氏の言葉に導かれて初めて、三島由紀夫とはそもそも何者だったのか、今、私たちは三島由紀夫に対して何をなすべきか、ということを、本当の意味で理解できたように思う。

　もっとも、半世紀にわたる氏の文章を執筆順に読み進めてみると、そこにはおのずと濃淡があり、沈黙を守ったと見える時期もある。本書編集のお手伝いをさせていただいた私は、氏と相談してその三島論を四期に分け、各セクションの冒頭にその時期を象徴する一篇を置くという方針で全体を構成してみた。なお、引用した三島の文章は、高橋氏自身が執筆時に直接見たテクストに拠ることを原則とした。したがって、『決定版　三島由紀夫全集』（新潮社、二〇〇〇―〇六年）などの本文と一部異なる場合がある。

*

第Ⅰ期は三島自決前。

最初に掲げた「活動写眞《かつどうしゃしん》譽《ほまれの》切腹《はらきり》」は、カウンター・カルチャーの象徴的雑誌『話の特集』の一九六六年七月号に掲載されたもの。御詠歌風の高橋氏の詩と横尾忠則のイラストにより時の人を毎回取り上げるシリーズ企画「人物戯論」の一篇である。四年後の十一月に三島は自死するが、その暗い予兆はどこにも見出せない。むしろここには、ブラックではあるが健康な笑いが漲っている。新旧の漢字の混在も、キッチュな趣向となっている。ちなみに『話の特集』同号には、三島自身も「私のきらひな人」というエッセイを寄稿し、末尾に「私も残る半生をかけて、きらはれ方の研究に専念することにしよう」と記していた。

時は一九六〇年代。この時期、若き才能ある芸術家が輩出した。高橋睦郎、横尾忠則、春日井建、篠山紀信、坂東玉三郎。その中心には兄貴分的存在として三島がいた。この時代の生き生きとしたエネルギーを映し出す文章を続けて紹介しよう。まず「三島由紀夫氏と『三原色』」。蠍座プロデュースによるアンダーグラウンド演劇公演のプログラムに掲載されたもので、この時、堂本正樹の演出により三島の『三原色』が上演された（一九六七年九月八日―十月七日。一九六三年の初演も堂本演出）。

これは計一、俊二という二人の美しい若者と計一の新妻・亮子の三人が互いに愛し合うことによってすべてが調和するという筋の芝居である。次に「さめた狂気――『朱雀家の滅亡』」。これは『朱雀家の滅亡』初演の劇団NLT公演プログラムに寄せたもの（一九六七年十月十三日―二十九日、紀伊國屋ホール）。『三原色』が、いわば三角形の構図から成り立つ一幕劇の小品だとすれば、『朱雀家の滅亡』は、主人公の朱雀侯爵から「お上」に向けられた時空を貫く「孤忠」（たった一人で尽くす忠義）という一筋の直線を軸にして成り立つ四幕の歴史劇である。本書には収録しなかったが、他にも「美を探究する非情な天才――三島由紀夫さんの魅力の周辺」と題する三島へのインタビューに付載された高橋氏の談話「男としての魅力」（『毎日グラフ』一九六九年一月十九日）、

三島歌舞伎『椿説弓張月』初演観劇録（一九六九年十一月五日―二十七日、国立劇場。『婦人画報』一九七〇年一月）などもある。なお、『椿説弓張月』が再演された一九八七年には、高橋氏は細江英公と対談しているが、これは第Ⅲ期に収録した。

以上は、ある限られたテーマや観点に注目し、そこから三島の個性を浮かび上がらせるというタイプの文章だが、これに対して、三島という存在の本質に理詰めで肉迫してゆくものも高橋氏は著わしている。雑誌『新潮』（一九六五年七月）に発表された先述の「三島由紀夫氏への答辞」、および専門誌『國文學』の「臨時増刊　三島由紀夫のすべて」（一九七〇年五月）に発表された『詩を書く少年』その後」がそれにあたる。その主旨は、三島はみずから詩人であることを否定したが、その本質は詩人に他ならない、というものだ。これは、『眠りと犯しと落下と』の跋で三島が、「高橋氏は詩人であるから、当然天使に属してゐた」が、「悲しいかな、われわれ小説家は、いかなる意味でも、いかなる天使にも属してゐない」と述べたことに対する、氏の側からの応答と言ってもよいだろう。

第Ⅱ期は三島自決後、一九八〇年代中頃まで。第Ⅰ期とは打って変わって重苦しい緊張感に包まれている。

その冒頭には、雑誌『ユリイカ』の「増頁特集　三島由紀夫」（一九八六年五月）に掲載された「RHETORICA」を置いた。分かち書きされた単語の一つ一つは、私には切り落とされて血を流す無数の首のように見える。先日高橋氏にそう伝えたら、それは飛び散った肉片でもある、また、結語の「オエ！」は「汚穢」でもあると言われた。若くして三島の魔力に触れた者は皆、その凄烈な死から言語を絶する衝撃を受けたに違いないし、氏も無傷ではなかったろう。すでに死後十五年以上経っているが、「RHETORICA」は、いまだ高橋氏が三島の魔から解放されていないことを物語っている。

ここから死の直後に書かれた文章へと遡ってゆくと、読む者はますます胸苦しくなる。たとえば「死の絵」。没後二年に合わせて刊行された『新潮』における三島特集(一九七二年十一月)への寄稿だが、執拗に触手を伸ばしながら展開する論証や、一分の隙も残すまいとするかのような膨大な注は、もうこれ以上現実世界を脅かすことがないように、悪夢を一枚のタブロー＝死の絵の中に封じ込めようとして書かれたものだとは言えないだろうか。「三島由紀夫自選短編集『獅子・孔雀』解説」(新潮文庫『獅子・孔雀』、後に『殉教』と改題、一九七一年二月)として書かれた文章や、その延長上にあると言える「貴種流離をめぐって——折口信夫と三島由紀夫」(『現代詩手帖　臨時増刊　折口信夫・釋迢空』一九七三年六月)も、折口信夫との合わせ鏡の中に三島由紀夫を閉じ込めようとしたものかもしれない。『話の特集』に「もうひとつの国——私の交書録」というタイトルで毎回二項目ずつ連載され(一九七四年九月—七八年十一月)、後に『言葉の王国へ』(小沢書店、一九七九年九月)として纏められたもののうち「日曜日……仮面の告白」「憂国……愛の処刑」、「太陽と鉄」「豊饒の海」(一九七七年十一、十二月)という一連の論考も、三島の魔を高橋氏の膨大な読書体験の環の中に埋め込んでしまおうとしたものに違いない。右の四項目を前後から挟む形で稲垣足穂に関する文章(「ユーモレスク」「弥勒」、「少年愛の美学」「物質の将来」一九七七年十月、七八年一月)も書かれているが、本書には、三島への言及が多い「ユーモレスク」と「少年愛の美学」を収録した。なお、「死の絵」「貴種流離をめぐって――折口信夫と三島由紀夫」は、『詩人の血』(小沢書店、一九七七年八月)に再録されている。

「愛の処刑」については、ひとこと注記しておく必要があるだろう。『愛の処刑』は、男性同性愛のサークルであるアドニス会が発行する機関誌『ADONIS』の別冊『APOLLO』第V号(「黒い夏の彼方」とのタイトルがある。一九六〇年十月)に発表されたものだが、作者名は三島ではなく榊山保となっていて、高橋氏も「氏(=三島)のアンダーグラウンドの作品であることがまず間違いないと思われる『愛の処刑』」(本書一〇一ページ)というふうに慎重な言い方をしている。しかしその後『決定版　三島由紀夫全集』編集の過程で、碧川潭の名義で『ADONIS』に『虚無への供物』を寄稿し、同誌の編集にも関わっていた中井英夫のもとに残されていた三島自筆の『愛の処刑』草稿ノートが発見され、同作品はこれを底本として『決定版　三島由紀夫全集　補巻』(二〇〇五年十二月)に収録された。面白いのは、『愛の処刑』の主人公・大友隆吉の名が自筆ノートでは大友信二(『憂国』の武山信二と同名)となっていることで、欄外には三島剛による挿画に関する三島の自筆メモも書き留められている。今、本稿を書くために資料を整理していたら、以前私が高橋氏に『APOLLO』第V号について伺った際、その書誌情報を記して下さった氏の自筆メモが出てきたので、『愛の処刑』のタイトルページとともに、ここに掲げておこう(メモの最後に「雑誌薔薇の付録か」とあるが「雑誌ADONISの別冊」が正しい)。

この『愛の処刑』を一方の支点とすることによって、氏の当時の三島論はかろうじて均衡を保って成り立っている感もある。なお、氏はこの時期、三島由紀夫の評伝として最初のものとなるジョ

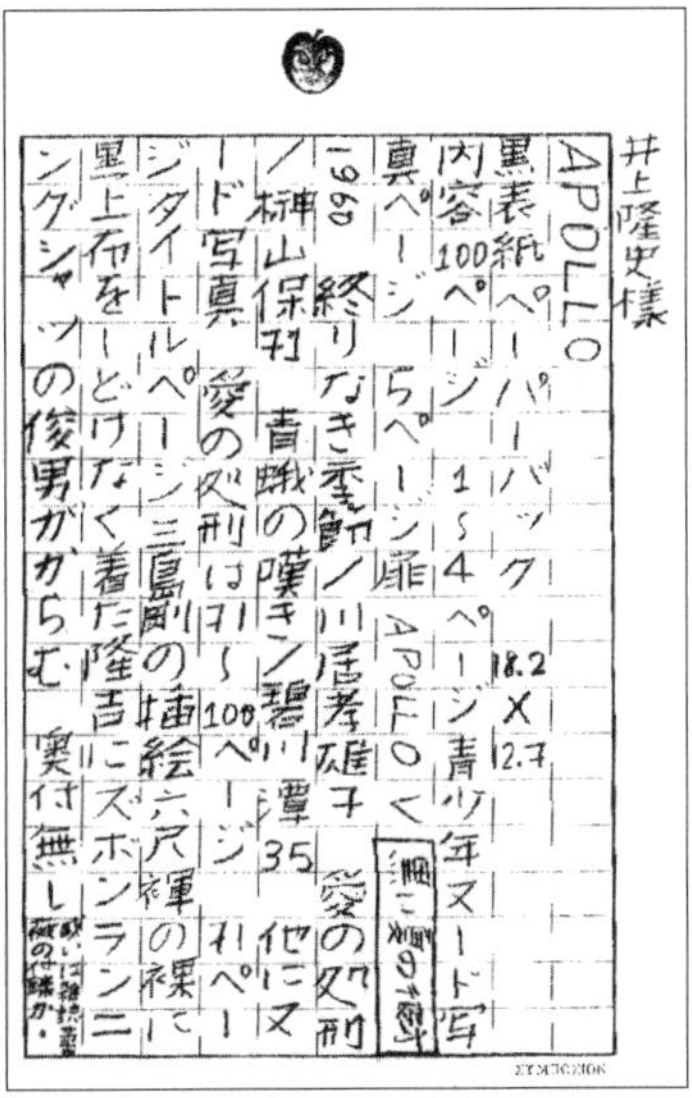

ン・ネイスン『三島由紀夫――ある評伝』（新潮社、一九七六年六月）の書評「完璧な謎解き」を『波』（一九七六年六月）に発表しているので、ここに収めた。

次の第Ⅲ期は一九八〇年代最後期から九〇年代となる。

この時期、氏の三島論は多くない。すでに「RHETORICA」の「NOTE」において、「いま、三島由紀夫の文学について何かを語る気にはなれない」と述べていた氏の思いが、その後も続いていたようである。

だが、その数少ない三島論を読むと、第Ⅱ期のものとは明らかに印象が異なる。雑誌『ブルータス』に連載された「友達の作り方」の初回を飾る「三島由紀夫の巻」（一九八九年九月十五日）では氏と三島との出会いが活写され、文面に魔的な影が差し込んでいるようには見えない。この連載は氏の友人七十七人との交友をエッセイ風に綴ったもので、後に「森田必勝の巻」（一九九〇年十一月一日、これも本書に収録した）も加わり、やがて『友達の作り方』（マガジンハウス、一九九三年九月）として一冊に纏められるが、同書を通読すると三島の生と死の禍々しさは浄化され、かわりに六〇年代の精神文化の核のようなものが浮かび上がってくる。これと同時期に書かれ、雑誌『鳩よ！』の「特集　稲垣足穂」（一九九二年七月）に掲載された「聖三角形《トライアングル》――Y・M、T・S、T・I、そして」（Y・M、T・S、T・I はそれぞれ三島由紀夫、澁澤龍彥、稲垣足穂）は、いわば『友達の作り方』に描かれた魂の連関から析出された結晶のようなエッセイで、第Ⅱ期にあった重苦しさはやはり感じられない。

いったいなぜ、このような転調が起こったのだろうか。

私見によれば、「RHETORICA」発表の三年前、その種はすでに蒔かれていた。それは一九八三年、親炙した故人に捧げた「七つの墓碑銘」の一篇として「Y・M・」と題する哀悼詩が、氏によって書かれたことである（『現代詩手帖』一九八三年七月）。

Y・M・

ここに　恋に生き
恋に死んだ者　眠る
彼は少年を恋したか
それとも　この国を恋したか

この国という少年　または
少年というこの国を恋した
そんな存在など何処にもないので
みずからその存在を演じて　割腹した
いかさま　彼の四十五という年齢《とし》は
少年役をこなすには　長《た》けすぎていたが
とまれ　幻への恋を血で贖《あがな》いし者
永遠に魘《うなさ》れて　ここに眠る

自決後三島は埋葬されたが、それは本当の意味での埋葬ではなかった。少なくとも高橋氏にとってはそうだった。今、墓碑銘を刻むことによって初めて三島は葬られ、魘される魂が、魘されるままに浄化される。詩語によるこの祭儀が、第Ⅲ期における転調を用意したのではないか。私はそのように思うのである。

しかもこのとき、高橋氏自身も死に直面したはずだ。アンティゴネによるポリュネイケスの二度目の埋葬が、アンティゴネ自身の死を含意していたように。事実、一九八二年、四十四歳のとき、氏は原宿交差点付近を横断中に車に激突して病院に運ばれたという。それは氏にとって死の疑似体験だったかもしれないし、精神的な意味での死を暗示する事故だったのかもしれない。さらに踏み込んで言うならば、芸術家が真の芸術家として生き抜くためには、一度死を経験しなければならないのではあるまいか。能の『天鼓』で、天成の鼓の名手・天鼓少年が真に美しく鼓を打ち、舞い戯れることができたのは生前ではなく、天から授かった鼓を召し上げようとした帝によって殺害され、その後に催された管弦講に後シテとして姿を現わしたときだった。そう考えると、これは私の勝手な推測だが、天鼓少年の死と再生になぞらえられるような体験が、ある時期、高橋氏を襲ったのではないか。そういう気がする。

ただし、第Ⅲ期の時点では高橋氏は、先述の「友達の作り方」や「聖三角形《トライアングル》」を除くと、『椿説弓張月』再演（一九八七年十一月五日─二十七日、国立劇場）の際に行われた写真家の細江英公との対談「三島と歌舞伎と」（同公演プログラム掲載。対談日は九月三十日）以外には、三島について何も語っていない。氏が真に自在に三島を語り論ずることができるようになるためには、さらに数年の沈黙を必要としたのだった。

一つ例外を挙げるなら、『森茉莉全集6』（筑摩書房、一九九三年十月）の月報に寄せた「神は細部に」。ここで高橋氏は森茉莉の父親役、すなわち鷗外を演ずる三島の姿を点描している。意外とも見える三島の一側面に光を当てたことが、その後の三島論の飛躍を促す一因になったということが、あるいは言えるかもしれない。

なお、「友達の作り方」の「森田必勝の巻」に、「年譜を見ると〔……〕六八年二月に祖国防衛隊隊員とともに自衛隊富士学校滝ヶ原分屯地に体験入隊」「同年九月には楯の会が正式結成」とあるが、現在の研究ではそれぞれ「六八年三月」「同年十月」とするのが正しいので注記しておく。

そして第Ⅳ期。二〇〇〇年以降の三島論である。

ここに至って高橋氏は、三島の霊を慰め、魔を祓い、三島その人と彼の生きた時代の全貌を、まことに自在に語り始める。ちょうど二〇〇〇年に刊行された詩集『柵のむこう』（不識書院）の表題詩のように、氏の精神は生死の柵、時空の柵を軽軽と乗り越えて語り詠うのだ。

この時期を代表するものとして冒頭に置いたのは、本書の表題ともなった「在りし、在らまほしかりし三島由紀夫」（『文學界』二〇一六年一月）。これは、三島生誕九十年・没後四十五年を記念して東京大学駒場キャンパスと青山学院アスタジオで三日間にわたり開催された「国際三島由紀夫シンポジウム２０１５」における特別講演の活字化で、氏の登壇はシンポジウム初日の二〇一五年十一月十四日だった。会場は四十六年前の一九六九年に三島本人が東大全共闘と討論した伝説の場所、駒場九〇〇番教室。この同じ場所で、時間を超えて、三島と高橋氏の肉声が共鳴したのである。ちなみに、氏はこの講演の最初に「三島由紀夫《みしまのゆきを》大人命《うしのみこと》の御前《みまへ》に白《まを》す祭詞《まつりこと》」を読み上げるが、これは氏の創作古体詩を一冊に纏めた『倣古抄』（邑心文庫、二〇〇一年五月）に収められたものである。

時を遡って次に収録したのは、『ユリイカ』の三島没後三十年特集号（二〇〇〇年十一月）に掲載された対談「詩を書く少年の孤独と栄光」。これは、第Ⅳ期の三島論の幕開けを告げるものだ。手帖を繰ると、私が高橋氏と対談させていただいたのは、多数の未発表新資料を収めた『決定版三島由紀夫全集』刊行開始直前の十月五日だった。このとき、氏から親しく話を伺う僥倖に恵まれて、三島の魔に憑かれた一人である私がどれほど救われたか、とても言葉で言い尽くすことはできない。対談中に高橋氏が言及している三島詩を二篇紹介しておこう。

防空演習

帝都は
防空演習である

夛くの人間が
墨色をした
布の中で蠢いてゐる

所々に
赤い狼煙のけぶりが見える

併し
雲の大きな割れ目に
月が生きてゐる

月は

帝都を映し出し
そして
墨色の布を剝いで行く
月夜の帝都は
防空演習である

桃の樂《がく》

薄化粧した桃の實よ
それに近づく黄金虫。
再《ま》た
ぎんぎらの夏の白晝《まひる》だ
投槍をなげ
男たちは遠くに海を感じた

桃のやうな少女の頰に
手をふれてみる

次に収めたのは「三島由紀夫のエラボレーション」。これは『決定版　三島由紀夫全集6』の「月報」（新潮社、二〇〇一年五月）に掲載されたもの。続けて、第六十二回伊勢遷宮を機にパリの笹川日仏財団主催で開催された日仏シンポジウム「ルーツとルーツの対話」での講演「日本・神道・大和心をめぐって」（二〇一四年三月十二日、皇學館大学）。同講演は『霊性と東西文明　日本とフランス――「ルーツとルーツ」対話』（勉誠出版、二〇一六年二月）と題するシンポジウム講演録に収められている。

そして最後に、二〇一一年十月二十五日、東京大学のUTCP（共生のための国際哲学教育研究センター）主催により東京大学駒場キャンパス一八号館で行われた講演終了後の討議を活字化したのが、「三島由紀夫と私と詩――講演の後に」である。ここには主催者として小林康夫（現・青山学院大学大学院特任教授）に加え、東洋、西洋の哲学を幅広く論ずる中島隆博（現・東京大学東洋文化研究所教授）も参加し、高橋氏の詩業の、そして文学という営みそのものの、東日本大震災以後の在り方が指し示されている。講演部分は他と重複するところもあるので本書では割愛したが、その全篇は、小林康夫編『〈時代〉の閾――戦後日本の文学と真理』（東京大学グローバルCOE「共生のための国際哲学教育研究センター」、二〇一二年三月）に収録されている。なお、最後に高橋氏が朗読する詩「願わくは」については後述する。

他に関連のものとして、表題「三島由紀夫というプリズム」を掲げた専門誌『国文学　解釈と鑑賞』特集号（二〇一一年四月）の巻頭論文「存在感の稀薄に始まる——四〇年後の三島由紀夫入門序説」、神奈川近代文学館で三島由紀夫展会期中の二〇〇五年五月二十二日に行われた講演「存在感獲得への熱望」、その翌月、日本文学の研究、翻訳や詩作において目覚ましい活躍をしているジェフリー・アングルスが聞き手となった"Interview with Takahashi Mutsuo"などもある（ジェフリーは高橋氏の詩だけでなく小説『十二の遠景』も英訳している）。紙幅の関係もあり今回は収録しなかったが、右の講演とインタビューは中条省平編『続・三島由紀夫が死んだ日』（実業之日本社、二〇〇五年十一月）、オーストラリアのネット上の研究発表サイト Intersections（http://intersections.anu.edu.au/）でそれぞれ読むことができる。また、『週刊朝日』に連載された「週間うたごよみ」の第八十四回（二〇一五年十一月二十七日）でも「憂国忌をめぐって」と題して三島由紀夫について論じている。「憂国忌」は新季語で、高橋氏の手になる次の二句が紹介されている。

国体の腸《わた》なまぐさし憂国忌
永久《とは》四十五三島忌修《しふ》し皆老いぬ

＊

多くの仮面を取り換え付け替えするので謎に満ち真意が解りにくいとも言われる三島の本質を、これらの論考において高橋氏は実に鮮やかに描き出している。

ただ、時に辛辣とも見える表現に及ぶことが気になる読者がいるかもしれない。

そこで思うのは、ひょっとすると高橋氏は「三島殺し」の役割をあえて引き受けようとしているのではないか、ということだ。

どういうことか。

天鼓少年の比喩を続けるなら、三島もまた、少年と同じように、天才の証しである鼓を授かった天成の芸術家である。だが、単に天成の芸術家というだけでは、まだ足りない。少年が真に美しく鼓を打ち、楽しく舞い戯れるためには、理不尽な現実によって命を奪われるという仕打ちを経なければならなかった。

先に述べたように、高橋氏にも似たような経験があったに違いないと私は睨んでいるが、それでは三島の場合はどうだったのだろう。鼓の妙手として喝采を浴びたように見えるが、その実、誰一人として、その鼓を奪い取ろうとするまで三島を求めた者はいなかったのではないか。それゆえ天鼓少年のように殺されることもなかった。だが、もし天鼓少年が殺されることによって初めて真の生を得たのだとすれば、三島は本当の意味で生きたとは言えない。天から鼓を授かりながら真に生きたことがないとは、なんと冷え冷えとした荒涼たる生涯であろうか。私の考えによれば、高橋氏が指摘する三島を苦しめた存在感の稀薄さは、根本においてこれと別の事柄ではないはずだ。

もちろん、それは三島が文学者として贋者だということを意味するわけではない。なぜなら、どんなに生を謳歌している若者であっても、天界とも鼓とも無縁な私のような人間であっても、生きとし生けるものはすべて冷え冷えとした闇をどこかに抱えているはずであり、その闇の形象化をこれほど正確無比になしえた者は、世界文学の中でも三島の他に類例を見ないからである。

しかし、そうであればなおさら、誰かが三島を救済しなければならない。言い換えれば、誰かが三島を殺さなければならない。みずから命を絶ち、墓碑銘を刻まれたにもかかわらず、いまだ生きることも死ぬこともできずに虚空で魘されている三島を、きちんと殺害しなければならないのだ。三島に対して厳しい表現に及ぶとき、高橋氏がその殺害の役目を担おうとしているように私には見えるし、何者かが氏にその務めを果たすように命じているのではないかとも思う。

以上は私の勝手な想像に過ぎないが、高橋氏の詩業によって三島の霊が慰められ――つまりエラボレートされ、私たち自身の存在にも救済の光が齎されるのは確かなことだ。二十一世紀を迎えて今年で十六年。今の時点で今世紀を一言で名指すなら、頻発するテロと災害の世紀と言う他なく、私たちはかつてないほど「死」という事実に日日向き合っている。このような時代にこそ、詩の力がますます必要となる。UTCPでの討議の最後に高橋氏が朗読した詩「願わくは」（詩集『何処へ』書肆山田、二〇一一年十月）が、ここで思い起こされる（本書二五七頁）。

この詩の背景には、三島が死の五ヵ月前、決起の準備を進める中で著わしたエッセイ『私の中の二十五年』における「このまま行つたら「日本」はなくなつてしまふのではないかといふ感を日ましに深くする」という一行が横たわっているであろう。だが、詩の発する場所はより深い。そこでは生死の柵、時空の柵とともに個と個を区別する柵も乗り越えられる。言葉は高橋氏の魂であり三島の魂でもあると同時に、私たち自身のものでもある魂の彼方から響いてくるのだ。

（いのうえ たかし／日本近代文学研究者）

高橋睦郎（たかはし　むつお）

一九三七年北九州に生まれ育つ。福岡教育大学国語国文学専攻。卒業後上京して広く学芸の諸先輩に学ぶ。少年時代から自由詩、短歌、俳句、散文を併行試作し、小説、オペラ台本、新作能、新作狂言、新作浄瑠璃、等々を加えつつ現在に至る。詩集二十八冊、歌集七冊、句集九冊をはじめ、著書は百二十冊を超える。近著に『よむ、詠む、読む——古典と仲よく』（新潮社）、『詩心二千年——スサノヲから3・11へ』（岩波書店）、『和音羅読——詩人が読むラテン文学』（幻戯書房）、『歳時記百話——季を生きる』（中公新書）、『待たな終末』（短歌研究社）、『続続・高橋睦郎詩集』（思潮社現代詩文庫）、『句集　十年』（角川学芸出版）などがある。

在りし、在らまほしかりし三島由紀夫

二〇一六年十一月二十五日　初版第一刷発行

著　者　高橋睦郎
発行者　西田裕一
発行所　株式会社平凡社
住所　東京都千代田区神田神保町三―二九
電話　〇三―三二三〇―六五七九（編集）
〇三―三二三〇―六五七三（営業）
振替　〇〇一八〇―〇―二九六三九

装釘　間村俊一
印刷　株式会社東京印書館
製本　大口製本印刷株式会社

落丁・乱丁本のお取替は小社読者サービス係までお送りください（送料小社負担）
平凡社ホームページ　http://www.heibonsha.co.jp/

ISBN978-4-582-83746-9　C0091
NDC分類番号910.26　四六判（19.4cm）　総ページ284